# सफ़र

## मंज़िल अभी बाकी है

गौरव कुमार सौरभ

# सारांश

प्रस्तुत उपन्यास ***"सफ़र - मंज़िल अभी बाकी है"*** में एक ऐसे मनुष्य की कहानी है, जो बचपन से सुनते आता है, की अगर मंजिल मिल जायेगी तो सफ़र ख़त्म हो जाएगा| लेकिन उसे जिंदगी के हर पड़ाव में मंजिल मिलती है, लेकिन उसका सफ़र ख़त्म नहीं होता|

# अनुक्रम

# नादानगी

अरे, यार कितनी खूबसूरत है ये लड़की इतनी खूबसूरत लड़की तो मैंने कही नहीं देखी है, क्या नाम होगा, किस क्लास में पढ़ती होगी, बस एक बार ये मुझे देख ले तो मैं बेहोश हो जाऊ,अपने ही मन में बड़बड़ा रहा था समीर, एक लड़की सामने से ही गुजर रही थी उसी को देखकर उसके मन में ये ख्याल आ रहे थे|

तभी - अरे यार तू यहाँ क्या कर रहा है, मैं कब से तेरा इंतज़ार कर रहा हूँ की तू कब आएगा और हम पतंग उड़ने चलेंगे,और हां बता तेरी सर्दी की कितने दिन की छुट्टी हूँयी है, आते ही मनोज ने समीर का भ्रम थोड़ा|

मनोज और समीर बचपन के दोस्त थे, मनोज क्लास 7 में प्राइवेट इंग्लिश स्कूल में पढ़ता था, और समीर क्लास 6 में सरकारी स्कूल में पढ़ता था|

अच्छा चल मनोज ये बता की ये लड़कियों का स्कूल कब से यहाँ पर बना है?

अरे, वाह क्या बात है आज कल बड़े अच्छे-अच्छे सवाल पूछ रहा है? मनोज ने आंखे घुमाकर पूछा|

नहीं बस ऐसे ही|

अबे, तब मैं और तू पैदा भी नहीं हुए थे, और जानता है अब तो यहाँ पर बड़ी लड़कियां भी पढ़ने आएंगी|

मतलब,

मतलब, क्लास 13,14 & 15 तक बनेगा ये स्कूल|

अच्छा चल आज सुरेश की पतंग काटनी है, कल उसने मेरी पतंग उड़ा दी थी|

तो, तू जनता है उसके पास तुझसे तेज मांझा है तो क्यों पेंच लड़ाता है?

समीर ने खेत की ओर जाते हुए कहा, हां चल ठीक है, अपना दीमाग अपने पास रख, और सुन जैसे ही पेंच लड़े तू दौड़कर पतंग लाना, चाहे जिसकी भी कटे और देख खेत में मत घुसना केवल मेड़ पकड़ कर चलना नहीं तो बुढ़िया देखेगी तो गाली देगी की पूछो मत|

चल तू वहां जा इंतज़ार कर, मनोज ने पतंग उड़ाते हुए कहा|

समीर खड़ा होकर इंतज़ार करता है पतंग कटने का, अचानक मनोज चिल्लाता है अबे समीर, रवि की पतंग कट गयी लूट ले जल्दी से|

वहाँ सभी बच्चे दौड़ने लगते है, समीर भी तेजी से दौड़कर पतंग लुटाता है लेकिन इतने बच्चे रहते है की पतंग लूटने में ही फट जाती है, और फ़टी पतंग लेकर मनोज के पास समीर आता है|

अरे मनोज, यार मैंने पतंग लूटी लेकिन दूसरे लड़के भी आ गए, उसी में पतंग फट गयी, लेकिन यार इसको हम आटा से चिपका लेंगे|

अबे तू कितना बेकार है, किसी काम का नहीं है यार, एक तो पतंग उड़ा नहीं सकते, और लुटते हो तो यह हालत कर देते हो अब मैं तेरा क्या करू, मनोज नाराज होकर तेज आवाज़ में बोला|

अरे यार, क्या करू मुझसे कोई भी काम सही नहीं होता कुछ न कुछ गड़बड़ी हो जाती है, अब तू बता मैं क्या करू,समीर ने बड़े प्यार से मासूम चेहरा बनाकर कहा| अच्छा एक काम कर ये रोल पकड़ और धागा लपेट मैं पतंग उतारता हूँ,तब चलेंगे तालाब पर घूमने के लिए|

मनोज के गाँव के पास एक तालाब था,

दोनों ने पतंग लेकर पहले मनोज के घर जाते है पतंग रखने, जैसे ही घर के दरवाजे पर वह दोनों पहूँचते है,

तभी - नवाबी कर आये, इ तू समीरवा के साथ रहकर एक नंबर का आवारा और घुमक्कड़ बन गया है, आवे दे तोरा बाप के तब तोके बताउला, करे समीरवा तोरे घरे काम धाम ना बा का, जब देखा मुँह उठाके चल अइबे, तोर मम्मी तोका बोलती नहीं का, देख समीरवा आज के बाद हमरे दरवाजे पर तोके आवे के जरुरत नहीं बा, अगर आ गयीले तो डंडा से मार के तोहरा टंगरी तोड़ देब, बुझाईल की ना, मनोज की दादी ने एक साँस में ही सब जहर उगल दी|

उनका रोज का यही काम था, जब भी समीर को देख लेती खरी खोटी सुना देती|

तभी- क्या आप बच्चो को बोलती रहती हैं, बेचारा कितना मासूम है, मनोज ही तो है केवल उसका दोस्त,और उस पर भी आप उसको देख कर जलती है, जाओ बच्चो जाओ तुम जाओ समीर बेटा जाओ,बड़े प्यार से मनोज की माँ ने समीर के सर पर हाथ रख कर बोली|

मनोज - चल समीर चलते है।

हां हां हमरी बात सबको बुरी लगती है, जब एक दिन इ कवनो के चोरी करके आएंगे तब तुमको पता लगेगा अभी तो निक लगत बा जवने दिने शिकायत लेकर आयी तब हम तोसे पूछब अभी घुमा ले,

उ समरीवा क चेहरा से ही हरामी लेगेला, फिर एक बार दादी ने लाल आंखे निकालकर मनोज की माँ से कह डाली।

हां, चलिए मैं सब देख लुंगी जो होगा, मनोज की माँ ने मसाला पिसते हुए बोली, तो दादी ने कमरे में चली गयी।

अबे भाई, मनोज ये सब मेरे ही साथ क्यों होता है, जब भी मैं कोई काम करता हूँ, वह ख़राब हो जाता है या कोई गलती हो जाती है और लोग मुझे पसंद भी नहीं करते है स्कूल में सब बच्चे मुझसे कहते है की ये दूसरी जाति का है,हम इसके साथ नहीं पढ़ेंगे, हमारे मास्टर जी भी मुझे बहुत मारते रहते है, कहते है कि जिंदगी के सफ़र में सबसे पीछे रहेगा।

तभी, मनोज ने समीर की बात काटते हुए कहा, चल भाई जिंदगी के सफ़र में तू पीछे रहेगा तो अच्छी बात है सबसे बाद तू मरेगा, अबे भाई मजाक मत कर यार,

तेरा क्या है, तू तो हर जगह आगे रहता है,और मैं हमेशा पीछे चाहे पढ़ाई में या खेल में किसी भी चीज में, समीर ने बड़े ही भावुक आवाज़ में कहा, और उसकी आंखे भर आयी थी।

तब मनोज ने कहा, अरे यार देख तू अभी 12 साल का है, मैं 13 साल का और गलतियां तो बड़े लोगो से होती है,

हम तो अभी छोटे हैं, रही बात तुझे लोग देखकर पसंद नहीं करते, तो तुम्हारी गलतफमी है, ऐसी कोई बात नहीं है,

और अगर तुझे लगता है की तू हर काम में कमजोर है, तो उसके लिए थोड़ी मेहनत कर समझा मेरे यार, और समझ ले की तू जिंदगी के सफ़र में सबसे आगे जायेगा, ये तेरे इस दोस्त का वादा है|

अच्छा यह बता तेरी छुट्टी कितने दिन की है?

5 दिन की है, समीर ने धीरे से कहा|

मतलब 5 जनवरी को खुलेगा तेरा स्कूल तो, चल कल नया साल है कुछ सोचा है, और तेरी शायरी का क्या हाल है? अच्छा ये बता तू ये सब शायरी कहा से सुनता है, और याद कैसे रखता है? और पहाड़ा तो आता नहीं है सही से 20 तक तो स्कूल में मार तो खायेगा ही, मनोज ने बहुत ही चुलबुले अंदाज़ में कहा|

अबे यार, शायरी की क्या बात है अच्छी लगती है और याद कर लेता हूँ|

जनता है मनोज वो हीरा और मुनचंद भैया का लेटर में ही लिखता हूँ,और उनकी प्रेमिका तक पहुँचाता भी हूँ, और उधर से लेटर का जवाब भी लेकर आता हूँ|

और तुम तो जानते ही हो, की ये मुझे लेटर में एक या दो रूपये देते है एक लेटर लिखने में, क्युकी वे लोग तो कभी स्कूल गए ही नहीं|

अच्छा तो बता कौन है उनकी चाहत, हम भी तो जाने और, तू अब यह सब काम करते हो डाकमुंशी बन गए हो|

अबे भाई मजा आता है, लेटर लिखने और पढ़ने में वह जो बांकेलाल हैं, उनकी दूसरी नंबर वाली लड़की चंद्रावती है उसी से मूलचंद भइया प्यार करते है, और छोटी वाली तारा

उससे हिरा भैया का याराना है समझा,मेरे भाई बड़ा मजा आता है, यार लेटर पढ़ने में खूब शायरी लिखी होती है|

चल एक सुना भी दे कोई भी - मनोज ने कहा|


*"ऐसे न गली में आया करो कही हम बदनाम न हो जाये*

*इन नजरों को झुका कर गुजरो कही हमे प्यार न हो जाये"*


ये शायरी तारा ने हिरा भईया के लिए लिखी थी, अब वो 9 में पढ़ती है, और दूसरी तो 11 में है, यार लेकिन पढ़ने में दोनों बेकार है, वो हिंदी लिखती है तो बहुत गलतियां करती है, वो पढ़ाई कम, प्यार की बातें ज्यादा करती है, समीर ने हँसते हुए कहा फिर दोनों हंसना शुरू कर दीए|

कुछ देर सब वैसे ही आपस में बातें करते रहे फिर जब उन्होंने देखा की अब शाम हो रही है, और अँधेरा भी हो रहा है तब दोनों ने शौच करके जाने के लिए तैयार हो गए|

ये दोनों का यह प्रीतिदिन का काम था लगभग अधिक से अधिक समय एक दूसरे के साथ ही बिताते थे, ये उस समय के छोटे उम्र के सबसे पक्के दोस्त थे, इनकी दोस्ती देखकर बढे लोग भी दंग रह जाते थे, क्युकि समीर हमेशा लोगों से डॉट सुनता था जब की मनोज लोगो का प्यारा था, लेकिन मनोज समीर को समझाता है, की वह ऐसा क्यों है वह अक्सर डॉट क्यों सुनता है और उसे सही रास्ता बताता था वह जनता था की समीर इन रास्तो पर चल नहीं सकता, लेकिन फिर भी मनोज हमेशा उसके साथ रहने का वादा करता तो समीर खुश हो जाता था, समीर तो अक्सर

लड़कियों के बारे में ही सोचता रहता था वो हमेशा हीरो की तरह जिंदगी जीना चाहता था की हर लड़की उसे देखे वह उस समय में भी इस मामले में बड़ो का बाप था|

और इसी वजह से वह पढ़ाई में कमजोर रहता था, और यह बात मनोज को मालूम थी|

इसलिए मनोज यह समझाता की अभी हम लोगो की उम्र नहीं है प्यार करने की, लड़की पटाने की, समझें भाई,लेकिन समीर के दीमाग में तो कुछ और घुसा रहता था, वह जब भी खुद से भी बड़ी लड़की को देख लेता और वह उसे अच्छी लग जाती तो दो दिन उसी के बारे में सोचता रहता था लेकिन मनोज ऐसा नहीं था वह केवल पढ़ाई में ध्यान देता था, हां लेकिन मनोज समीर से काफी सूंदर लड़का था उसके व्यवहार भी लोगो को काफी पसंद आता था इसलिए लोग उसे बहुत ज्यादा मानते थे|

अब शाम हो गयी थी, अँधेरा हो गया था हल्का हल्का सर्द हवाएं भी चल रही थी, और बिच बिच में बूंदाबादी भी हो रही थी|

मनोज-चल समीर नया साल मुबारक हो कल एक जनवरी है, तो तुझे अभी से मुबारकबाद दे दूँ|

रास्ते में ही मनोज का घर पड़ता है और बाद में समीर का,

अभी तो 12 बजने दे तो मै तेरे घर पर आ जाऊंगा समीर ने कहा,

चल देखते मनोज ने कहा,

फिर दोनों अपने अपने घर चले गए काली घटा घिर आयी थी|

क्यों रे, घूम कर आ गया तु कब सुधरेगा, अब तो घूमना बंद कर दे जब स्कूल से आता है तो बस बैग फेक कर लगता है घूम घूम कर रिस्तेदारी करने, और शाम को गला भर खा कर सो जाता है, अरे तुम्हारे उम्र के लड़के तो देख कितने लायक है,वो तो कमा कर भी अपने माता पिता को देते है और पढाई भी करते है, एक तु है जो पढाई भी ढंग से नही होती है| मेरे शिर का एक बहुत बड़ा बोझ है एकदम नालायक निकल गया तु, मै जैसा सोची की बिना बाप का है इसको किसी भी चीज की कोई जरूरत न हो, उसी तरह ये उसका नज़ायाज़ फायदा उठाता चला गया, एक नंबर का घुम्मकड और निकम्मा निकल गया| बता तु ऐसा क्यों करता है तु सुधरेगा या फिर मैं तुझे सुधारु एक तो कहीं से दो पैसे नही मिल रहे हैं और उसमें इनकी फरमाइस, क्या करोगे तुम्हारी इसमें कोई गलती नही है सब मेरी गलती है की तुझे मैने पैदा किया तो भोगेगा कौन, पता नही किस नछत्र में पैदा किया की सब विपदा मुझपर गिर गयी, सब कहते है की लड़की पैदा करने से मुसीबत होती है मै तो लड़का कर के पछताती हूँ, ये भगवान भी बड़ा निर्दयी है, क्या भगवान इस नालायक की जगह मुझे बेटी ही दे देते|

बता तु अगर पढ़ेगा नही तो कमायेगा कैसे सब्जी मंडी जाकर काम करेगा अब तो लोगो के कपड़े भी कम आ रहे है सिलने के लिए,अब तो लड़कियां भी सिलाई सिखने कम आ रही है, अब बता कैसे चलेगा घर का खर्च, एक लंबी साँस लेकर समीर की माँ ने चुप हो गयी, इतना सब समीर को सुना कर|

समीर के पिता समीर और उसकी माँ को छोड़कर अपनी दूसरी शादी कर लिए थे, उस समय समीर केवल 5 साल का था| समीर को ठीक से यह भी नहीं पता था की इस माँ बाप का यूँ अलग होने का क्या कारण था|

जब से समीर की माँ सुनी थी की समीर के पिता दूसरी शादी कर लिए है, तब से वो और टूट गयी थी, उसके पहले तो उनको आसरा था की हो सकता है की यह सुबह का भटका साम को घर चला आएगा, लेकिन यहाँ समीर की माँ के सामने वो शाम कभी आयी नहीं|

और यहाँ पर सुबह का भटका घर ही बदल दिया था, और तब से समीर की माँ सिलाई को ही अपना रोजगार बना ली थी, वह लोगो के कपड़े सिलकर और कुछ लड़कियों को सिलाई की शिक्षा देती थी, और उसे जो पैसा मिलता उसी से अपने घर का खर्चा चलाती|

समीर की माँ को बड़ी ही अपने बेटे से उम्मीद बनी रहती थी की, वो बड़ा होकर हमारा कष्ट दूर करेगा वह हमेशा यही सोचती थी की, हमारा बेटा एक बहुत बड़ा अफसर बने, बहुत अमीर आदमी बने, उसके लिए उन्होंने कोई दूसरी शादी नहीं की वह एक माँ का धर्म निभाती रही वह सोचती थी की, दूसरी शादी करने से समीर का भविष्य अंधकार में हो जायेगा, यह सब सोचकर ही उन्होंने यह कठोर कदम उठायी थी, वह जानती थी की वह जिस रास्ते पर चल रही है वो काफी कठिन रास्ता है|

लेकिन उनको उसी रास्ते से चल कर अपने मंजिल तक पहुँचने का जूनून था, वह जो सफ़र शुरू की थी, तो उनको पूरा विश्वास था की, उनको इस सफ़र पर जरूर उनकी मंजिल मिलेगी, वह हर रात इस आस में काटती थी कल सुबह की किरण और करीब लेकर जाएगी|

लेकिन वह समीर के ऐसे घुम्मकड़ बरताव से काफी परेशान रहती थी, वह ये सोचती थी की, वह कब समझेगा हमारी समश्या को, इसी उलझन में काफी समय सोचती रहती थी|

फिर वह इस बात से थोड़ी राहत मिलती थी की, जाने दो ये बच्चा है, थोड़ा और बड़ा होगा तो सब समझ जायेगा| वो काफी समय बीमार रहती थी, 30 वर्ष की उम्र में वो 45 की लगती थी, ऐसा लगता था की, वह अब ज्यादा दिन तक नहीं जी सकती|

लेकिन समीर को इस बात का कोई गम नहीं रहता था, वो हमेसा खुश रहता था, उसे किसी बात की चिंता रहती भी तो वो बस खेले और घूमने में, और थोड़ा लड़कियों के मामले में तेज था, लेकिन सबसे ज्यादा वो बिना काम का ही घूमता रहता था|

उस रात को वह कोई जवाब नहीं दिया वह खाना खाया और जाकर सो गया, उसकी नन्ही आँखों में उसे खुश रखने वाले सपने आते रहे|

# यारियां

वो सुबह में उठा तो सबसे पहले मनोज के पास जाकर उसको नए साल की बधाई दी, मनोज ने भी उसको बधाई दिया|

फिर रोज की तरह वह घूमने निकल गए, वह पहले तो गए उनके घर के पास में ही बड़ा सा आम का बाग़ था वहा पर, लगभग 100 आम के पेड़ थे लोग उसमें मैच और गिल्ली डंडा खेलते थे, वहां समीर और मनोज भी मैच खेलने पहुँच गए, वहा पहले से ही कुछ बच्चे थे, लेकिन उन बच्चों से मनोज और समीर की दोस्ती नहीं थी, इसलिए वह बड़े ही झिझकते हुए गए, उनके साथ मैच खेलने के लिए|

वहां पर एक लड़का था, जिसका नाम विक्की था, वह सबसे बड़ा था इस लिए सब उसकी बातों को मानते थे|

हम भी खेलेंगे भाई हमे भी खेलने दो, मनोज ने विक्की की तरफ देखते हुए कहा|

अबे तुझे हमारे साथ नहीं खेलना है क्योंकि, तुम दोनों मेरे दोस्त नहीं हो इसलिए हम तुम्हे अपने साथ नहीं खेलने दे सकते, विक्की ने दोनों को घूरते हुए कहा|

चलो ठीक है, अब से हम दोस्ती कर लेते हैं,अब तो हम खेल सकते हैं क्यों विक्की भाई, समीर ने बड़े ही अदब से अपना बात एक सांस में कह डाला|

विक्की ने कहा, ऐसी दोस्ती नहीं होगी पहले तुम लोग वादा करो की तुम जहा भी घूमने जाओगे वहां हमें जरूर लेकर जावोगे यही नहीं आज से हम साथ रहेंगे|

सब ने हंस कर आपस में हाथ मिलाकर नये दोस्ती की बुनियाद रखी, और निकल पड़े सफ़र पर अब वो तीन दोस्त हो गए जहां भी जाते एकसाथ जाते|

उनकी दोस्ती की खबर पुरे गॉव में फ़ैल गयी थी ये लोग कभी कभी दावत कर लेते थे, कोई अपने घर से आटा ले जाता, कोई अपने घर से आलू तेल इत्यादी ले जाकर आराम से खेत में दावत कर लेते थे|

विक्की उम्र में समीर और मनोज दोनों से बड़ा था, और उसकी लम्बाई भी दोनों से अधिक थी,अब उनकी दोस्ती काफी चरम सीमा पर थी, लोग उनकी दोस्ती की मिसाल देते थे, कोई त्यौहार हो या कोई ऐसी ख़ुशी की बात हो तो ये तीनो अपनी दावत मना लेते थे, इनकी दोस्ती के ग्रुप में और लोग आये लेकिन फिर छोड़ कर चले गए लेकिन ये तीनो अच्छे दोस्त बन गए थे, हर दीवाली पर एक दूसरे के घर जाकर दीप जलाते और होली पर एक दूसरे को रंग लगाकर खूब ढोल पर नाचते ये उम्र में छोटे थे लेकिन इनकी दोस्त देखकर बड़े लोग भी दंग हो जाते थे|

पतझड़ जा चुकी थी मतलब अब फागुन की हवाएं लोगों को छेड़ रही थी लोग अब स्वेटर पहनना बंद कर दीए थे,कहीं कहीं बच्चे तो दोपहर तक ही स्कूल में रहते थे, क्योंकि उनका स्कूल अब सुबह में हो गया था, और क्लास 10 और 12 की परीक्षा भी शुरू हो गयी थी|

मार्च का महीना था, समीर रोज की तरह अपने स्कूल गया, उसके स्कूल में लगभग 300 बच्चे पढ़ते थे, यह एक छोटे से गॉव में था, इस गॉव का नाम चौहानपुर था, यह

महिमाबाद से 3 किमी दूर था, समीर के साथ 7 बच्चे उसकी क्लास में पढ़ते थे जिसमे 3 लड़किया और 4 लड़के थे यहाँ का वातावरण बहुत ही शुद्व देशी था यहाँ बच्चे चटाई पर बैठकर पढ़ते थे, यहाँ के कमरे मिट्टी के दीवार और छप्पर से बने थे, यहाँ पर समीर बड़े ही अपने को संतुस्ट पाता था, क्योंकि उसका घर थोड़े से बाजार में पड़ता था।

समीर के 2 दोस्त स्कूल में थे जिनका नाम सुशील और नीरज था, ये दोनों भी समीर की तरह नटखट थे, लेकिन नीरज पढ़ने में अव्वल था, तथा सुशील माध्यम वर्गीय विद्यार्थी था, नीरज ने अपना लक्ष्य बनाया था की वह बड़ा होकर फौज में नौकरी करेगा, लेकिन सुशील और समीर का रोज लक्ष्य बनता था और टूटता था, कभी वो इंजीनियर तो कभी डॉक्टर तो कभी वह फौजी बनना चाहते थे।

यहाँ पर एक उनके बूढ़े अध्यापक थे,जो कि इनको हमेशा समझाते और पढ़ाते थे,वो जानते थे, कि अगर इनका आज़ सही नहीं रहेगा तो भविष्य इनका अंधकार में पड़ सकता है,इसलिए वो बहुत समझते थे, और जब गुस्सा होते थे, तो उनके हाथ में एक हमेशा छड़ी रहती थी उससे वो बहुत मारते थे लेकिन इसका समीर पर कोई असर नहीं पड़ता था।

वो अपने आप में ही में मस्त रहता था और परीक्षा में नकल करके पास होता था, उसे किसी भी बात का कोई डर नहीं रहता था चेहरे से वो मासूम दीखता था, क्योंकि वो अपनी कक्षा में सबसे छोटा था, इनका लंच होता था तो ये तीनों नीरज, समीर, सुशील सब किसी के खेत में जाकर गन्ना, मटर, चना तोड़कर खाते थे,इन्हें इस बात का भी कोई परवाह नहीं रहता, कि जिसका है वो अभी देख लेगा तो मारने लगेगा काफी ढीठ थे, लेकिन ये थोड़े चालाक भी थे। हमेशा किसी न किसी का नुकसान करते थे, लेकिन इनको कोई रंगे हाथ कभी पकड़ नहीं पाता था, ये तीनों केवल स्कूल

के दोस्त थे, क्योंकि इनका घर काफी दूर था एक दूसरे से, इसलिए स्कूल के समय इनकी आपस में मुलाकात होती थी, और जब मुलाकात होती थी, तो बस शरारत होती थी|

नीरज-अरे समीर यार, कल होली की छुट्टी होगी और 2 दिन बाद हमारा स्कूल खुलेगा, और हम लोगों को होली खेलने के लिए केवल आज का ही दिन है, इसलिए मास्टरजी से पूछकर आज स्कूल में होली खेल लेते हैं।

अरे नीरज, आज मैं पुराने कपड़े भी पहन कर नहीं आया हूँ,अब तो बड़ी परेशानी होगी, तुम सब कपड़े तो नहीं फाड़ोगे समीर ने सुशील और नीरज की तरफ देखकर कहा।

यार तेरी शकल कोई पहचान नहीं पाएगा।

अच्छा अच्छा तो चलो चलकर मास्टर जी से पूछ लेते हैं, समीर ने मास्टर जी के पास जाते हुए कहा|

समीर, सुशील और नीरज कोई भी काम अगर स्कूल में करते तो अपने मास्टर जी से पूछ लेते थे। क्योंकि उनको मालूम था, कि अगर ऐसा नहीं करते हैं, तो उनकी जमकर पिटाई हो सकती है, और जो उनकी इज्जत स्कूल में है, वो भी मिट्टी में मिल जाएगी, इसलिए वो ऐसा काम करते थे।

तीनों मास्टर जी के पास पहुँचते हैं।

मास्टरजी अपनी कुर्सी पर बैठकर कुछ सोच रहे होते है, तभी।

मास्टर जी, हम लोग आपसे पूछने आए हैं, की आज के बाद 2 दिन की होली की छुट्टी हो जाएगी, तो हमारे पास आज का ही दिन है स्कूल में होली खेलने के लिए,

मास्टर जी आप बताइए कब से हम लोग शुरू करें होली खेलना, सुशील ने उनका भ्रम तोड़ते हुए एक ही सांस में सब कह डाला।

मास्टरजी ने पहले तीनों को देखते हैं। फिर उन्होंने कहा, ज़रूरी है क्या? होली खेलना झूठमूठ में लोगों की कपड़े खराब करोगे,और तो और तुम लोग लोगों के चेहरे भी रंग लगवाओगे।

जानते हो तुम लोग ये रंग कितना हमारी त्वचा के लिए नुकसान करता है?

मास्टर जी पूरे साल में एक बार होली का त्यौहार आता है, जिसे हम अपने दोस्तों के साथ मनाना चाहते हैं,फिर जब हम यहाँ से पास होकर कहीं और चले जाएंगे,तो फिर कैसे यहाँ आकर रंग खेलेंगे?बस यहाँ की यादें रह जायेंगी,समीर ने बड़े ही सहज और विनम्रता से अपनी बात मास्टरजी से कह डाली।

क्या बात है, आजकल तुम बड़े ही भावुक बातें कर रहे हो।

चलो ठीक है, जाओ दोपहर के बाद खेलना शुरू करना, तब तक पढ़ाई कर लो, और हाँ देखना लड़के अपना अलग और लड़कियां अलग रंग खेले,ये तुम लोगों की जिम्मेदारी है,और कोई भी गड़बड़ी नहीं होनी चाहिए,और किसी का कपड़ा भी फटना नहीं चाहिए, नहीं तो तुम सब की खैर नहीं है, मास्टर जी ने समझाते हुए कहें|

जी मास्टर जी, तीनों ने खुशी से अपनी कक्षा में आ गये|

स्कूल केवल कक्षा एक से कक्षा आठ तक ही था, और एक दूसरे के व्यवहार से अच्छी तरह परिचित थे।

समीर, नीरज और सुशील ने सभी कक्षाओं में जाकर दोपहर के बाद होली खेलने की खबर पहूँचा दी, और खुद भी दोपहर होने का इंतजार करने लगे।

ये लोग काफी खुश थे, क्योंकि कितने दिनों के बाद स्कूल में पढ़ाई नहीं होगी बल्कि होली खेली जाएगी।और भी बच्चे दोपहर का इंतजार करने लगे, कि कब दोपहर हो और हम खूब एक दूसरे को बंदर बनाएँ,और गुलाल उड़ाए|

धीरे धीरे दोपहर हो गया और शुरू हुआ बच्चों की होली|

समीर, नीरज और सुशील ने भी शुरू की होली खेलना सबसे पहले उन्होंने सभी मास्टर जी को रंग लगाये फिर आपस में खेलना शुरू किये।

कोई किसी के चेहरे पर रंग लगा रहा था, तो कोई किसी के कपड़े पर रंग लगा रहा था, सभी प्यार के रंग में डूब गए थे। कोई काला, कोई पीला, कोई हरा दीख रहा था,पूरे स्कूल में गुलाल उड़ रहा था,मास्टरजी ने भी आपस में होली खेली पूरे शाम, तक पूरा स्कूल आज तो रंगीन हो गया था।ऐसा लगता था, जैसे कई अरसे बाद इस पतझड़ में बसंत आ गई है, और हर कली खिलकर हवाओं के झोंके में झूम रही है।

अरे, नीरज, आंख में रंग लग रहा है, जलन हो रही है, तो तुझसे कहा था कि चेहरे पर नहीं लगाना, लेकिन तुम माने नहीं हो। चलो अभी नल चलाओ, आंख धुलना है, समीर ने चिड़चिड़े आवाज़ में कहा।

चल भाई धो लें, नीरज ने नल चलाते हुए कहा समीर ने मुँह धोया और फिर संग होली खेलकर शाम को अपने अपने घर जाने के लिए तैयार हुए।

चल समीर जा, अब 2 दिन बाद मुलाकात होगी, नीरज ने अपना बैग उठाते हुए कहा|

ठीक है, दोस्त मिलते हैं, 2 दिन बाद कहकर, समीर ने नीरज और सुशील से विदा लिया।

मनोज यार, आज होलिका दहन है, आज रात में चलोगे होलिका दहन के लिए?

अरे यार, वहाँ लोग खूब गाना बजाना चलता है, बहुत मज़ा आएगा, लोग होली का गाना गाते हैं, और नाचते भी हैं,विक्की ने मनोज की ओर देखकर कहा।

चलेंगे, पहले समीर को तो आ जाने दो, पता नहीं आज वो कहाँ रह गया, वह कह रहा था की, आज स्कूल में वो होली खेलकर आएगा, लेकिन इतना समय हो गया और अभी भी वो नहीं आया, मनोज बड़े चिंतित स्वर में कहा।

आ गया तु,

क्या सकल बना रखी है,

और ये कपड़े इतने रंग लगे हैं,

कौन इसे धोएगा, तू धोना और साबुन भी खुद खरीदकर लाना, तब पता चलेगा कि, कितनी मेहनत लगती है, इतने गंदे कपड़े धोने में, समीर की माँ आंख तरेरते हुए समीर की हालत देखकर कह डाली।

माँ आप चिंता ना करे, मैं कल होली इसी कपड़े पर खेलूँगा और, फिर बाद में इसे फेंक देंगे, क्योंकि यह काफी पुराना और फटा हुआ है,माँ को समीर ने आज बड़े प्यार से अपनी बात कह डाला।

समीर अक्सर लोगों से झूठ बोलता था, की वो जो कपड़े पहनता है, वो अक्सर नए होते हैं,लेकिन वो नए नहीं बल्कि उसकी माँ उसके कपड़े को धोकर साफ रखती थी, और सील कर उसे सही रखती थी।

आज समीर की बात सुनकर उसकी माँ के आंखो में आंसू आ गए, वो भी समझती थी कि लोग नए कपड़े पर होली

खेलते हैं, लेकिन हमारा बेटा पुराना कपड़ा पहनकर होली खेलेगा, फिर वो अपनी किस्मत को कोसने लगी।

वो भले ही समीर को डांटती थी, लेकिन वो उनके कलेजे का टुकड़ा था।

अच्छा माँ मैं मनोज के पास जा रहा हूँ, और हाँ आज होलीका दहन है मैं रात को घर देर से आऊंगा, समीर ने जाते हुए कहा।

देख ज़रा संभलकर रहना, जब होलिका जलाई जाएगी तो थोड़ा दूर ही रहना समझे नहीं तो जल जाओगे,समीर की माँ ने घर में जाते हुए कही।

समीर ने मनोज के घर गया, फिर मनोज, समीर और विक्की तीनों ने होलिका दहन में जाने की तैयारी करने लगे। कुछ बच्चे सरपत ले जाकर, जहाँ पर होलिका दहन होता है, वही रख रहे थे। लोग ढोल मजीरा लेकर जलाने की तैयारी में लगे रहे,होलिका दहन रात को जलाई गयी सब ने ढोल पर खूब नाचा। समीर, मनोज और विक्की ने भी खूब ठुमके लगाए और फिर अपने घर आकर सो गए। फिर सुबह में होली खेलना शुरू कर दिया, बड़े लोग भांग में मस्त थे और बच्चे गुलाल लगा रहे थे,एक दूसरे को मनोज, समीर और विक्की भी आपस में होली खेल रहे थे।

मनोज चल चलते हैं समीर के घर, इसकी माँ आज तो अच्छी अच्छी पकवान बनाई होंगी,अरे आज तो पापड़ पकौड़े रसगुल्ले खाने को मिलेंगे, चल चल यार अब देर मत कर, विक्की ने अपने पेट पर हाथ फेरते हुए ये बात कहा।

तो चलो यार, देर ना कर अभी बहुत लोगों को रंग और गुलाल लगाना है, मनोज ने चलते चलते कहा।

तीनों ने समीर के घर जाकर खूब पापड़, पकौड़ी, रसगुल्ले खाये और फिर, इसी तरह वह एक दूसरे के घर जाकर रसगुल्ले खाये और रंग गुलाल लगाएं।

होली उनके लिए बड़े ही यादगार त्यौहार में से एक था, और वो इसीलिए इसको धूमधाम से आपस में मिलकर मनाये ।

# पहली पसंद

गर्मी की छुट्टी हुई थी, समीर अपने आंगन में बैठा था चारों तरफ बहुत कड़ी धूप थी। चारों तरफ गर्म हवाएं चल रही थी, हवा के झोंके से बीच बीच में पके आम भी समीर के सामने गिर रहे थे,लेकिन समीर उनको उठाता नहीं था। पता नहीं वो कहाँ खो के बैठा था, वैसे तो वो आम के चक्कर में बच्चों से झगड़ा कर लेता था लेकिन आज ना मालूम उसे क्या हो गया था, कि वो एक बेजान सी मूरत बनकर बैठा एक ही जगह नजर गड़ाकर कहीं खो गया था।

सहसा उसकी ये तपस्या किसी ने भंग कर दी, वह झल्लाकर अपनी पलकें उठाकर ऊपर देखा, वह कुछ बोलना चाहता था, डांटना चाहता था, लेकिन वह चुप रहा, वो कुछ बोल न सका।

उसे कुछ देर तक ऐसा लगा जैसे उसके सामने कोई सपना चल रहा है, जिसे वो खुली आँखों से देख रहा हो। उसके सामने एक लड़की जो गोरी थी, उसकी लम्बाई, समीर से अधिक थी, उम्र में भी वो थोड़ी बड़ी ही थी। उसकी आंखें बड़ी थी, उसकी होंठ गुलाबी थे।

अरे, मैं आपसे पूछ रही हूँ, की मैडम जी कहाँ है और आप जवाब नहीं दे रहे हैं?

कब से मैं दरवाजा खटखटा रही थी, लेकिन कोई जवाब न पाकर मैंने देखा दरवाजा खुला है तो अंदर चली आयी| और यहाँ पर आकर मैं, तुम से तीन बार मैडम जी के बारे में पूछा, लेकिन तुम कुछ नहीं बोले तो अंत में मुझे तुम्हारे मुँह पर पानी डालना पड़ा,लड़की ने बड़े ही सरलता से अपनी बात पूरी करते हुए मुस्कान छोड़ी।

वो तो अभी कही गयी है, आप बैठिये अभी वो थोड़ी देर में आ जाएंगी, समीर ने अपना कमीज़ निकालते हुए कहा।

अच्छा,आप मैडम जी की क्या लगते हो? लड़की ने पूछी|

मैं उनका बेटा हूँ समीर, समीर ने उत्तर दिया।

अच्छा बड़ा खूबसूरत नाम है किस क्लास में पढ़ते हो? लड़की ने पूछी|

मैं क्लास 6 की परीक्षा दिया हूँ, और मैं क्लास 7 में जाऊंगा, समीर ने उत्तर दिया।

अच्छा सब हमारे ही बारे में पूछेंगी या कुछ आप अपने बारे में भी बताएंगी,समीर ने बड़ी उत्सुकता से पूछा।

मेरा नाम मांसी है, मैं यहीं बगल वाले गांव में रहती हूँ।

किस गांव में क्या नाम है गांव का? समीर ने बीच में ही बात काट दी|

अरे, ये गिरजाबाद है ना, वही पर है, और मैं सोचती थी काफी दिन से यहाँ पर आने के लिए क्योंकि मुझे सिलाई का बड़ा शौक है, तो मैं सोचती हूँ कि क्यों न यहाँ से ज्ञान ले लू,कहकर मांसी हंसने लगी, समीर भी हंसने लगा।

अच्छा आप पढ़ती नहीं है क्या? समीर ने एक और सवाल किया।

पढ़ती थी, लेकिन अब नहीं पढ़ती हूँ, मेरे माँ बाप ने कहा जाओ जब पढोगे नहीं तो कम से कम कुछ सीख लो, और मुझे इसका शौक भी है।तो मेरी एक सहेली है, यहीं इंटर कॉलेज में पढ़ती है, वही मुझे बतायी, कि मेरे स्कूल के सामने ही एक मैडम जी हैं, जो सिलाई सिखाती है।तो मैं पूछते पूछते चली आयी,मैं उसे भी कहीं की चलोगी, लेकिन उसके पास टाइम नहीं था, मांसी ने समीर की तरफ देखकर कहीं।

समीर- अच्छा आप कितने भाई बहन हो?

मेरे दो भाई हैं, दोनों मुझसे बड़े हैं, और मेरी दो छोटी बहनें हैं,जो यहीं पर कक्षा सात में पढ़ती हैं।

समीर-अच्छा।

मांसी- अरे ये स्कूल तो काफी दूर दूर तक व्याख्यात है, लोग कन्या इंटर कॉलेज बड़े अच्छे से जानते हैं, काफी दूर दूर से लड़कियां यहाँ पढ़ने आती है।

समीर- इसलिए हम लोग इसी के पास सिलाई केंद्र चलाते हैं, मकान बना कर।ताकि लड़कियां पढ़ भी लें और सिलाई भी सीख लें।

मांसी - अच्छा, यहाँ पर कितनी लड़कियां आती है सीखने के लिए?

समीर - आप कुछ देर रहकर खुद देख लें।

दोनों हंसने लगे तब तक समीर की माँ आते दिखी।

लो माँ आ रही है, समीर ने देखते हुए कहा।

समीर की माँ और मांसी आपस में बात करने लगी और समीर मांसी को देखता रहा। फिर कुछ देर बाद समीर वहाँ से चला गया।

शाम को मनोज और समीर घूमने तालाब की तरफ निकल पड़े, लेकिन समीर काफी परेशान दीख रहा था।

मनोज - अरे, समीर क्या बात है भाई? जब से मैं तुम्हें देख रहा हूँ बड़ा तू परेशान दीख रहा है, बता यार आखिर बात क्या है? क्यों तू परेशान है?

समीर - क्या बताऊँ यार कैसे बताऊँ, मुझे खुद ही नहीं पता कि मुझे क्या हुआ है, मैं आज बड़ा ही बेचैन हूँ यार, मैं तो तुझसे बता दूँ, किसी और से नहीं बताएगा?

मनोज - अरे यार आज तक मैंने कुछ तेरी बात किसी से कहाँ हूँ, जो आज कहूँगा?

और कहूँगा भी तो किससे कहूँगा? एक बस तू ही तो मेरा यार है,चलो बताओ, बात क्या है मेरे दोस्त?

समीर- यार मेरे घर पर एक लड़की आई थी, अपना नाम लिखवाने, वो सिलाई सीखेगी, यार वो इतनी खूबसूरत है कि, उसके जैसी मैं आज तक कहीं लड़की नहीं देखी है, और उसका नाम भी उसी की तरह खूबसूरत है, मांसी|

मनोज - हाँ हाँ तो ये बात है, यार तू तो मजनू बन गया यार, तुझे हर लड़की अच्छी लगती है|

समीर- वही इतनी अच्छी है कि, जी करता है कि, उसे शादी कर लूँ, लेकिन वो मुझसे बड़ी है।

अरे यार, तेरा दीमाग में ये सब कैसे बकवास आता है, तुझे पता है की तेरी अभी उम्र क्या है और तू शादी जैसे बोझ उठाना चाहता है इन सब में जो पड़ता है वो अंत में बहुत पछताता है समझा, अगर तू अपना रास्ता नहीं बदला तो तू जिंदगी में बहुत पीछे रह जाएगा। जानता है समीर तुम जिस सफ़र पर चल रहे हो उसकी मंजिल तो मिलेगी, लेकिन तेरी

जिंदगी बर्बाद हो जाएगी, इसलिए तू अपना मंजिल चुन और सफ़र पर चल पड़। यह सब झंझट छोड़ दे, समझे मेरे यार|

समीर- क्या करूँ यार दिल है कि मानता ही नहीं।

मनाले वरना पछताने के सिवा कुछ नहीं बचेगा।

समीर -यार मनोज, ये बता ये सफ़र की मंजिल कहा है, और कब तक सफ़र पर चलेंगे यार|

मनोज-यार, इसके बारे में तू अपनी माँ से पूछना क्योंकि वो जिंदगी में बहुत कुछ देखी हैं।

चल यार छोड़ घर चलते हैं, मनोज समीर दोनों बात करते हैं, घर को लौट आते हैं, मनोज अपने घर चला जाता है|

समीर धीरे-धीरे अपने घर की तरफ बढ़ता है, लेकिन उसके दीमाग में कुछ प्रश्न हलचल मचा रहे होते हैं, और वो उस उलझन में रहता है, कि इसका उत्तर मिलेगा।अगर इसका उत्तर मिलेगा तो क्या होगा? आखिर लोग सफ़र पर चलते हैं तो उनको मंजिल कब मिलती है? आखिर लोग मंजिल के पीछे क्यों भागते हैं? ऐसे ही उसके दीमाग में प्रश्न हिलोर मार रहे थे|

शाम ढल चुकी थी, हवाएं तेज धूप के बाद रात में थोड़ी नमी लेकर बह रही थी, लोग अपने द्वार पर खाट डालकर हवा का आनंद ले रहे थे। समीर ने भी खाना खाया और घर के बाहर खाट लगाई।

एक खाट पर उसकी माँ लेटी और दूसरे पर खुद लेटा।उसकी आंखें खुली थीं, सामने आकाश में तारे टिमटिमा रहे थे। दीमाग में सवाल हलचल मचा रहे थे, अब वो अपनी माँ से सवाल का जवाब पूछने के लिए ठान लिया।

माँ, आप बार बार कहती है की बेटा सही सफ़र पर चलोगे तो मंजिल मिल जाएगी, तो ये मंजिल कम मिलेगी, इसका कोई तो समय होगा या फिर कोई तो इसका रूप होगा और यह सफ़र कब तक चलेगा? समीर ने अपनी बात अपनी माँ से कह डाली।

सुन समीर सबकी अलग अलग मंजिल होती है,और मंजिल के हिसाब से ही लोगों का सफ़र तय रहता है। किसी की मंजिल जल्दी मिल जाती है और किसी की थोड़ी देर में मिलती है, लेकिन मंजिल मिलती जरूर है, और जब मंजिल मिलती है, तो उसका सफ़र खत्म हो जाता है। लेकिन बस ये ध्यान दो कि जिस सफ़र पर तुम हो वो सही है या नहीं,समीर की माँ ने समीर के माथे पर हाथ फिराते हुए कही।

तो माँ मेरी मंजिल क्या है? और मेरा सही सफ़र क्या है?

तुम्हारा मंजिल यही है कि तुम बारहवीं कक्षा पास कर लो, और उसके लिए तुम्हे अच्छे से पढ़ाई करनी होगी। बारहवीं कक्षा पास करने के बाद मेरी मंजिल मिल जाएगी?

हां मिल जाएगी, तुम्हें नौकरी मिल जाएगी तो समझो तुमको और हमको मंजिल मिल गयी, समझे मेरे लाल चल बस सो जाओ, रात काफी हो गई है,समीर की माँ करवटें बदलते हुए कही।

समीर ने भी करवट बदलकर सोने का प्रयास करने लगा, लेकिन उसे नींद कहाँ आती है उसके दीमाग में कभी वो लड़की मांसी तो कभी माँ की बातें,मंजिल सफ़र बस यही चल रहा था, वो सोचता रहा फिर अचानक उसकी आंख लग गई और वह सो गया। उसकी माँ भी सो रही थी, चारों तरफ चांदनी अपनी आंचल बिछायी, चाँद जैसी उजाला फैला रही

थी, और हवाएं भी अब अपने पूरे लय में चल रही थी। ऐसा लग रहा था की काफी समय बाद भूकंप शांत हुआ हैं।चारो तरफ एक सन्नाटा छाया हुआ था, बीच बीच में कभी कुत्ते की भी भौंकने की आवाज इस शांति को भंग कर रही थी। यहाँ का वातावरण लगभग शांत हो गया था, सब लोग मध्यरात्रि में खो गए थे|

सुबह के 8:00 बजे थे, समीर अभी भी सो रहा था, मनोज उसके घर आया|

मनोज- समीर कहा है?

समीर की माँ -अरे अभी तो वो सो रहा है, क्या करूँ मैं इस लड़के का, मनोज ये तुम्हारे साथ रहता है, कुछ समझाते नहीं हो बताओ, गर्मी में यह हाल है, तो ठंड में कितने देर सोयेगा, जाओ तुम ही जगा दो उसे उस मड़ई में सो रहा है|

अच्छा ठीक है, कहकर मनोज समीर को जगाने मड़ई में प्रवेश करता है। वहाँ पर समीर गहरी नींद में सो रहा है। आधा बिस्तर उसका खाट पर है, और आधा जमीन पर है।

अबे उठ अभी तक सो रहा है, तुझे गर्मी भी नहीं लगती है, देख कितना तेज धूप हुई है चल उठ, पता नहीं जिंदगी में कुछ करेगा या फिर ऐसे ही सोता रहेगा। मनोज ने समीर को हिलाते हुए कहा।

अरे, भाई सोने दो अच्छी नींद आ रही है, समीर ने करवट बदल कर कहा|

अब उठता है, या तेरी माँ को बुलाऊँ वो तेरी नींद अभी दूर कर देंगी, मनोज ने समीर की माँ को बुलवाने का नाटक करते हुए कहा।

अबे क्या कर रहा है, क्यों सुबह सुबह मार खिलाने पर लगा है, समीर ने झटके से उठते हुए कहा|

फिर दोनों अपना घूमने चले गए|

किसी ने सही कहा है लातों के भूत बातों से नहीं मानते- मनोज ने मुस्कुराते हुए कहा|

अच्छा ये बात है

समीर,मनोज तालाब की तरफ घूमकर अपने-अपने घर चले गए।समीर भी अपने घर आ गया। अब वो नहाने की तैयारी करने लगा।

समीर बेटा जल्दी नहा लो और खाना खा लो और जाकर धागा लेते आओ।

कपड़े सिलने है आज ही ग्राहक को देना जरूरी है, समीर की माँ रोटी सेकते हुए बोली।

क्यों जरूरी है, बाल्टी में पानी भरते हुए समीर ने कहा?

समीर की माँ - हाँ,आज ही उसके घर किसी की शादी है,

अच्छा ठीक है, समीर ने कहा, फिर समीर नहाने लगाना|

आकर उसने खाना खाया और कपड़े लेकर बाजार चला गया, धागा लेने के लिए|

उसके घर से थोड़ी ही दूर पर एक दुकान थी जहाँ पर हर सामान मिलता था, जैसे जनरल स्टोर था, उसने धागा लेकर आया और लाकर अपनी माँ को दे दिया।उसने देखा कि सामने ही चटाई पर वही लड़की बैठी है, जो उस दिन आई थी, जिसके बारे में मनोज से बताया था।

हाँ, ये मांसी थी, ये एक बैग में से कुछ पेपर निकाल रही थी, उसे देखकर समीर मुस्कुराने लगा, मांसी उसे देखकर मुस्कुरा दी।

मैडम जी, मैं सुई और धागा लाना भूल गयी केवल पेपर और कैंची लाई हूँ, कल मैं अपनी माँ से कही थी, लेकिन वो बाज़ार गई तो वो भी भूल गयी, केवल पेपर लेकर ही आयी, मांसी ने समीर की माँ से कही।

कोई बात नहीं आप समीर से मंगा लो,

समीर बेटा जाओ, मांसी के लिए सुई और धागा लेते आओ, समीर की माँ, समीर की तरफ देखते हुए बोली।

इतनी गर्मी में इतनी धूप देखकर समीर को गुस्सा आ रहा था, लेकिन बात मांसी की थी, वो ना भी नहीं कर सकता था। उसने कहा ठीक है, पैसे दे दीजिए।

मांसी अपने बैग से ₹5 का सिक्का निकाली और समीर की तरफ बढ़ाते हुए कहीं,

ये लो, एक धागा और एक सुई चाहिए

समीर- एक धागा ₹2 और ₹1 का सुई तो ₹2 आपका बचेगा, उसका कुछ लाना है?

जो तुम्हारा मन करे, खाने को खा लेना, मांसी ने मुस्कुराकर कहा

अब, समीर दोबारा बाजार गया और धागा सुई और ₹2 के बिस्किट ले लिया और फिर घर आ गया।

ये लीजिये धागा, सुई और ये ₹2 का बिस्किट, समीर सारा सामान मांसी की तरफ बढ़ाते हुए कहा।

अरे तुम भी लेलो, इतनी मेहनत किये हो तुम सारा खा जाओ, मांसी ने केवल उसके हाथ से सुई धागा उठाते हुए बोली।

ये क्या बात हुई? इसमें मेहनत की क्या बात हुई, ले लीजिए एक ही ले लीजिए।

मांसी - नहीं तुम खाओ

समीर - नहीं, आप नहीं लेंगे तो हम भी नहीं लेंगे,

मांसी - अच्छा बाबा लाओ एक बिस्कुट खा लेती हूँ।

मांसी ने समीर के हाथ में से एक बिस्किट उठाकर खाने लगी, अब समीर भी बिस्कुट खाने लगा। इतने में और भी लड़कियां वहाँ आ गयी, तो समीर अपने मड़ई में आकर कहानी की किताब निकाल कर पढ़ना चाहता था, लेकिन उसका मन नहीं लगता था पढ़ने में, उसे कुछ समझ में नहीं आ रहा था। वो केवल ऊपर से ही कहानी की किताब देखकर उसके पन्ने पलट रहा था, उसे बेचैनी जैसे लग रही थी,ऐसी उसकी हालत कभी नहीं हुई थी, वो चाहता था कि वो कब जाकर मांसी से बात कर ले।उसे वो खूब बात करना चाहता था पता नहीं उसके मन में ऐसे ख्यालात कहाँ से आ रहे थे। वो खुद ही नहीं समझ पा रहा था, अजीब स्थिति में वो पड़ा था, फिर वो वहाँ से उठा और वह मनोज के पास जाने लगा।

तभी, कहा जा रहा है, समीर की माँ ने पूछी।

कही नहीं, बस अभी मनोज के घर से आ रहा हूँ, समीर रुकते हुए कहा।

नहीं,अभी कही नहीं जाना है, इतनी धूप है, लू भी चल रही है, अभी धूप लग जाएगी तो कौन दवा करेगा? फिर तो मुझे ही परेशान करोगे। चल इधर शाम को 6:00 बजे के बाद जाना, तब तक लू भी बंद हो जाएगी, समीर की माँ ने बड़ी तेज स्वर में बोली।

फिर समीर वापस जाकर अपनी माँ के पास बैठ गया, नीचे लड़कियां चटाई पर बैठकर कपड़े सिल रही थी,कोई

कपड़ा काट रही थी, और मांसी पेपर पर कटी नमूने को आपस में सिलने की कोशिश कर रही थी।

समीर झुकी निगाहों से सब देख रहा था, उसके दीमाग में कुछ ना कुछ चल रहा था, वो मांसी से बात करना चाहता था।

वहाँ पर और भी लड़कियां बैठी थीं, वहाँ पर सबसे छोटा समीर ही था, मांसी भी पास बैठी लड़कियों से बात कर रही थी, और बीच-बीच में वह समीर की तरफ देखकर मुस्कुरा देती थी। इससे समीर और भी परेशान हो जाता था,फिर समीर उठकर अपनी मड़ई में चला गया। वहाँ जाकर वह कुछ लिखने लगा, लेकिन उसका मन नहीं लग रहा था, धीरे धीरे शाम को 4:00 बजे सब लड़कियां अपने घर गयी।

फिर, समीर भी मैच खेलने जाने लगा क्योंकि शाम हो चुकी थी लु भी अब चलना बंद हो गई थी,फिर समीर ने अपनी माँ को बता कर निकल गया, और मनोज के घर पहूँचकर मनोज के दरवाजे पर से ही आवाज लगाने लगा।

मनोज, मनोज,

फिर आ गया तू, मनोज नहीं है,जो भाग नहीं लाठी से मारब समझ लें, मनोज की दादी ने आंखे तरेरते हुए कही।

क्या, टर टर करती है बुढ़िया, क्यों मुझे देख कर जलती है, अब तेरे पैर कबर में है, कम से कम अब तो सही से रहा कर, समीर ने भी गुस्से में कहा।

मनोज की दादी और समीर आपस में झगड़ रहे थे, तभी अंदर से मनोज आ गया।

अरे, तुम लोग क्या कर रहे हो? दादी तुम अंदर चल समीर तू चल मैं आ रहा हूँ, यह कहकर मनोज ने अपनी दादी को अंदर ले गया।

समीर भी आम के बाग में जाने लगा, जहाँ पर प्रतिदिन गांव के बच्चे आकर मैच खेलते थे।

समीर वहाँ पहूँचा तो वहाँ अभी कोई नहीं आया था, तभी विक्की उसको आता नजर आया।

विक्की ने समीर के पास आ गया,

अरे, समीर तू अकेले मनोज कहा है, कि आज नहीं आएगा मैच खेलने, विक्की ने समीर से पूछा।

हम क्या सबका ठेका लिए बैठे हैं, कि कौन आएगा और कौन नहीं, मैं अपना केवल जानता हूँ, दूसरे का नहीं,समीर ने आम के एक डाल पर बैठते हुए कहा।

अरे यार, तू इतना गुस्से में क्यों, क्या बात हुई है, विक्की ने बड़े ही आश्चर्य से पूछा।

विक्की बड़ा ही हैरान था, कि समीर कभी अकेले नहीं रहता था और आज यह अकेले आया है और ऊपर से यह इतने गुस्से में आखिर बात क्या हुआ है?

विक्की इसी में पड़ा था,कि सामने से उसे मनोज आते दीखाई दिया।

अरे, तुम लोग इतने शांत क्यों हो क्या हुआ है? अभी मैच भी शुरू नहीं हुआ है, बाकी बच्चे क्यों नहीं आये?आते ही मनोज ने सवालों की बौछार लगा दी।

अरे, भाई मैच तो बाद में होगा, समीर को क्या हो गया? ये इतने गुस्से में क्यों हैं?

अरे कुछ नहीं हुआ, आज भाई साहब की मुलाकात मेरी दादी से हो गई थी, मनोज ने कहा।

वो तो ये बात है, अबे यार समीर, तू इसकी दादी के बातों का बुरा मान गया, अबे भाई इसकी तो दादी ऐसी ही है।वो तो सबको गाली देती रहती है, और तू इस बात की चिंता ले बैठा है, चल नीचे उतर, विक्की ने समीर को खींचते हुए बोला।

अरे नहीं यार, जब भी उसके घर जाऊं तो अगर वो मिल गयी तो बस उनका रामायण शुरू हो जाता है, समीर नीचे उतरते हुए बोला।

हाँ यार, उनको अब ये सब नहीं करना चाहिए उनको तो भजन कीर्तन करना चाहिए, विक्की ने हंसते हुए कहा।

हाँ, कमीनो दोनों मिलकर मेरी दादी की मजाक उड़ा रहे हो, मनोज ने समीर और विक्की को दौड़ाते हुए कहा।

अच्छा रुक मनोज यार, आज-कल पूड़ी खाने का मन कर रहा है, विक्की ने कहा।

मनोज - तो मैं क्या करूँ?

विक्की - अबे मनोज, तेरी दादी कब मरेगी

मनोज - क्यों?

विक्की - यार बड़ी सीधी बात है पूड़ी तो तभी मिलेगी

मनोज - अब हद्द कर दी यार पूड़ी के लिए हमारी दादी को तुम लोग मार रहे हो, यार चल पूड़ी मै घर बनवाकर खिला देता हूँ।

विक्की - नहीं यार दादी की तेरही की पूड़ी का स्वाद का अपना अलग मज़ा है।

समीर - हाँ और खुशी से खाएँगे तीनों हंसने लगे।

मनोज ने विक्की और समीर को मजाक में एक-एक घूसे भी मारे।

विक्की - अरे यार सही पूड़ी खाने का मन कर रहा है।

समीर - चिंता ना करे, 2 दिन बाद पूड़ी मिलेगी

मनोज - कैसे?

समीर - अबे यार, बाकेलाल के दोनों बेटियों की शादी एक ही दिन है।

विक्की - चन्द्रावती और तारा की?

समीर - हाँ यार।

मनोज - अरे यार मूलचंद और हीरा भाई का क्या होगा?

विक्की - अरे मनोज उनका जो होगा वो तो होगा, लेकिन समीर की नौकरी तो चली गयी, अरे यार बहुत बुरा हुआ समीर भाई के पेट पर लात मार गयी|

मनोज और विक्की हंसने लगे|

हंस लो कमीनो हंस लो कभी हमारे भी दिन आएँगे हंसने के, समीर ने भी मुस्कुराते हुए कहा|

वो सब ठीक है, लेकिन डाक मुंशी जी आपके डाकघर तो अब बंद हो जाएगा, फिर मनोज और विक्की हंसने लगे। समीर ने दोनों को एक एक घुसा प्यार से मारा, तब तक सारे लड़के वहाँ आ गए थे। ये सब भी अब मैच खेलना शुरू कर दीए थे, सबने खूब मैच खेला, किसी की टीम हारी, किसी की जीती, मनोज और समीर एक टीम में थे,विक्की विपक्षी टीम में था, समीर, मनोज की टीम दो बार जीती और विक्की की टीम एक बार जीती

शाम हो गई थी, अंधेरा भी छा रहा था, गेंद दीखाई नहीं दे रही थी। सबने मैच बंद किया सब लड़के अपने अपने घर जाने लगे,

और विक्की, समीर, मनोज तीनों तालाब की तरफ जाने लगे, रास्ते में ही आपस में लड़ते झगड़ते पहुँचे। वहाँ जाकर वह शौच किये, फिर अपने घर जाने की तैयारी करने लगे।

मनोज - यार यहाँ तालाब पर कितना सुकून मिलता है, यहाँ पर ये खेत है, ये आम के पेड़ है, और ये तालाब कितना अच्छा लगता है।

विक्की - तो अपनी दादी को यही पर भेज दें, वह घर बनवाकर यहीं पे रहें।

मनोज - देख यार दादी का पीछा छोड़ दें

समीर - अबे दादी का इस उम्र में पीछा कौन करेगा?

तीनों खूब हंसने लगे

समीर कमीना, तो कभी नहीं सुधरेगा कुत्ता, मनोज ने हँसते हँसते कहा।

फिर तीनों घर के लिए चलने लगे,तालाब से उनके घर का रास्ता 10 मिनट का था पैदल, लेकिन वे 20-25 मिनट लगाते थे, आने में रास्ते पर मस्ती करते रहते थे।

समीर - अरे मनोज भाई, तुझसे एक बात बतानी थी यार, वही बात बताने तेरे घर गया था, तो तेरी दादी ने दीमाग ही खराब कर दी।

मनोज - कौन सी बात?

विक्की - अरे हम भी जान सकते हैं?

समीर - क्यों नहीं यार, अरे मैं ये बताने वाला था, की वो लड़की जिसके बारे में तुझसे बताया था।

मनोज - वो मांसी

समीर - अरे वो आज आयी थी, और अब रोज आएगी

मनोज - अच्छा तो ये बात है

विक्की - कौन मांसी समीर?

समीर - भाई तू भी जान जाएगा, और जानते हो मुझे बिस्किट भी खिलाई, अरे यार क्या उसकी मुस्कान है।

मनोज - बस कर नहीं तो तेरी भी एक दिन मूलचंद और हिराभाई वाली हाल हो जाएगी, वैसे भी तुझसे उम्र में काफी बढ़ी है।

विक्की - अच्छा भाई, चलो अपने घर कल शाम को आम के बाग में मुलाकात होगी, लेकिन यार समीर तेरी नौकरी चली गई। मुझे काफी दुख है इस बात का।

तीनों फिर हंसने लगे और तीनों अपने घर चले गए, मनोज अपने घर गया, समीर अपने घर गया

माँ आज क्या बनाया है? आते ही समीर ने माँ से पूछा।

दाल, चावल, रोटी और चोखा बनाया है, हाथ धोकर खा लो और जाकर सो जाओ, समीर की माँ खाट से ही बोली। समीर ने हाथ मुँह धोया फिर खाना खाकर अपने बिस्तर लगाया और फिर लेट गया।

माँ आज बड़ी जल्दी सो रही हो, समीर ने माँ से पूछा।

बस पैर में थोड़ा दर्द हो रहा था, इसलिए थोड़ी देर लेट गयी हूँ, समीर की माँ ने जवाब दी।

मैं दबा दू पैर, समीर ने माँ के पास आकर कहा।

ठीक है, दबा दें, लेकिन जब मैं सो जाऊं तो मुझे जगाना नहीं चुपचाप जाकर सो जाना समझे, समीर की माँ ने कहा।

समीर ने अपनी माँ के पैर दबाने लगा,

माँ कब तक हम लोग ऐसे रहेंगे? एक छोटा सा घर कब बड़ा बनाएंगे? कब हम लोग अमीर बनेंगे? समीर ने अपनी माँ से पूछा।

अरे अमीर बनने के लिए तेरे दीमाग में कहाँ से बात आयी? समीर की माँ हंसते हुए पुंछी।

नहीं, बस ऐसे ही पूछ रहा हूँ।

जब तू अच्छे से पढ़ लेगा और नौकरी मिल जाएगी तो समझो हम लोग अमीर हो जाएंगे, लेकिन ये बता तो किस अमीर से कम है? तुझे तो केवल पढ़ने की चिंता करनी चाहिए बाकी के लिए मैं हूँ न, तू बस अपने सही सफ़र पर चलते रहो, मंजिल तो मिलेगी ही।

समीर की माँ सो गई और समीर पैर दबाता रहा, समीर ने जब देखा कि माँ सो गयी तो वो भी जाकर अपने बिस्तर पर सो गया, उसने सीधा लेटकर अपनी पूरी आंखें खोलकर आसमान में देख रहा था। आसमान पूरा साफ और पूरी चांदनी भी बिखरी थी, और तारे टिमटिमा रहे थे, और समीर इन में खो कर यह सोच रहा था की ये सफ़र किस दिन खत्म होगा कब मंजिल मिलेगी। फिर उसे खुद उत्तर मिल जाता था की माँ कह रही थी कि बारहवीं पास करने के बाद नौकरी मिल जाएगी, और सफ़र तब खत्म हो जाएगा और मंजिल मिल जाएगी। फिर उसको अचानक मांसी का चेहरा याद आ गया। वो फिर सोचा कि ये कौनसा सफ़र है? कौनसी मंजिल है? इन्हीं सभी यादों में वह धीरे धीरे डूबता चला गया। फिर वो सोचा, नहीं अब हमें मेहनत से पढ़ाई करनी है। हमें अमीर आदमी बनना है, लेकिन बीच बीच में मांसी का चेहरा उसके सारे सोच पर पानी फेर देता था। वो फिर उसके बारे में सोचने लगा।वह सुनिश्चित नहीं कर पा

रहा था, आखिर उसको करना क्या है? वो अब भी आंखें खोलकर आसमान को देख रहा था, कि ये रातें कभी डरावनी लगती है, और कभी इतनी खूबसूरत लगती है, कि जी करता है कि कभी सुबह न हो, केवल ऐसे ही चमकती चांदनी रात बनी रहे, ये सब सोचते सोचते है उसकी नन्ही आंखें बंद हो गयी, और वह नींद की गोद में चला गया। आज काफी देर बाद उसे नींद आयी लेकिन वो बड़े ही सुकून से सो रहा था।

चारों तरफ लाइट लगी थी, हर जगह शोर शराबा हो रहा था।कुछ औरतें बैठकर आपस में गीत गा रही थी, कुछ आदमी तंबू लगा रहते हैं, चारों तरफ खुशी का माहौल था, और इस समय शाम के 5:30 बजे थे, हलवाई खाना और मिठाई बना रहा था। बांकेलाल का घर पूरे रौनक में था हर जगह दो दो काम हो रहे थे, तम्बू दो जगह लग रहे थे, दो हलवाई भी अलग अलग मिठाइयां बना रहे थे, और बारात की रात में ठहरने के लिए दो अलग अलग जगह व्यवस्था हो रही थी। क्यों नहीं होता भाई बाकेलाल के दो बेटियों की जो शादी थी, आज बांकेलाल बड़े खुश दीख रहे थे। सबसे बड़े ही आदर से बात करते थे, स्वागत करते थे। वैसे तो उनकी सकल ऐसी थी, कि रात में बड़े देखकर डर जाएं। काले और ऊपर से उनकी बड़ी बड़ी मुछे अलग ही रूप देती थी। उनसे कोई बात नहीं करना चाहता था, क्योंकि वह अपने आगे किसी की भी नहीं सुनते थे।वह केवल अपनी ही बड़ाई ही सुनाना चाहते थे। उनके चेहरे पर कभी मुस्कान नहीं आती थी, लेकिन आज उनके अंदर काफी चीज़ें बदली दीखाई दे रही थी। आज उनके अंदर प्यार था, सद्भाव था।

अरे, यार, तुम कहा था कब से मैं तुझे खोज रहा हूँ, मनोज और समीर को देखकर विक्की बोला।

बस यार, ऐसे ही घूम रहे थे, और बता क्या हो रहा है, समीर ने कहा।

कुछ नहीं बस तुम लोगों को बाकेलाल चाचा पूछ रहे थे हमसे, विक्की ने उत्तर दिया।

मनोज - क्यों हमें क्यों पूछ रहे थे हमने क्या किया|

अरे कुछ नहीं बस वो मंडप सजाना था इसलिए|

मनोज - भाई ये तो काम समीर जी का है क्यों? समीर भाई, तुम तो इन सब की बड़ी सेवा की है, चलो मंडप भी सजवा दे|

समीर-अब मैं क्यों सजाऊ?

तभी वहाँ पर बाकेलाल आते हैं, सफेद धोती और कुर्ता पहने हुए उनका पैर रंगा गया था|

अरे बच्चो, तुम सब यहाँ कर रहे हो? अरे जाओ मंडप सजवाओ,अरे अब टाइम ना बा सब तुम्ही लोगो को सब देखना है, हम कब से तुम लोगो का इन्तजार कर रहा था, सब इज्जत तुम ही लोगो को बचानी है, चलो जाओ अब जल्दी करो। बाकेलाल ने ऐसा सारी बात कही कि मानो यह सब उनके ही घर के सदस्य हैं। सब हैरान होकर बाकेलाल को देख रहे थे, कि आज इतनी इज्जत?ये क्यों दे रहे हैं?

विक्की- चाचा आप चलिए हम लोग बाकी देख रहे हैं,

बाकी ठीक बाय अब तुम ही लोगों के हाथ में इज्जत बा हमार,कहकर बांकेलाल दूसरी तरफ चले गए।

समीर- चल बेचारा इतनी इज्जत से कह रहे हैं तो कुछ करवा देते हैं की तो चल मंडप सजा दें।

मनोज -नहीं, हम लोग मंडप नहीं सजाएंगे।

समीर- पागल हो गया तो फिर कौन जाएगा?

मनोज - वही सजाएंगे जिन्होंने प्यार की कसमें खाई थीं, इन लड़कियों के लिए

विक्की - तुम्हारा मतलब है, हीरा और मूलचंद भैया

मनोज- हाँ भाई।

समीर - अरे यार उन दोनों की हालत तो आज देखने लायक होगी, चल उन दोनों को बुलाते हैं,

अच्छा विचार है।

तीनों जाकर मूलचंद और हीरा को पकड़कर लाते हैं, और उनसे मंडप सजाने की बात करते हैं।

समीर - भैया सजा दीजिए मण्डल वो भी क्या याद रखेगी, कि मेरे प्यार ने मेरी शादी के मंडप सजाए थे।

तीनों के कहने पर मूलचंद और हीरा दोनों मिलकर मंडप सजाना शुरू किया। मंडप घर के द्वार पर बनाया था, तो इसलिए घर की खिड़की से चन्द्रावती और तारा ने भी हीरा और मूलचंद को मंडप सजाते देखकर भावुक हो रही थी, और वही हालत इधर हीरा और मूलचंद की थी, बीच-बीच में ये लोग अपनी आंखें भी पोंछ रहे थे। वहीं पर खड़े तीनों समीर, मनोज और विक्की उनके मज़े ले रहे थे। मंडप सज गया था, धीरे धीरे बारात आने का टाइम हो गया। दूर से ही बाजा की आवाज सुनकर लोग जान गए कि बारात आ गई है। बच्चे दौड़कर बाजा के पास जाकर नाचने लगे। उसमें बाराती पक्ष के लोग भी नाच रहे थे, फिर बारात का स्वागत हुई। सब को पानी पिलाया गया, फिर खाना खिलाया गया और फिर विवाह के लिए तैयारी चलने लगी, दूल्हा मंडप में बैठे थे, दुल्हन भी बैठी थीं। पंडित मंत्र पढ़कर विवाह संपन्न कर रहे थे, औरतें और लड़कियां गीत गा रही थी, उधर हीरा और मूलचंद का बुरा हाल था। वह एक कमरे में दर्द से भरे

नगमे सुन-सुन कर रो रहे थे, अब उनको समझाने कौन जाए समीर, विक्की और मनोज खाना खाएं और अपने अपने घर चले गए सोने, इधर विवाह संपन्न हुआ दूल्हा- दुल्हन के साथ घर में गया दुल्हन की सहेलियाँ उनको खाना खिलाएं फिर सुबह विदाई होने लगी चारों तरफ से सिसकियाँ सुनाई दे रही थी, और वो चली गयी पिया के घर, इस सदमे में हिरा और मुलचंद दोनों मुंबई चले गए कमाने,

उन्होंने कहा की जिसके लिए हम यहाँ पर थे, अब वह बेगाना हो गया, तो अब यहाँ क्या काम चले कुछ कमाए और अब घर की जिम्मेदारी देखनी है। समीर ने उनसे पूछा क्या आपका सफ़र खत्म हो गया? उन्होंने कहा हाँ, ये सफ़र तो खत्म हो गया, अब दूसरा शुरू हो गया है।उन्होंने समीर से कहा कि तू जब किसी से प्यार करेगा तब तुझे सब समझ आ जाएगा, चलो अब हम चलते हैं कहकर वह दोनों चले गए।

समीर सोचता रहा कि इनका सफ़र खत्म हो गया और मंजिल भी किसी और की हो गयी, तो फिर ऐसे सफ़र पर चलने से क्या फायदा की अंत में मंजिल ही ना मिले। यानि की ये प्यार व्यार सब बकवास है, ये जो करेगा उसकी हालत मूलचंद और हीरा की तरह हो जाएगा, समीर को खुद से दुख हुआ कि वो अक्सर प्यार में पड़ जाता है, लेकिन वो मूलचंद और हीरा को टूटता देखकर प्यार पर उसको तरस आ रहा था।अब वो कुछ करना चाहता था, अपने अच्छे सफ़र की शुरुआत के लिए।

सामने मांसी बैठी थी और लड़कियां इधर उधर पेड़ के नीचे बैठकर कुछ सिल रही थी, समीर मांसी से बात कर रहा था, मांसी की मुस्कान देखकर समीर को अच्छा लग रहा था, लेकिन समीर केवल बात तक ही सीमित रहना चाहता था।और वो तो उम्र में भी मांसी से काफी छोटा था, समीर

बहुत बात करता जब से वो आ जाती बस समीर बैठ जाता बात करने वे लोग इधर उधर की बातें करते, मांसी समीर से अपने घर के बारे में भी बात करती है, वो अपने भाइयो बहनों के बारे में बात करती,अब समीर को रात में भी मांसी से बात करने का मन करता था, वो दिन होते ही मांसी का इंतज़ार करने लगता और मांसी भी सुबह आ जाती है, हर लड़कियों से 1 घंटे पहले ही आ जाती, और वो बैठकर बात करते हैं। वो आपस में लड़ते और झगड़ते भी थे। समीर अब तो मनोज से मिलना कम कर दिया था, वह सारा दिन मांसी के साथ बिताता था। जब भी वह मनोज से मिलता, उससे कहता है कि यार घर पर कुछ काम बढ़ गया था, जिससे तुमसे मिलने नहीं आ सका, वो उससे भी सच्चाई छुपा लेता था।

मांसी - समीर कभी मेरे घर आओ।

समीर - क्या करने।

मांसी - ऐसे ही घूमने आ जाओ मेरे घर भी देख लेना और मेरे भाई भाभी बहन से भी मिल लेना।

समीर - देखेंगे कभी।

समझ नहीं पा रहा था कि उसे क्या हो रहा है? वो मांसी के बिना जब अकेले होता तो उसे अच्छा नहीं लगता था। उसे लगता था, कहीं न कहीं वो मांसी को पसंद करने लगा है, ये ऐसी स्थिति उसके साथ पहली बार हुई थी, उसे लगता था कि मांसी भी उसे कहीं न कहीं पसंद करती है, समीर अब स्कूल भी कम जाता था, उससे अच्छा नहीं लगता था। स्कूल में उसका कक्षा आठवीं की परीक्षा भी होने वाली थी, लेकिन वो खुद को तैयार नहीं कर पाता था परीक्षा के लिए।

# यारों से जुदाई

एक दिन समीर अपने घर पर बैठा था मांसी आयी उसने समीर को देखी और मुस्कुरा दीं

मांसी - और क्या हाल है?

समीर - ठीक है, क्या बात है, बड़ी आज आप खुश लग रही हैं।

मांसी - देखो समीर आज मैं तुमसे कुछ कहना चाहती हूँ, क्योंकि मैं तुम्हें अपना सबसे अच्छा दोस्त मानती हूँ, इसलिए तुम्हें बताती हूँ, ये देखो ये कैसी तस्वीर है ये कैसे लग रहे है? मांसी ने अपने बैग से एक फोटो निकाल कर समीर की तरह देते हुए कही।

समीर - वाह क्या खूबसूरत तस्वीर है पर ये है कौन लड़का।

मांसी - तुम बताओ ये कौन है?

समीर - अरे मुझे क्या मालूम तस्वीर आप दे रहे हो, और आप कहते हो, तुम बताओ।

मांसी - इनसे हमारी शादी होने वाली है।

इतनी बात सुनकर समीर को ऐसा लगा कि वह जागता हुआ सपना देख रहा है। वो खामोश हो गया, उसे समझ में नहीं आ रहा था कि वह अब क्या बोले।

क्या हुआ? ये अच्छा नहीं है? मांसी ने बड़े ही उलझन से बोली।

नहीं - नहीं बहुत अच्छे हैं पूरे हीरो की तरह, समीर ने बनावटी हँसी से कहा।

मांसी - देखो, तुम मेरी शादी में सुबह से ही रहना समझे, नहीं तो दोस्ती खत्म।

समीर - ठीक है, मगर शादी कब है?

मांसी - देखो, पंडित जी कब का दिन बताते हैं, लेकिन तुम्हारे परीक्षा के बाद ही होगी जून या जुलाई में।

समीर - तब तो ठीक है, मैं खाली रहूँगा।

मांसी - हाँ, एक और बात है, अब मैं नहीं आउंगी, क्योंकि शादी के केवल यही तीन चार महीने बचे हैं, तो इसमें और भी काम करना है, लेकिन मैं निमंत्रण लेकर जरूर आऊंगी।

समीर - ठीक है, लेकिन घर पर रहकर हमें भूल नहीं जाईयेगा।

मांसी - अरे अपने दोस्त को कोई भूलता है।

फिर मांसी समीर की माँ से बात करने लगी। तब तक और लड़कियां आ गई और वो मांसी को छेड़ने लगी।

समीर आज बड़ा बुझा सा दीख रहा था, उससे अजीब लग रहा था, वो अब एकांत जगह खोज रहा था, उसे ऐसा लग रहा था, जैसे की उसका कोई अपना कुछ खो गया है, उसका दिल खूब रोना चाहता था।

वो अपनी माँ से कहकर मनोज के घर चला गया, वहाँ से मनोज के साथ वो फिर आम के बाग में आ गए।

आम के पेड़ पर खूब बौर लगे थे, उसकी महक भी पुरे बाग में फ़ैल रही थी, वहीं पर एक डाल पर मनोज चढ़कर बैठ गया और दूसरे पर समीर भी चढ़कर उसी पेड़ की डाल पर बैठ गया।

कुछ देर तक दोनों शांत थे, मनोज को पहले से ही शक था, कि समीर के साथ कुछ हुआ है, इसलिए इस समय आम के बाग में लेकर आया, पहले तो इस समय वह अपने घर पर रहता था,तो आज इसे क्या हो गया|

मनोज - क्या बात है समीर, क्यों इतना परेशान है?

समीर - कुछ नहीं यार, पता नही मुझे कुछ अच्छा नहीं लग रहा है|

मनोज - बताओ यार, मुझसे कुछ छुपा रहे हो, मुझे तुमसे ये उम्मीद नहीं थी|

समीर - यार मैंने तुझसे शिर्फ एक बात छुपायी यार, वो मांसी है न उसकी शादी होने वाली है,वो आज ही अपने होने वाले पति की फोटो दीखा रही थी।

मनोज - ये तो और अच्छी बात है, तब तुम इतने परेशान क्यों हो?

समीर - पता नहीं क्यों? यार जब से मैंने सुना है, और फोटो देखा है, तो मुझे अजीब सी बेचैनी हो रही है।

मनोज - देख यार तुम जिसको ज्यादा पसंद करते हो, अगर वो तुमसे दूर जाए तो दुख तो होता है।

समीर - हाँ, लेकिन मैं उसे पसंद नहीं करता और वो मुझसे उम्र में भी बढ़ी है, लेकिन हम साथ ज्यादा वक्त गुजारते थे, लड़ते और झगड़ते थे, अब हम एक दूसरे से अलग हो जाएं, अब न झगड़े ना ही एक दूसरे को मनाएंगे।

मनोज - देख यार बात यह सच है, कि तुम उसे कहीं ना कहीं दिल से चाहने लगा था।

समीर - ये कैसे हो सकता है, मैं कभी ऐसी बात उसके बारे में सोचा ही नहीं लेकिन हम नहीं जानते थे, कि हम इतनी जल्दी एक दूसरे से अलग हो जाएंगे। हम केवल एक अच्छे दोस्त हैं। मैं अपनी सारी बात उसे बताता हूँ और वह मुझे बताती हैं। ये दोनों साल उसके साथ इतनी जल्दी चले गए कि पता भी नहीं चला।

मनोज - देख, छोड़ इन सब बातों को अब तेरी परीक्षा है आठवीं की, अच्छे से परीक्षा दे और अच्छे नंबर से पास हो समझे।

समीर -हाँ यार अब केवल पढ़ाई करनी है, चल ठीक हुआ, की सच्चाई का पता चल गया, वरना हम तो अंधेरे में भटकते रहते हैं।

मनोज - लेकिन एक बात बताओ तुम मान लें, कि तुम उसे पसंद करने लगा था।

समीर - अगर इस बेचैनी को पसंद कहते हैं, तो यह मेरा पहला पसंद था, और अच्छा हुआ की ये आगे नहीं बढ़ा, नहीं तो मेरी हालत हीरा मूलचंद भैया जैसी हो जाती है, और हाँ आज से किसी लड़की के इतने करीब नहीं जाएंगे।

समीर के समझ में आ गया था, कि प्यार का झटका उसको लगा था, लेकिन उससे अब उन पलों को भूलने के अलावा और कोई रास्ता नहीं था। अब वो परीक्षा की तैयारी करने लगा, वो रात-रात तक पढ़ता, क्योंकि यह परीक्षा उत्तीर्ण करने के बाद उसे एक नए सफ़र की शुरुआत करनी थी।

परीक्षा का आखिरी दिन था, सब बच्चे परीक्षा देकर अपने घर चले गए, लेकिन नीरज, सुशील और समीर रुक

गए। वह सब नीरज के अमरूद के बगीचे में जाकर रखी खाट पर बैठकर अपने परीक्षा के बारे में बात करने लगे। किसका अच्छा पेपर गया, किसने नंबर ज्यादा आने की संभावना है?

नीरज - समीर तेरा पेपर सब कैसा गया।

समीर - पास हो जाऊंगा।

सुशील - केवल पास हो जाएगा या फिर अच्छे नंबर से पास होगा?

समीर - मैं तो पास हो जाऊंगा, तू बता तेरा क्या होगा?

सुशील - वही होगा जो मैं चाहता हूँ।

नीरज - क्यों तुम अपना पेपर खुद चेक करोगे?

तीनों हंसने लगे।

नीरज - समीर, कक्षा 9 में कहा नाम लिखवाना है।

समीर - यार राष्ट्रीय इंटर कॉलेज कॉलेज का बड़ा नाम सुना है।

सुशील - यार हम तो शहर इंटर कॉलेज में एडमिशन लेंगे।

नीरज - यार मैं भी शहर इंटर कॉलेज में ही सोच रहा हूँ, लेकिन मैं सुना है कि वहाँ पढ़ाई कम और लड़के लड़ाई ज्यादा करते हैं, और राष्ट्रीय इंटर कॉलेज में केवल पढ़ाई होती है, क्योंकि वहाँ का प्रिंसिपल बहुत ही सख्त हैं। वह बच्चों को बहुत मारता है, अगर कोई गुंडे बाजी की तो, चलो ठीक है, अब रिज़ल्ट आने के बाद में ही तो फैसला होगा कि हम कहाँ जा रहे हैं पढ़ने।

समीर - चल यार अब तो हम बिछड़ जायेंगे।

सुशील - नहीं यार, हम बिछड़ेंगे नहीं हाँ, लेकिन एक दूसरे के साथ समय कम मिलेंगे बिताने को।

सब ने आपस में गले लगे, हाथ मिलाया, फिर अपने-अपने घर को चले गए। जाते जाते सबकी आंखें नम लग रही थी। सब एक दूसरे को दूर तक देखते रहे। वे यह सोच रहे थे, कि अब वह मस्ती नहीं कर पाएंगे, अब जहाँ वो पढ़ने जाएंगे तो वहाँ कैसा माहौल होगा, यहाँ पर तो वो एक परिवार की तरह रहते थे, इसका कारण था, कि यहाँ बच्चे कम थे, और वहाँ तो हजारों की तादाद में बच्चे होंगे। समीर की भी आंखें नम थी वो रोना चाहती थी, लेकिन समीर ने उसे रोक रखा था। वो धीरे-धीरे अपने घर की तरफ बढ़ा जा रहा था। उसके दीमाग में वही मस्ती किए गए नीरज और सुशील के साथ के दृश्य घूम रहे थे।

सुबह से ही मनोज के घर के कई चक्कर समीर लगा लिया था, क्योंकि आज मांसी की शादी थी। 15 दिन पहले वो खुद निमंत्रण लेकर आई थी, और समीर को सुबह से ही शादी वाले दिन बुलाई थी। समीर पहली बार मांसी के घर जाने वाला था। मनोज ने भी समीर के साथ मांसी के घर गया, वहाँ चारों ओर लाइट लग रही थी, लोग सब्जी काट रही थी, घर के अंदर औरतें गीत भी गा रही थी, समीर ने एक छोटे बच्चे से कहा कि अंदर मांसी से जाकर कहे की समीर आया है, वह बच्चा घर के अंदर चला गया, तब तक समीर और मनोज दोनों बाहर ही खड़े थे। कुछ देर बाद मांसी घर से बाहर आई और समीर मनोज को साथ लेकर घर के अंदर चली गयी। वहाँ एक रूम में समीर और मनोज को बिठा दी और अपने चली गयी पानी और मिठाई लाने के लिए। कुछ देर में एक प्लेट में चार रसगुल्ले और पानी लेकर आयी।

लो पहले तुम लोग पानी पी लो फिर बाद में बात होगी, मांसी ने रसगुल्ले की प्लेट समीर की तरफ बढ़ाते हुए बोली।

ठीक है, हम पहले पानी पी लेते हैं फिर हमारे लायक कोई काम है तो बताइए, समीर ने एक रसगुल्ला मुँह में डालते हुए कहा।

मनोज ने भी रसगुल्ले खा कर पानी पी लिया।

मांसी बोली, चलो तुमको अपने परिवार से मिलाते हैं, फिर उसने सबसे बारी बारी मिलवाई

सबसे समीर और मनोज मिलकर उसी रूम में आकर फिर बैठ गए

समीर - हम अब तो सब से मिल लिए

मांसी - नहीं एक मेरी छोटी बहन है सपना से नहीं मिले।

समीर - हाँ मुझे याद नहीं था कहाँ है वो|

अभी मैं खोज कर लाती हूँ,इतना कहकर मांसी सपना को खोजने चली गयी।

कुछ देर बाद मांसी के साथ एक लड़की आयी, उसके दोनों हाथों में मेँहदी लगी थी। चेहरे पर एक अलग ही मुस्कान थी। वो मांसी से कह रही थी दीदी कहा लेकर मुझे जा रही है|

मनोज ये तो वही लड़की है, जिसके बारे में उस दिन बताया था, जिसदिन हमलोग पतंग उड़ाने गए थे, समीर ने चुपके से मनोज के कान में बड़बड़ाते हुए कहा,

मनोज-अच्छा, ठीक है, चुप हो जाओ।

मांसी - तो समीर, ये हमारी छोटी बहन सपना और सपना ये है समीर और मनोज|

सपना ने दोनों से बात की, समीर तो केवल सपना को देख रहा था|

सपना - तो आप लोग आज रात में रुक रहे हो?

मांसी - नहीं तो क्या मैं इन्हें जाने दूंगी।

मनोज - हाँ क्यों नहीं, समीर को आप रोक लेना, मैं चलता हूँ वैसे भी समीर को घर पर कोई काम नहीं है।

मांसी - नहीं आप कहाँ जाओगे मनोज, तुम भी आज रहो समझे।

सपना - हम लोग आज रात में मिठाई के डिब्बे पैक करेंगे, जिससे कि दीदी अपने घर लेकर जाएँगी। अच्छा दीदी ये बताओ ये कैसी लग रही है

मांसी - अच्छा-अच्छा

सपना - समीर जी आप बताइए,

समीर - बहुत खूबसूरत,

फिर सब मिल कर मिठाई के डिब्बे बनाने लगे, बारात आती है, मांसी की शादी हो जाती है। रातभर समीर और मनोज सपना खूब बातें करते हैं, एक ही रात में काफी हिल मिल जाते है। सुबह मांसी की विदाई हो जाती है। सभी की आंखें नम रहती हैं, सपना भी रो रही होती है।

समीर, मनोज, सपना से विदाई ले कर अपने घर चलने की तैयारी करते है। सपना उनसे कहती हैं, कि वो स्कूल आएगी तो उनसे मिलने जरूर आएगी, समीर और मनोज चले जाते हैं घर को, रास्ते में समीर ने मनोज से कहता है यह खूबसूरत लड़की है यार, एक बार वो हमारी जिंदगी में आ जाये तो किस्मत बन जाए, मनोज उसको समझाता है, कि देख दिलफेंक आशिक ना बन तू मांसी के बारे में ऐसा सोच रहा था, वो तो चली गई, अब सपना के बारे में सोच रहा है।

समीर - नहीं मनोज मैं तो मजाक कर रहा था, इतनी खूबसूरत लड़की मुझको नहीं मिल सकती, फिर दोनों अपने अपने घर चले जाते हैं। सुमीर रात भर का जगह रहता है इसलिए वह घर पर जाकर सो जाता है।

आज सुबह समीर जग गया था वो आज अपने स्कूल जाने की तैयारी कर रहा था, क्योंकि आज उसका रिज़ल्ट आने वाला था। समीर नहाकर खाना खाकर साइकिल को लेकर स्कूल जाने लगता है, उसकी माँ कहती है, अच्छी खबर लाना वो चला जाता है स्कूल,आज तेज गर्म हवाएं चल रही है। समीर स्कूल पहुँचता है, वहाँ उसकी मुलाकात सुशील और नीरज से होती है। सब आपस में मिलते हैं|

नीरज - और बता कैसा है तू?

समीर - मैं ठीक हूँ, तुम लोग कैसे हो भाई?

सुशील - हम लोग तो ठीक है?बस रिज़ल्ट का इंतजार है।

सब फिर आपस में बातें करने लगते हैं, तभी दूर से प्रधानाध्यापक आते दीखाई दीए।उनको देखकर सभी के चेहरे पर एक दुविधा वाली भावना हो गयी, प्रधानाध्यापक के हाथ में छात्रों के रिज़ल्ट थे, फिर सबको एक क्लास रूम में ले जाकर सबका रिज़ल्ट बता दिया गया। सब अपना-अपना रिज़ल्ट लेकर देख रहे थे, वहीं समीर, नीरज और सुशील भी अपने रिजल्ट् को गौर से देख रहे थे, सबके चेहरे पर मुस्कान थी, सब पास थे।

नीरज - भाई लो अब हम तो पास हो गए|

समीर - कौन डिवीजन?

नीरज - मैं फर्स्ट, और तुम?

समीर - मैं भी सुशील तुम्हारा?

सुशील - मैं भी यार जितनी मेहनत की है उतना फल मिला है

तीनों हंसने लगे समीर यार तुम लोग अब कहाँ एडमिशन करावोगे?

नीरज - देखते है, तू कहा करा रहा है?

समीर - हम तो भाई राष्ट्रीय इंटर कॉलेज में ही कराएंगे।

सुशील - चल यार, हम भी अपने पापा से कह कर वही कराने की कोशिश करेंगे।

नीरज - अगर समीर हम लोगों का एडमिशन हमारे पापा कहीं और करा दीए, तो यार तुम हमें भूलना नहीं, मिलने जरूर आना।

समीर - क्या यार तुम लोग भूलने की चीज हो।

फिर हंसने लगे, तब तक प्रधानाध्यापक आते हैं, और अपने कुर्सी पर बैठे हुए कहते हैं।तो बच्चो अब तुम लोग बड़े स्कूल में जा रहे हो, जाओ तुम लोग अच्छे से अच्छे कॉलेज में पढ़ो, हमारा भी नाम रोशन करो, और इस स्कूल का भी, लेकिन बच्चों तुम बड़े आदमी बनकर कभी इस स्कूल को नहीं भूलना।

समीर - मास्टर जी, ये आप क्या कह रहे हैं, हम इसे कैसे भूल सकते हैं, यही तो हम अपने सफ़र का पहला कदम रखे हैं।और आप लोग हम छात्रों को सही रास्ते बताते हैं, हम इस स्कूल को और आप लोगो को नहीं भूल सकते हैं।

मास्टर जी-चलो बच्चो, अब तुम्हारे उज्ज्वल भविष्य की कामना करते हैं, सभी बच्चे प्रिंसिपल को प्रणाम करते हैं, अपने अपने घर चले जाते हैं। नीरज, सुशील और समीर भी

स्कूल से बाहर आ जाते हैं, आज प्रधानाध्यापक की भी आंखें नम दीख रही थी।

समीर - तो भाई नीरज अब मैं भी चलता हूँ|

नीरज - अरे यार इतनी धूप हो रही है, थोड़ी देर रुक जाओ फिर चले जाना|

सुशील - चल तब तक तो मैं आम खिलाते हैं|

तीनों आम के बाग में चले जाते हैं, और सुशील पेड़ पर चढ़कर डाल को ज़ोर से हिलाता है, फिर पके आम नीचे गिरते हैं, फिर तीनों आम खाते हैं और समीर आम खाकर उनसे विदा लेकर अपने घर को रवाना होता है, उसने घर पहुँचकर माँ को पास होने की खुशखबरी देता है, फिर उसकी माँ उसको अपने कलेजे से लगाकर खुश हो जाती है|

समीर - माँ अब हम क्लास 9 में एडमिशन कहा कराएंगे और किस विषय से पढ़ेंगे?

समीर की माँ - अरे तू ही तो कह रहा था कि राष्ट्रीय इंटर कॉलेज में अच्छी पढ़ाई होती है, तो उसी में तेरा एडमिशन करा देती हूँ, और रही बात विषय की तो अब तू बता क्या सोच रखा है, कि किस विषय से पड़ेगा साइंस से या आर्ट साइंस से फैसला तुम्हारे हाथ में है| और तुम्हारा भविष्य तुम्हारे आज के फैसले पर टिका है। सोच लो अभी एक हफ्ते का समय है, फिर जैसे कहेगा वैसा मैं कर दूंगी|

समीर - माँ अभी तक तो मैंने कोई फैसला नहीं लिया, हर फैसले आपका होता था,तो इसमें मैं कैसे फैसला ले सकता हूँ|

ये तो फैसला तुम्हें ही लेना होगा, क्योंकि ये तुम्हारे भविष्य का सवाल है, हाँ, मैं तुमको केवल बता सकती हूँ,

कि कौन से विषय कि क्या महानता है, लेकिन इतना समझ लो कि हर विषय अपनी जगह पर सही है, बस यह उस पर निर्भर करता है, जो इसका ज्ञान लेता है, कि वो कैसा है इतना कहकर, समीर की माँ घर के अंदर चली गई और समीर सोचकर समंदर में चला गया।

तभी उसकी सोच भंग करते मनोज सामने खड़ा हो गया।

क्या बात है दोस्त, क्यों इतने उदास हो क्या हुआ? और तेरा रिज़ल्ट का क्या हुआ? मनोज ने आते ही सवालों की बौछार कर दी।

भाई कुछ नहीं, और हाँ रिज़ल्ट मेरा आ गया, पास हूँ अच्छे नंबर से, समीर खड़े होते हुए कहा।

अच्छा तो भाई अब तो कुछ पार्टी होनी चाहिए और मिठाई खिलाएगा कि नहीं, मनोज ने मुस्कराते हुए कहा।

क्यों नहीं भाई, चलो बाजार मिठाई तुमको खिला देते हैं, समीर ने मुस्कराते हुए कहा।

फिर मनोज और समीर निकल गए घूमने के लिए।

मनोज - समीर, चल विक्की को भी लेकर तालाब की तरफ चलते हैं, आज थोड़ा मौसम भी शांत है, रोज़ की तरह आज गर्म हवाएं भी थोड़ी कम बह रही है।

समीर - हाँ क्यों नहीं चल विक्की के घर।

समीर और मनोज दोनों विक्की को लेकर तालाब की तरफ चले जाते है, फिर वो पहूँचकर सब आपस में हँसी मजाक करते है।

मनोज - अरे भाई विक्की,समीर से पार्टी लेनी है।

विक्की -क्यों?

मनोज - अरे भाई का आज रिज़ल्ट आया है भाई पास हो गया है।

विक्की - सही मुबारक दोस्त

समीर - धन्यवाद

विक्की - भाई पार्टी

समीर - मैं कहाँ पीछे हट रहा हूँ

मनोज - यार समीर मैं तुझसे एक बात बताने तुम्हारे घर गया था, लेकिन यार मैं भूल गया।

समीर - कौन सी बात?

मनोज - यार, तुम तो जानते हो की मेरे घर की स्थिति थोड़ी खराब चल रही है, और इसी कारण से पिछले साल मेरा एडमिशन भी नहीं हो सका और मेरी पढ़ाई भी छूट गए हैं।

समीर - चल यार वक्त के साथ सब ठीक हो जाएगा।

मनोज - नहीं यार, वक्त के साथ सब कुछ ठीक होता है जब उसे ठीक करने की आप कोशिश करेंगे।

विक्की - हां तो तुम कहना क्या चाहते हो?

मनोज - यार तुम लोगों को पता है, कि मेरे पिता जी अब बहुत पीने लगे हैं, और खेत बेचकर बहन की शादी कर दी।और अब घर का बोझ माँ के शिर पर आ गया है और छोटे भाई को भी पढ़ाना है।

समीर - तो क्या करना चाहता है?

मनोज - यार, मैं यही तुमसे बताना चाहता था, कि अब मैं मुंबई जा रहा हूँ कमाने के लिए?

समीर -क्या पागलों की तरह बात कर रहे हो यार, अभी पूरी जिंदगी पड़ी है कमाने के लिए, अभी तो हमारे दिन ही हैं पढ़ने के लिए।

विक्की - यार मनोज थोड़ा सोच ऐसा न हो कि तुम्हारा आज का फैसला भविष्य के लिए भारी पड़ जाए।

मनोज - मैंने सब कुछ सोच समझकर ही फैसला लिया और मेरी माँ का भी यही फैसला है।

समीर - अच्छा ठीक है, वहाँ पर क्या करेगा किसके साथ रहेगा।

मनोज - मेरे मामा है जो दूर के रिश्ते में हैं उनका मुंबई में फलो की दुकान है। वही मैं जा रहा हूँ।

विक्की- लेकिन तुम अकेले ही यहाँ से मुंबई कैसे जाओगे?

मनोज - नहीं यार कल वो आएँगे और परसों सुबह राजनगर से बस के द्वारा बनारस और बनारस से ट्रेन से सीधे मुंबई और हाँ यार तुम लोग हमें भूलना नहीं।

समीर - क्या बात करता है, तू ही तो है मेरा यार, और तुझे मैं भूल जाऊं।

मनोज - और हाँ, परसों सुबह छोड़ देना, हमे बस स्टैंड तक।

विक्की - कहो तो मुंबई तक छोड़ दे, सब हंसने लगते हैं, फिर उसके बाद अपने अपने घर चले जाते हैं।

आज सुबह से ही समीर बड़े ही रोवासा चेहरा बनाकर बैठा है, उसे मनोज की बड़ी याद आ रही है और जब वह सुबह को उनको छोड़ने गया था, बस स्टैंड में तो उसको गले लगाते हुए उसकी आंखें भर गई थी। आज उसको बहुत दुख

हुआ है। इतना तो तब नहीं हुआ,जब मांसी की शादी हुई थी, लेकिन आज उसको बहुत दुख हो रहा था|

क्या हुआ तुम इतने दुखी क्यों है? अच्छा मनोज चला गया, इसलिए कोई बात नहीं 2 - 3 दिन तुझे ठीक नहीं लगेगा, फिर सही हो जाएगा, समीर की माँ ने समीर के सर पर हाथ फेरते हुए कही|

समीर - मनोज इतना पढ़ने में अच्छा था, और मुझसे अच्छे स्कूल में पढ़ता था। उसके पिताजी भी कमाते है तब भी वो पढ़ नहीं सका और कमाने चला गया, और मेरे पिता भी नहीं है, और मुझे आप पढ़ा रही है, आप मुझे क्यों नहीं कमाने के लिए भेजती है?

अच्छा तेरे पिताजी नहीं हैं तो क्या हुआ मैं हूँ माँ,तुझे किस बात की तकलीफ है कि तू कमाने जाएगा, अभी तेरी उम्र केवल पढ़ाई की है, तो फिर पढ़ो, समझे, और एक बात हमेशा याद रखना कि हर सोते हुए आदमी को बिस्तर नसीब नहीं होता है, और हर बिस्तर वाले को नींद नसीब नहीं होती समझे, समीर की माँ ने थोड़े गुस्से में बोली| क्योंकि समीर की ये छोटी सी बात उसकी माँ को झकझोर कर रख दी थी, समीर की माँ हमेशा सोचती थी, कि समीर को कभी बाप की कमी महसूस न हो, लेकिन समीर की बात आज उसकी माँ को थोड़ी सी दुख दी थी,और ये बात समीर को पता चल गया था, इसलिए अपनी माँ से वादा किया कि वह कभी भी ऐसी बात दोबारा नहीं करेगा।

चल मुँह धोकर खाना खा लो ठंडा हो रहा है, समीर की माँ खाना निकालते हुए कही|

समीर उठकर हाथ मुँह धोकर खाना खाया, आंगन में बिस्तर लगाकर सोने की कोशिश करता है लेकिन उसको नींद नहीं आती है, उसकी आंखें के सामने मनोज के साथ बिताए

पल घूमने लगते है। उसके साथ हर मस्ती की दृष्टि उसके सामने चलता है। समीर यह सोचता है कि अब वह क्या करेगा जब वो खाली समय पाएगा किस के साथ लड़ाई करेगा और किसके साथ वो अपने दिल की बात करेगा अगर किसी और के साथ वो करता है, तो उसकी भावनाओं का मजाक बना देता है। केवल मनोज ही उसका अच्छा दोस्त है विक्की भी ठीक है, लेकिन मनोज की बात अलग थी, वो कैसे अपने परिवार दोस्तों से अलग होकर उसको कितना दुख हो रहा होगा यही सब बातें उसके दीमाग में चलते-चलते उसको कब नींद आ गई उसको पता ही नहीं चला।

समीर और समीर की माँ स्कूल के बाहर खड़े थे। स्कूल के बाहर बोर्ड पर लिखा था, राष्ट्रीय इंटर कॉलेज राज़ नगर जनपद मऊ उत्तर प्रदेश समीर और उसकी माँ विद्यालय के अंदर जाते है, वहाँ पर एक कमरा है जहाँ पर की मनहूस शक्ल के मनुष्य थे, और लड़के वहाँ से एडमिशन फॉर्म ले रहे हैं, और चारों तरफ कमरे हैं, ये विद्यालय दो मंजिला का है।

इस समीर ने पहली बार ऐसा विद्यालय में आया है, वो चारो तरफ बड़े ही आश्चर्य से देख रहा है।

तुम यहीं रुको मैं फॉर्म लेकर आ रही हूँ, समीर की माँ ने समीर से कहीं।

समीर - ठीक है।

कुछ देर बाद समीर की माँ आती है, उनके हाथ में एक हरे रंग का प्रवेश पत्र है।

समीर इसको भरो और अपना फोटो चिपकाओं, समीर की माँ अपने बैग से समीर की फोटो निकालते हुए कहती हैं। समीर प्रवेश पत्र भरकर फोटो चिपकाकर उसको बड़े बाबू के पास ले जाकर जमा करने लगा।

सर मेरे बच्चे का नाम साइंस में लिखना है, समीर की माँ ने बड़े बाबू से कही।

देखिये मैडम साइंस साइड में सीट फुल हो गई है, केवल आर्ट साइंस में ही जगह बची है, तो एडमिशन कर दें, बड़े बाबू ने पान खाते हुए कहा।

नहीं सर, देखिये कोई उपाय है इसका, समीर की माँ ने सिफारिश करने लगी।

देखिये मैडम, मैं कुछ नहीं कर सकता इसमें, अगर आप प्रिंसिपल के पास जाएं तो काम बन सकता है, बड़े बाबू ने कहा,

समीर की माँ और समीर, प्रिंसिपल के ऑफिस में गए। वहाँ एक मोटा हट्टा कट्टा, एक अधेड़ उम्र का आदमी बैठा था, और बगल में उसके एक आदमी बैठकर बात कर रहा था।

मेरे बच्चे का एडमिशन कराना है, तो बड़े बाबू कहते हैं की सीट भर गई है, तो मुझे आपके पास भेज दिया है, समीर की माँ ने प्रिंसिपल से कही।

प्रिंसिपल - अच्छा तो मैं क्या करूँ?जब सीट नहीं है तो एडमिशन नहीं हो सकता।

समीर की मां - सर कुछ करिए नहीं तो इसका 1 साल बेकार हो जाएगा।

ठीक है, अगर मेरे सवाल का जवाब आपके बेटा सही देता है, तो मैं एडमिशन कर दूंगा तो बच्चे बताओ, .1 में.1 से गुणा करोगे तो क्या उत्तर आएगा?

समीर डरते हुए उत्तर दिया, सर .01

प्रिंसिपल - वाह, क्या बात है, लड़का पढ़ाई में तेज है, अच्छा मैं इस फाइल पर दस्तखत करता हूँ, आप बड़े बाबू को पैसे देकर फॉर्म जमा कर दीजिए, आपका बच्चा साइंस में दाखिल हो जाएगा।

समीर की मां और समीर, प्राचार्य का अभिवादन कर प्रवेश पाकर फार्म जमा कर खुशी-खुशी घर चले गए। आज समीर बहुत उत्सुक है, कि अब वह एक बड़े स्कूल में पढ़ेगा, और अधिक बच्चों के साथ और समीर की माँ भी खुश थी कि चलो अंत में इसे प्रवेश मिल गया।

आज 15 जुलाई है, और नेशनल इंटर कॉलेज का मैदान बच्चों से भरा हुआ है, सभी बच्चे कतार में खड़े हैं, उन्हीं बच्चों में समीर भी खड़ा होकर प्रिंसिपल की बात सुन रहा था, प्रिंसिपल कॉलेज के नियम बता रहे हैं।

प्रिंसिपल - बच्चों, आज इस इंटर कॉलेज में आप लोगों का पहला दिन है। इनमें से कुछ बच्चे पुराने हैं, और कुछ नए हैं, जो पुराने बच्चे हैं, वे इस इंटर कॉलेज की नियम से अवगत हैं, और जो नए हैं, उन्हें यह नियम निभानी है। यदि कोई बच्चा इस नियम को तोड़ने की कोशिश करता है, तो उसे दंडित किया जाएगा।

पहला नियम, अगर आपकी कक्षा में कोई अन्य शिक्षक नहीं है, तो आप अपने कक्षा शिक्षक से शिकायत कर सकते हैं। 15 अगस्त तक सभी को अपनी ड्रेस में दीखने चाहिए, नहीं तो उन्हें कक्षा से बाहर कर दिया जाएगा। अब आप लोग अपने-अपने क्लास रूम में जाइए, आपका क्लास टीचर क्लास रूम में जाकर बाकी की जानकारी आपको बता देगा। सभी बच्चे अपने-अपने क्लास रूम में चले जाते हैं।

समीर भी अपने क्लास रूम में जाता है। वहां कई बच्चे रहते हैं, बच्चे आपस में बातें करते हैं, और कुछ बच्चे चुपचाप सीट पर बैठ जाते हैं। समीर भी कक्षा में एक कोने में जाकर सीट पर बैठ जाता है। वह सोचता है कि स्कूल कितना बड़ा है, क्लास रूम कितना बड़ा है, कितने बच्चे हैं, यहाँ बैठने के लिए टेबल हैं, लेकिन उस गाँव में हम टाट पर बैठते थे, बच्चे कम थे, वहा स्कूल भी छोटा था, लेकिन सब अपने लग रहे थे। यहां बहुत अजीब लग रहा है, यहाँ इतने बच्चे हैं कि फिर भी अकेला हूँ, यह सब उसके दीमाग में चल रहा होता है, कि तभी दुबला-पतला लड़का उसे हिलाकर कहता है, उठो भाई, क्लास टीचर आये है, तो समीर चौक कर देखता है, सामने एक आदमी और उनके हाथ में कुछ फाइल है, एक बार क्लास टीचर सबके तरह देखते हैं|

फिर कहते है बैठ जाओ, और खुद कुर्सी खींच कर बैठ जाते हैं, और फाइल को उलटने लगते है, वो बारी-बारी से सबका नाम बोलते हैं, फिर सबको विषय के बारे में बताते हैं, कि कौन सी घंटी में कौन सा विषय और कौन अध्यापक पढ़ाएंगे सब बच्चे अपनी कॉपी पर नोट कर लेते हैं, फिर सब बताकर कक्षाध्यापक कहते हैं, कि अब कल से आपकी क्लास शुरू होगी, अब आप घर जा सकते हैं इतना कहकर कक्षाध्यापक क्लासरूम से बाहर निकल जाते हैं|

फिर बच्चे भी कुछ बाहर निकल कर घर जाने लगते हैं, और कुछ बच्चे आपस में बात करने लगते हैं, समीर भी सोचता है, कि चलो आज का दिन तो कैसे भी कटा, वैसे भी अच्छा नहीं लग रहा था, वो खड़ा हुआ और बाहर निकलने वाला था, की उसको किसी की आवाज रोक दी।

अरे सुनो, सामने वही दुबला पतला लड़का खड़ा था,

समीर - क्या बात है,

कुछ नहीं, देखो तुम अब हमारे क्लास में पढ़ रहे हो|

समीर- तो, पढ़ रहे है क्या?

कुछ नहीं, बस देखो आज की घंटी भी नहीं चली तो मैं बोर हो गया, मैं देख रहा था की तुम भी बोर हो रहे थे।और देखो मेरे परिचय का कोई नहीं है यहाँ लड़का, और मैंने देखा कि तुम भी अकेले शांत बैठे थे, तो हम क्लास में एक साथ बैठ सकते हैं। अगर हमारे परिचय हो गया तो वैसे मेरा नाम जीतेन्दर है।

समीर - मेरा नाम समीर है|

जितेंद्र - समीर तुम हिंदू हो कि मुसलमान?

समीर - क्यों?

जितेंद्र - वैसे ही तुम्हारा नाम से पता नहीं चल रहा है। ऐसे कोई बात नहीं चलो अब कल से साथ में बैठेंगे|

समीर - हाँ ठीक है चलो कोई तो मिला इस बड़े स्कूल में|

जितेंद्र - हाँ, हमारे गांव में तो छोटा स्कूल था, और कम बच्चे थे।

समीर - वैसे तो मेरे स्कूल में भी था।

जितेंद्र - तो तुम्हारा साथ पढ़ने वाले बच्चे नहीं आए यहाँ पर?

समीर - नहीं पता वो कहाँ पर एडमिशन करा लिए हैं, और तुम्हारे साथ के?

जितेंद्र - हमारे साथ के बच्चे शहर इंटर कॉलेज में एडमिशन करा लिए|

अच्छा, चलो तो फिर कल मिलेंगे, समीर और जितेंद्र भी कॉलेज से बाहर चले जाते हैं। जितेंद्र अपनी साइकिल लेकर घर को चला जाता है, और समीर भी पैदल अपने घर को चल पड़ता है। रास्ते में उसके दीमाग में नीरज और सुशील के बारे में ख्याल आता है, की वो भी अगर यही एडमिशन करा लिया होते तो कितना मज़ा रहता। साथ में पढ़ते घूमते फिरते वही बात रहती, फिर उसको मनोज का ख्याल आ जाता, लेकिन वो भी बेचारा क्या करता, केवल सोच सकता है।

अब वो घर पहूँच गया।

समीर की माँ कपड़े सिल रही थी, उन्होंने समीर को आता देखा तो बड़ी उत्सुकता से पूछी, और समीर पहला दिन कैसा रहा स्कूल का?

समीर - ठीक ही था, आज पढ़ाई नहीं हुई, केवल प्रिंसिपल ने परिचय केवल लिए है, और बच्चे अपने-अपने क्लास रूम में बैठकर अपनी कक्षा अध्यापक से जानकारी विषय और अध्यापक का ले रहे थे, अब कल से क्लास चलेगी।

समीर की माँ - और कोई दोस्त बना कि, बस अकेला ही हो स्कूल में?

समीर- नहीं माँ, अभी कोई दोस्त नहीं बना है, हाँ लेकिन एक लड़का मिला था। उसका नाम जितेंद्र है, वो भी हमारी तरह अपने गांव से अकेले आया है, और उसी से केवल बात हुई है।देखने में तो सीधा लग रहा था, अब देखिए आगे क्या होगा?

समीर की माँ - देख वहाँ पर बड़े घर के लड़के पढ़ने आते हैं, जो थोड़े बिगड़े भी रहते हैं, और तुम दोस्ती देख सुनकर करना किसी से लड़ाई झगड़ा नहीं करना, समझे।

समीर - क्या आप भी?मैं वहाँ पढ़ने गया हूँ, की मार झगड़ा करने।

समीर की माँ - हाँ, देखते है, एडमिशन 9 वी में हो गया अब तेरे ऊपर है, की तू क्या करता है, अब तक जैसे तेरी पढ़ाई चली, लेकिन अब तुमको मन से पढ़ना है, समझे।

समीर - ठीक है, और हाँ वो प्रिन्सिपल सर कह रहे थे, की ड्रेस सब को 15 अगस्त तक हो जाना चाहिए, नहीं तो वो स्कूल में घुसने नहीं देंगे, और मेरे पास बैग भी नहीं है, उसको भी लाना पड़ेगा।

समीर की माँ- अरे क्या बात कर रहा है, बैग तो है ना तेरे पास?

समीर - वो तो कपड़े का है, आप ने सिली है, मुझे रेडीमेड स्कूल वाला बैग चाहिए।

समीर की माँ - देख बेटा, अभी पैसा नहीं है, तब तक इसी से काम चला। फिर बाद में वो बैग खरीद लेंगे और अभी तो तेरा ड्रेस भी बनवाना है, इसके लिए पैसा का जुगाड़ करना है।

समीर - ठीक है।

समीर की माँ- अच्छा ड्रेस कौन सा कलर का है?

समीर - सफेद शर्ट और नीला पैंट।

समीर की माँ -चल ठीक है।

समीर खेलने चला गया, और समीर की माँ भी अब खाली हो गयी थी सिलाई से।

शाम के 4:00 बज गए थे, तो लड़कियां भी सिलाई सीखकर अपने घर चली गई थी, और समीर की माँ अकेले अपने आंगन में बैठकर सोच रही थी, कि समीर अब बड़ा हो रहा है, तो उसी तरह आवश्यकता भी बढ़ रही है। अब

तो और खर्चा बढ़ेगा, क्योंकि अब उसके लिए किताब कॉपी लेनी है, और किताब भी काफी महंगी आती है, बड़ी मुश्किल घड़ी आ रही है, लेकिन चलो सब खुदा का सहारा है, वह सब करेंगे, इंसान का कोई सहारा नहीं है तो, मतलब ऊपर वाले का ही सहारा है। यही सब समीर की माँ के दीमाग में चल रहा था, अब शाम भी हो गई थी। समीर की माँ अपना मुँह धोकर खाना बनाने चली गयी ।

समीर अब स्कूल जाता था, जितेंद्र उसका नया दोस्त बन गया था। वो स्कूल में एक ही सीट पर बैठते थे। खाली समय में सब अपने अपने गांव की बात करते हैं। समीर तो अक्सर जितेंद्र से मनोज के बारे में बात करता है। जितेंद्र भी समीर से अपने पुराने दोस्तों के बारे में बात करता रहता था।

# मोहब्बत की झलक

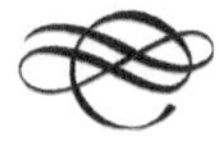

धीरे धीरे समय का पहिया अपनी गति से घूमता रहा मार्च का महीना आ गया था। कक्षा दसवीं और बारहवीं की परीक्षा शुरू हो गई थी। कक्षा 11 और 9 की छुट्टी लगभग एक महीने की हो गई थी, इसलिए समीर स्कूल नहीं जाता था। आराम से घर पर रहता था। वह अक्सर विक्की के घर मिलने जाता था, क्योंकि विक्की कक्षा 10 की परीक्षा दे रहा था, तो समीर उससे उसकी परीक्षा के बारे में जानकारी लेने जाता था।

क्योंकि अगले साल उसको भी दसवीं की परीक्षा देनी थी, वो अक्सर शाम को 6:00 बजे विक्की के घर जाता था, क्योंकि सुबह में वो परीक्षा देता था, और दोपहर में सोता था, और रात में परीक्षा की तैयारी करता था। आज भी वो रोज़ की तरह शाम को 6:00 बजे, विक्की से मिलने जा रहा था, आज विक्की का तीसरा पेपर था।

समीर को विक्की के घर जाने के लिए, एक छोर से दूसरे छोर गांव के जाना पड़ता था।और जो रास्ता था, वो कई घरों के द्वार से होता हुआ गया था, जो कि अक्सर गांव में होता है। इस तरह समीर लगभग 10 से 15 घर को पार करके विक्की के घर पहुँचता था। आज भी वो जा रहा था, वो सोचता हुआ जा रहा था, कि विक्की का आज का पेपर कैसा हुआ होगा? तभी, अचानक उसकी नजर एक नल पर खड़ी एक लड़की पर पड़ी,वो समीर को देखकर मुस्कुरा रही

थी, लेकिन समीर ने उसे देखा तो वो लड़की अपने घर में चली गयी। नल लड़की के घर के सामने था, और रास्ता नल से सटकर ही गया था। लेकिन समीर ने इस बात पर गौर नहीं किया क्योंकि, वो लड़की अक्सर वही रहती थी, क्योंकि उसका घर वही पर था। कभी वो बर्तन धोती तो कभी वो कपड़े धोती। इसमें समीर ने ज्यादा इस बात पर ध्यान न देते हुए वो आगे बढ़ गया, और विक्की से जाकर मिल कर उसके पेपर के बारे में पूछा।

और, आज कैसा पेपर गया, समीर ने विक्की से पूछा|

विक्की - सही पेपर हुआ है, आज अंग्रेजी का पेपर था, जो पढ़ कर गया था, उसी में से प्रश्न आए थे|

समीर - चल तेरे पेपर हो जाएगा, तो मुझे भी कुछ सहायता मिल जाएगी, क्योंकि अगले साल मेरी लड़ाई है।

विक्की - अच्छा, समीर, मनोज का क्या हाल है, उसका कोई चिट्ठी,खबर आई?

समीर - यार, मुझे तो अभी नहीं मालूम और उसके माँ बाप भी नहीं मिलते हैं रास्ते में, कि मैं पूछूं|

विक्की - तो उसके घर जाकर पूछ ले।

समीर - क्या बात करता है, तुझे मालूम है ना, कि उसकी दादी मुझे देखकर कितनी प्यारी शब्द प्रयोग करती हैं|

विक्की - यार ये तो बात सही है, मगर दोस्त की खबर तो लेनी होगी|

समीर - हाँ ले लेंगे|

अंधेरा छा गया,लोगों के घर का चिराग अंधेरे को दूर करने की कोशिश कर रहा था। समीर भी विक्की के घर

से चलने लगा अपने घर को, फिर से समीर की नजर उस रास्ते से सटे नल पर पड़ी समीर ने फिर देखा कि, नल पर वो लड़की बाल्टी में पानी भर रही थी। अंधेरा ज्यादा था, इसलिए समीर को सही से यह दीखाई नहीं दिया, कि इस बार वो समीर को देखकर मुस्कुराए या नहीं, समीर जल्दी जल्दी अपने घर पहूँच गया। वहाँ उसकी माँ खाना बनाकर समीर का इंतजार कर रही थी,कि अब आएगा तो खाना खाया जाएगा।

समीर की माँ - क्यों समीर, हो आये विक्की के पास से?

समीर - हां माँ|

समीर की माँ -कैसे हुआ है उसका पेपर?

समीर - ठीक ही हुआ है, विक्की कह रहा था, कि जो पढ़ कर गया था वही आया था।

समीर की माँ - अच्छा चलो, अब खाना खालो ठंडा हो रहा है।

समीर - अच्छा ठीक है, आप निकालो में हाथ मुँह धोकर आ रहा हूँ।

इतना कहकर,समीर हाथ मुँह धोने लगा, फिर आकर खाना खाया, और फिर बिस्तर लगाकर लेट गया,हालांकि अभी गुलाबी ठंड पड़ रही थी, केवल एक चादर से ही काम चल जाता था। समीर भी चादर वोढ़ा और सोने की कोशिश करने लगा।

लेकिन उसको नींद नहीं आ रही थी उसके दीमाग में ये चल रहा था, की वो लड़की उसको देखकर क्यों हँसी है, पहले तो उसे कभी मुझ पर हंसते हुए नहीं देखा था, तो आज अचानक मुझे देखकर क्यों मुस्कुरा रही थीं। यही सब

उसके दीमाग में चल रहा था, फिर समीर ने सोचा यार वो मुस्कुराई, मैं क्यों इतना सोच रहा हूँ, उसको मुस्कुराने दो| फिर समीर सो गया, दूसरे दिन समीर ने दिन में ही विक्की के घर पर गया, उस समय वो लड़की अपने दरवाजे पर खड़ी होकर किसी लड़की से बात कर रही थी, जब वो समीर को देखी तो मुस्कुरा दीं, और दूसरी लड़की से इशारे में कुछ कही, तो वो भी समीर की तरफ देखकर मुस्कुरा दीं, यह सब समीर देखकर बड़े गुस्से में उन सब को देखा, और फिर आगे बढ़ गया। समीर को लगा कि वो दोनों समीर का मजाक बना रही है। अब वो जब विक्की के घर से वापस आया, तो वो लड़की नल पर कुछ कर रही थी, लेकिन समीर को न देखी न मुस्कुरायी, लेकिन समीर उसको देखता ही चला गया। उसके दीमाग में अब ये चल रहा था की, वो देखकर हँसी क्यों नहीं? फिर अपने ऊपर ही उसे हँसी आ जाती।कि वो मुझे देखकर हंसती थी, तब भी मैं परेशान था, अब वो मुझे देखी हँसी नहीं, तो भी परेशान हूँ।

अब समीर जब भी विक्की के घर जाता तो वो लड़की नजर आती, लेकिन वो हंसती नहीं थी, और ना ही समीर की तरफ़ देखती थी। लेकिन समीर उस पर अब गौर करने लगा, उसको लगता था, कि वो किसी बात से समीर से नाराज है।

आज समीर तालाब की तरफ से घूमने निकला सोचा चलो घूम भी लेंगे, और आम भी खा लेंगे अभी छोटे छोटे आम के बौर लगे थे, समीर तालाब पर गया वहाँ वो बैठ सोच रहा था, की आज पहली बार यहाँ पर अकेला आया है नहीं, तो वो हमेशा यहाँ पर मनोज के साथ आता था, मनोज के साथ यहाँ पर घूमने आता था, लेकिन आज वह अकेला होकर काफी दुखी हैं। उसके दीमाग में वो द्रिश्य घूमने लगे, जब वो मनोज के साथ आकर यहाँ पर मस्ती करता था| क्योंकि उसका दोस्त उससे काफी दूर चला गया था, और

अभी तक उसकी कोई खबर भी नहीं आयी थी, की वो कैसा है, कब तक आएगा? समीर को आज मनोज की काफी याद आ रही थी। वो सोचा चलकर मनोज के घर पूछ ले, लेकिन फिर उसके दीमाग में उसके खड़ूस दादी का रूप आ जाता था। वो आज काफी दुखी होकर घर को जाने को तैयार हो गया, अभी थोड़ा उजाला था, सूरज की किरण अब लाल रंग से धरती को रंगीन कर रही थी। समीर पगडंडी पकड़ कर घर को जा रहा था।

अचानक, बचवा सुनो तो, किसी की आवाज समीर के कानों से टकराई समीर रुक गया, और पलटकर खेत की तरफ देखा, तो उसे एक औरत दीखाई दी, और उसके शिर पर कपड़े में बांधा घास का गट्ठर था।

अरे बाबू, थोड़ा यही गट्ठर उठाकर ये बिटिया के शिर पर रख दो तो, औरत ने समीर को रुकता देखकर बोल पड़ी| समीर- क्यों नहीं अभी रख देता हूँ|

और समीर गट्ठर के पास पहुँच गया, उसने देखा कि जिसके शिर पर गट्ठर रखना है, यह वही लड़की है, जो उसे देखकर अक्सर मुस्कुराती है, समीर ने उसको देखता रहा तभी,

अरे, देखेंगे की गट्ठर भी उठाएंगे, अंधेरा हो रहा है जल्दी घर जाना है, लड़की ने समीर का भ्रम तोड़ते हुए कही|

हाँ, क्यों नहीं, समीर ने गट्ठर उठाकर लड़की के शिर पर रख दिया।

लड़की ने गट्ठर शिर पर रखकर मुस्कुराकर समीर को शुक्रिया बोल कर और फिर वो औरत के साथ चली गई। अब तो समीर का हाल तो ऐसा हो गया था, जैसे पतझड़ के बाद वसंत में फूल खिल जाते हैं।समीर आज बड़ा खुशी से

घर पहूँचा, उस को खुश देखकर उसकी माँ ने पूछा क्या बात है समीर, आज बड़े ही खुश नजर आ रहे हो, क्या बात है?

समीर - कुछ नहीं माँ बस आज मैच जीत गया।

समीर की माँ - तो रोज़ क्यों मैच हार जाता है?

समीर - नहीं माँ ऐसी बात नहीं है|

समीर की माँ - तू बता कैसी बात है?

समीर - कुछ नहीं, बस ऐसे ही|

समीर की माँ- देख, मैं आज एक बात बता दूँ, की जिंदगी में कभी कोई ऐसा काम नहीं करना, जिसकी वजह से तुम्हारी माँ का शिर शर्म से नीचे झुक जाए, क्योंकि जो तुम्हारी उम्र हैं, इसी उम्र में लोग धीरे धीरे गलत रास्ते में भटकना शुरू करते हैं, और फिर वो ऐसे सफ़र पर चले जाते है, की उसकी कोई मंजिल नहीं होती है। अगर होता है, तो बस पछतावा समझे, अभी तुम्हारे ये बात समझ में नहीं आएगी, लेकिन मैं तुम्हें बता दूँ, कि अभी तुमको केवल अपने सफ़र पर चलना है, अपनी मंजिल तक तुझे पहूँचना है समझे?

समीर - हाँ, मैं सब समझता हूँ

समीर की माँ - हाँ तो ठीक है।

फिर समीर की माँ घर में जाकर खाना बनाने लगी, और समीर लालटेन के सामने किताब कॉपी खोलकर पढ़ने की कोशिश करने लगा। लेकिन उसका ध्यान पढ़ाई पर कम बल्कि उस लड़की की तरफ ज्यादा था। वह सोच रहा था, कि आखिर ऐसी क्या बात है, क्योंकि वो मुझे देखकर मुस्कुरा देती है? पहले तो ऐसा नहीं हुआ था, पता नहीं उसको जानने के लिए मुझमें इतनी जिज्ञासा क्यों हो रही है? आखिर क्या

बात है, उसमें ऐसी क्या बात है? उसके दीमाग में ये सब चल रहा था। फिर बीच-बीच में उसने माँ की कही बात याद आ जाती थी, लेकिन फिर उसको दूसरे पल ही उस लड़की का ख्याल आ जाता। वो भी बड़े ही दुखद समय का शिकार हो गया था। उसने अपनी किताबें बंद की और फिर खाना खाकर सो गया।

दसवीं और बारहवीं की परीक्षा समाप्त हो गई थी। अब नौवीं और ग्यारहवीं कक्षा की परीक्षा तारीख आ गई थी, और पूरा विषय फिर से दोहराने के लिए 10 दिन के लिए स्कूल में बच्चों को बुलाया गया था। क्योंकि फिर 10 दिन के बाद उनकी परीक्षा शुरू थी। अब समीर, विक्की के घर जाना बंद कर दिया था, क्योंकि विक्की की परीक्षा खत्म हो गई थी, और घूमने अपने ननिहाल चला गया था, और समीर की भी परीक्षा नजदीक आ गई थी। इसलिए उसको अब समय नहीं मिल पाता था, की वो कही घूमने जाये। वो सुबह 9:00 बजे स्कूल जाता और शाम को 4:30 बजे तक घर आ जाता फिर खाना खाकर थोड़ा आराम करता, फिर पढ़ने बैठ जाता। उसके बाद रात में खाना खाकर सो जाता।

आज भी वो सुबह 9:00 बजे तैयार होकर स्कूल को निकला तो रास्ते में उसे वही लड़की मिली, लेकिन उसके चेहरे पर कोई मुस्कान नहीं थी, और उसके पीछे एक अधेड़ उम्र की औरत चली आ रही थी, और उनके हाथ में कुछ दवा की थैली थी, समीर ने उसको देखा, वो भी समीर को देखकर भावुक हो गयी।

दोनों एक दूसरे से बात करना चाहते थे, लेकिन लड़की के पीछे वो अधेड़ औरत के कारण, समीर ने लड़की से बोलना उचित नहीं समझा, और वो आगे निकल गया, लेकिन वो पलट पलट कर देखता रहा, लड़की भी बीच बीच में पलट

पलटकर देखती थी, तब तक कि जब तक कि दोनों एक दूसरे की नजरों से ओझल नहीं हो गए,

समीर स्कूल पहूँच गया, वहाँ उसका जीतेन्द्र दोस्त इंतजार कर रहा था।

जितेंद्र - अरे यार, समीर आज तू बड़ा देर से आया है?

समीर - क्यों कोई अध्यापक पढ़ा चूके हैं क्या?

जितेंद्र - नहीं यार, अभी तो केवल प्रार्थना हुआ है।

समीर - तब फिर?

जितेंद्र - नहीं यार, बस रोज़ तुम मुझसे पहले आ जाता था, लेकिन आज क्या हुआ?

समीर - कुछ नहीं यार, बस आज देर से जगा।

जितेन्द्र - अच्छा रात को पढ़ाई खूब कर रहा है।

समीर-नहीं यार ऐसी बात नहीं है

जितेन्द्र - क्या बात है? पूरा कॉलेज टॉप करना है?

समीर-ये तो रिज़ल्ट ही बताएगा, कि कौन ज्यादा और कौन कम पढ़ रहा है।

तभी, अध्यापक कमरे में आये, और पढ़ाना शुरू कर दिया, इसके बाद दोपहर तक घंटी सबकी चली, फिर उसके बाद छुट्टी हो गयी, क्योंकि 2 दिन बाद पेपर था, तो बच्चो को थोड़ा फुर्सत तो मिलनी चाहिए। सब बच्चे अपने-अपने घर जाने लगे। समीर और जितेंद्र भी अपना बैग संभालने लगे।

तुझसे कुछ बात करनी थी, समीर ने दोबारा अपने बेंच पर बैठते हुए कहा।

क्या बात है समीर? जितेंद्र भी बेंच पर बैठ गया।

समीर - कुछ खास नहीं बस यही पूछ रहा था, की कितना तू पढ़ लिया है, क्या क्या तैयार हो गया है?

जितेंद्र - भाई कैसी बात करता है, तुझे तो मालूम है, कि मैं ज्यादा पढ़ता नहीं हूँ, बस किसी तरह पास हो जाये।

समीर - हाँ यार मुझे भी केवल गणित में समस्या है, बाकी तो मैं संभालूंगा और बता रात में तेरी पढ़ाई हो रही है।

जितेंद्र-अरे मैं पागल हूँ, जो रात में पढ़ूंगा, सब जानते हैं, कि रात सोने के लिए बनी है, तो फिर मैं कैसे जाग सकता हूँ?

समीर - तुम्हारा मतलब है, कि जो लोग रात में पढ़ते हैं, वो पागल हो जाते हैं? या रहते हैं

जितेंद्र-मेरे हिसाब से तू ने सही उत्तर दिया।

समीर - क्या बात करता है, यार चल ठीक है, देख अब कैसे पेपर आएँगे परीक्षा में।

जितेंद्र - पेपर को छोड़, ये बता की बात क्या है यार,

समीर - बस यही बात है।

जिंतेंदर - यह बात नहीं है, क्योंकि तुम भी पढ़ाई में इतना ध्यान नहीं देता, बस बात कुछ और है, दोस्त चल बता।

समीर - नहीं नहीं यार, कोई ब्लात नहीं है।

जितेंद्र - देख, अगर तू नहीं बताएगा तो, मैं अपने घर जा रहा हूँ, समझे।

समीर - नहीं यार, बैठ बताता हूँ।

जितेंद्र भाई, मेरे गांव में एक लड़की है, जो की मैं उसके बारे में कुछ जानता नहीं हूँ, लेकिन वह जब भी मुझे देखती है तो वो हंसती है। एक बार मैंने गुस्से से देखा तो मुस्कुराना छोड़ दी। फिर दोबारा उसकी मुलाकात सामने से हुई, उसका घास का गट्ठर उठाना था, तो उस दिन मुस्कुराकर शुक्रिया कहीं, फिर आज जब मैं सुबह यहाँ स्कूल के लिए आ रहा था, तो वो बाजार से जा रही थी, उसके साथ एक अधेड़ औरत भी थी और उसके हाथ में कुछ दवाइयां की तरह दीख रहा था, और उसे देखने से भी मुझे लग रहा था, कि उसकी तबियत ठीक नहीं है।और वो मुझे कुछ कहना चाहती थी।

जितेंद्र - पहले ये बता तेरे गांव की लड़की है और तू कहता है कि तू उसको जानता नहीं ये कैसे बात हुई यार?

समीर- यार वो गांव की है, लेकिन मेरे घर गांव से हट के है, और उसका घर गांव के बीच में है, जिधर में कभी जाता नहीं था, लेकिन अब एक दोस्त है, तो उसके घर जाता हूँ, तो रास्ता उसी के घर से होकर जाता हूँ

जिंतेंदर - कितना बड़ा तेरा गांव है,

समीर - ज्यादा बड़ा नहीं है, लेकिन छोटा भी नहीं है।

जितेन्द्र-अच्छा उसका नाम क्या है

समीर - नहीं जानता।

जितेन्द्र- अरे तेरी तबियत ठीक है ना, एक तो वो तेरे ही गांव की है, दूसरा नाम नहीं जानता, देख तुझे मैं बेवकूफ लगता हूँ

समीर-नहीं यार, तु समझ नहीं रहा है।

जितेंद्र - तू सही से समझा नहीं रहा है।

समीर - देख पहले छोटे थे, तो हम एक दोस्त के घर जाते थे, जिसका घर गांव से बाहर की तरफ है, तो बता मैं कैसे उसको जानूंगा

जितेंद्र-फिर यार, तेरी बात सही है, लेकिन यार मुझे यकीन नहीं हो रहा है, हाँ, लेकिन कुछ ऐसी चीजें होती हैं, जो हमारे आँखों के सामने होती है, लेकिन हम अन्जान रहते हैं, अच्छा तो बात क्या है?

समीर - यही बात है कि मुझे देखकर हंसती क्यों है?

जीतेन्द्र-इसका जवाब वही दे सकती है, तो उसी से पूछ लेना

समीर - ठीक है, जब मिलेंगे तो पूछ लूँगा

जितेंद्र - हाँ भाई इस मामले को थोड़ा देख सुनकर नहीं तो बड़ी मार पड़ेगी।

समीर - मैं चोरी करने नहीं जा रहा, और मैं किसी से डरता भी नहीं।

फिर उसके बाद जितेंद्र और समीर अपने घर चले गए

समीर की परीक्षा शुरू हो गई उसने अपना पेपर अच्छे से देता और फिर घर चला जाता है, जितेंद्र से कम मुलाकात होती है, क्योंकि वह दूसरे कमरे में बैठकर परीक्षा देता। धीरे धीरे महीना पूरा खत्म हो गया और अब समीर की परीक्षा भी खत्म हो गयी।अब गर्मी की छुट्टी हो गई थी।अब वो घर पर रहता था।

आज सुबह से समीर अपनी छप्पर वाले कमरे में बैठकर कुछ लिख रहा था।और उसकी माँ खाना बनाकर हाथ धो रही थी तभी विक्की समीर के घर आता है, और समीर के पास जाकर

विक्की - समीर यार बाजार चलना है ।

समीर - क्यों और तू अपने ननिहाल से कब आया?

विक्की - कल आया, चल अब|

समीर - अरे यार, अभी तो मैंने खाना भी नहीं खाया है।

विक्की - अरे यार मैंने भी नहीं खाया है|

समीर - बात क्या है बताएगा?

विक्की - अरे यार नरेश काका की लड़की की तबियत खराब है, उसी को देखने जाना है ।

समीर - कौन नरेश?

विक्की - अरे चल पहले तो खुद ही देख लेना|

समीर - कहाँ चलना है?कौन अस्पताल लेकर गए?

विक्की - डॉक्टर सौरभ के पास|

समीर - हुआ क्या था?

विक्की - अरे यार केवल सवाल पूछेगा, चलेगा भी उसके पेट में दर्द हो रहा था। रात से ही, तो रात में कहा अस्पताल खुलता है, तो सुबह ही लेकर गए हैं नरेश काका, समझे चलो|

समीर - रुक बस मुँह हाथ धो कर चलता हूँ ।

समीर मुँह हाथ धोकर, कपड़े बदलकर,अपनी साइकिल निकाली, अब दोनों जाने लगे, समीर साइकिल चला रहा था, और विक्की पीछे बैठा था, समीर ने साइकिल को अस्पताल की तरफ ले चला|

15 मिनट बाद साइकिल अंत में अस्पताल पहुँची, बाहर अस्पताल का बोर्ड लगा था, जिसपर लिखा था,सौरभ निदान

केंद्र, समीर और विक्की बाहर साइकिल खड़ी करके, ताला लगाकर अंदर गए,

तो अंदर काफी ज्यादा मरीज अपने-अपने बेड पर लेटे है। किसी का ऑपरेशन हुआ है, तो किसी को बोतल चढ़ रहा है, चारों तरफ केवल दवा की ही महक आ रही है,

समीर ने विक्की से पूछा, यार तुझे सही मालूम है, ना की वो यहीं पर आए हैं।

विक्की ने कहा, हाँ यार वो यहीं पर आए हैं, लेकिन यहाँ पर दीखाई दे नहीं रहे है, और कोई अपने गांव का लड़का भी नहीं दीखाई दे रहे हैं, जो कि उन लोगों के साथ में आये थे, तभी वहाँ पर एक लड़का आकर विक्की के कंधे, पर हाथ रखा तो, विक्की ने मुड़कर देखा उसने उस लड़के से पूछा कि कहाँ पर वो लोग हैं, दीखाई नहीं दे रहे हैं, तो उस लड़के ने कहा, चलो हमारे साथ वो 8 नंबर हॉल में हैं। उस लड़के को समीर जानता था, क्योंकि वो विक्की के गांव का ही था। उसका नाम सुनील था, लेकिन समीर की सुनील से कोई दोस्ती नहीं थी। केवल वह जानता था, सुनील ने एक बड़े से वार्ड में ले गया। वहाँ पर भी मरीज थे, लेकिन कम थे, और हर मरीज के पास एक नर्स थी, वहां कोने में एक बेड पर एक लड़की को बोतल चढ़ रहा था, उसको लोग चारों तरफ से घेर रखे थे।

ये सब लोगों को समीर जानता था, क्योंकि ये सब भी विक्की के गांव के ही लोग थे, और शायद यही लड़की है, जिसके लिए विक्की यहाँ पर आया था, समीर यह सब देख रहा था, तभी सुनील ने उसे बेड की ओर इशारा करके विक्की से कहा, यहाँ पर ये लोग हैं।

विक्की बेड के पास गया लेकिन समीर दूर से ही खड़ा तमाशा देख रहा था। वहीं नीचे एक औरत बैठी थी रो रही

थी। विक्की उसे काकी-काकी कहकर चुप करा रहा था। शायद यही नरेश की औरत थी, और उस लड़की की माँ, लेकिन वो औरत अपना मुँह अपने आंचल से ढक रखी थी|

इसलिए, समीर को दीखाई नहीं दिया, लेकिन विक्की ने औरत से कुछ पूछा, और उसने भी कुछ जवाब दी, तब विक्की उठकर समीर के पास आ गया।

समीर ने विक्की से पूछा वो औरत?

उस लड़की की माँ हैं, विक्की ने कहा|

विक्की ने समीर से कहा अरे यार थोड़ा रुकना पड़ेगा, अगर तुझे देर हो रही है, तो तुम जाओ, मैं पैदल ही आ जाऊंगा। अभी देखो नरेश काका को डॉक्टर ले गए हैं, कुछ पता नहीं, अभी उनसे भी बात करनी है, कोई न मैं रुकता हूँ, समीर ने कहा| तभी एक अधेड़ आदमी को देखकर विक्की बोला, लो नरेश काका आ गए।

समीर ने उस आदमी को देखा वो आदमी बिना चप्पल के, एक कुर्ता और धोती और कंधे पर एक गमछा, जिससे वो अपना पसीना पोंछ रहे थे।

विक्की तेजी से उनकी तरफ बढ़ा, और काका डॉक्टर ने क्या कहा है

कुछ नहीं, डॉक्टर साहब कह रहे हैं कि गैस की समस्या है, अब डरने की कोई बात नहीं है, और अगर फिर पेट दर्द करे तब अल्ट्रासाउंड करना पड़ेंगा, नरेश काका कांपते हुए शब्दों में बोले|

फिर नरेश अपने लड़की के पास गए, लड़की को लोगों ने घेरकर खड़े थे|

अरे यार उस लड़की को लोग घेरकर खड़े हैं, उसको हवा लगनी चाहिए, नहीं तो उसको घबराहट और होगी, समीर ने विक्की से कहा, और ऊपर से लड़की का मुँह ढंक दिया है।

नहीं यार मक्खी परेशान कर रही थी, इसलिए मुँह ढक दिया गया है, और ये लोग तो अभी चले जाएंगे।

उधर, नरेश अपनी पत्नी से कह रहे थे, कि वो घर जाएं और जब बोतल चढ़ जाएगा तो वो लड़की को लेकर आएँगे, लेकिन उनकी पत्नी नहीं मान रही थी। तब विक्की गया और सब गांव के लोगों से कहा कि आप लोग जाइए। डॉक्टर कहा है, कि अब तबियत ठीक है, बस बोतल चढ़ जाए, तो आप लोग जाइए, हम तब तक देखते हैं, और काकी से कहा कि तुम भी जाओ, चिंता ना करो, भगवान सब ठीक कर देंगे।

तब वहाँ से सभी लोग चले गए, और नरेश की पत्नी भी जाने लगीं, अचानक उनका आंचल शिर से नीचे गिरा, फिर वो उसे संभालकर उठने लगीं, तब तक समीर ने उनका चेहरा देख लिया, उनको देखकर समीर के मन में एक बात घूम रही थी, की मैंने इनको कहीं देखा है, ये बात वो विक्की से कहा, लेकिन विक्की बोला यार, ये काकी है, लेकिन आज भी घुंघट में ही रहती है,तुम किसी और को देखा होगा। अच्छा चलो बैठते हैं,

वहाँ बेड के ही बगल में ही एक लम्बा वाला बैंच था, जिसपर नरेश शिर पर हाथ रखकर बैठे थे। बगल में विक्की बैठ गया, और विक्की के बगल में समीर बैठ गया। समीर लड़की के शिर की तरफ में बैठ गया।

काका क्या सोच रहे हैं, इसको कुछ नहीं होगा, विक्की ने नरेश के शिर से उनका हाथ हटाते हुए बोला।

क्या करे बेटा कभी-कभी एक बड़ा डर लगता है, कि कुछ हो जाएगा तो इसकी माँ वैसे ही मर जाएगी, नरेश ने अपनी डबडबाई आँखों को पोंछते हुए कहे, विक्की और नरेश ने आपस में बात करते रहे, लेकिन समीर उनकी बात पर ध्यान नहीं दे रहा था, वह केवल बोतल देख रहा था, कि कब यह खत्म हो, और हम यहाँ से चले।

वो बैठे काफी बोर हो रहा था, अंत में बोतल खत्म हो गया। विक्की ने एक कंपाउंडर को बुलाकर लाया, कंपाउंडर ने कहा आप जाइए, अपना बिल बनवाए लीजिए और पैसे देकर पर्ची ले लीजिए, क्योंकि उसको गेट पर जमा करके आप मरीज को ले जा सकते हैं, और तब तक मैं बोतल निकालकर सुई लगा देता हूँ, और हाँ दवाई भी लेकर, पूछ लेना, कैसे देना और वहाँ पर काफी भीड़ है काउंटर पर, दो लोग जाओ, एक पर्ची बनवा लेना, और एक लोग दवा ले लेना।

कंपाउंडर की बात सुनकर समीर उठा सोचा, चलो जल्दी से पर्ची बनवाकर दवा लेकर घर चले।

तभी, नरेश ने समीर से कहा, बेटा थोड़ी देर और तुम यहीं बैठो हम जा रहे हैं,

विक्की ने भी बोला, बस 10 मिनट और बैठ जाओ मेरे यार।

समीर तो बैठ गया लेकिन उसको नरेश पर गुस्सा आ रहा था, नरेश और विक्की दोनों लोग चले गए। तब कंपाउंडर ने बोतल निकाल दिया और शिरिंज में दवा लेकर समीर से बोला, सुनो थोड़ा उसका हाथ पकड़ना सुई लगा दें। समीर ने लड़की का हाथ पकड़ लिया, तब कंपाउंडर ने सुई लगा दी। सुई लगते ही लड़की ने थोड़ी सी हलचल की तब कंपाउंडर ने कहा, बेटे इसका चेहरा से चादर हटा दो, और थोड़ा हवा लगने दो।

समीर ने कहा, नहीं मक्खी परेशान करेंगी,

नहीं, तुम चिंता न करो, मक्खी नहीं परेशान करेंगी, तुम चादर हटा दो कहकर कंपाउंडर चला गया।

समीर ने अपना हाथ बढ़ाकर जैसे ही चादर हटाई तो उसके होश उड़ गए, क्योंकि सामने लेटने वाली लड़की वही थी,जो समीर को देखकर मुस्कुराती थीं, लेकिन आज उसकी आँखें बंद है, और चेहरे पर दुख की घटा छायी है। समीर केवल उसको टकटकी बांधकर देख रहा था। सोच रहा था, की ये ही लड़की कितनी सुन्दर लगती थी, जब ये हस्ती थी और आज बिमारी ने इसे बदसूरत बना दिया है।

धीरे धीरे लड़की अपनी पलकें उठाईं, उसने सामने देखा समीर बैठा है, वो केवल उसी को देख रहा है, समीर को देखकर उसकी आँखों से आंसुओं की धारा बहने लगी। समीर उसको रोता देखकर घबरा गया, वह तुरन्त उसके आंसुओं को चादर से पोछते हुए कहा, आप चिंता ना करो, आप को कुछ नहीं होगा। डॉक्टर भी केवल गैस की समस्या बता रहे हैं, और अब आप घर चल सकती है। वो लड़की फिर रो रही थी, और समीर परेशान हो रहा था। समीर ने उस लड़की का हाथ पकड़कर कहा कि आप रोते हुए अच्छी नहीं लगती है, इसलिए आप रोना बंद करिए।

लड़की ने आंसुओं को रोकने की कोशिश करते हुए बोलीं आप कहते हैं कि रोते हुए हम अच्छे नहीं लगते, हमें मुस्कुराना चाहिए, तो फिर जब हम आपको देखकर मुस्कुराते थे, तो आप गुस्सा क्यों हुआ करते थे,

अब आपको हम जानते भी नहीं, और आप हमें देखकर मुस्कुराएंगे तो गुस्सा तो आएगा,

अच्छा, अब तो आप जान गए।

अब तो आपको देखकर मुस्कुरा सकती हूँ? लड़की ने बड़े प्यार से अपनी बात रख दी|

समीर- नहीं,अभी जान पहचान नहीं हुई है,वैसे मैं आपको बताता हूँ कि मेरा नाम समीर है,

मैं जानती हूँ, आपका नाम समीर है, आपका सबसे अच्छा दोस्त मनोज है, वो इस समय मुंबई में है, और अब विक्की आपके अच्छे दोस्त हैं, और आप राष्ट्रीय इंटर कॉलेज में पढ़ते हैं, और इस बार आप कक्षा नौ वीं की परीक्षा दीए हैं। लड़की ने एक सास में पूरी बात कह डाली है|

समीर - आश्चर्य से इतना सब आप हमारे बारे में कैसे जानती है?

जिससे पहचान बनाना है, उसके बारे में जानना जरूरी होता है, लड़की ने कही

समीर - अच्छा आप कौन सी कक्षा में पढ़ती है?

लड़की - मैं पढ़ती नहीं हूँ?

समीर - क्यों?

लड़की - हमें नौकरी नहीं करनी है।

समीर - तो कोई बात नहीं हुई|

लड़की - पढ़ाई में मन नहीं लगता,

समीर - किस चीज़ में मन लगता है|

लड़की - सोचती हूँ, सिलाई सीखने को और मैंने पता भी कर लिया है, कि कितनी फीस लगती है, और कहा सिलाई केंद्र है|

समीर - चलिए कुछ तो करिए, अच्छा आपको हुआ क्या था की आपको हॉस्पिटल आना पड़ा?

लड़की - अच्छा, अब मौका मिला है, वैसे तो मेरे पेट थोड़ा-थोड़ा दर्द होता था, लेकिन आज रात में इतना तेज दर्द होने लगा है, कि मैं क्या बताऊँ।

समीर - अच्छा, आप बिल्कुल ठीक है, और डॉक्टर भी कुछ दवा दिया है।अब आप का पेट का दर्द बिल्कुल खत्म।

लड़की - वैसे माँ और पिताजी का है?

समीर - आपकी माँ घर गई और पिताजी और विक्की दवा और पर्ची लेने गए है।

लड़की - अच्छा आप कब से यहाँ पर आए हैं?

समीर - अरे मैं तो सुबह से ही हूँ, विक्की ने मुझे लेकर आया है, नहीं तो मुझे क्या मालूम कि आप यहाँ पर है?वो भी नहीं पता चलता अगर आपका चादर नहीं हटाता,

लड़की - चलो आपसे मुलाकात तो हो गई।

समीर- मुलाकात तो होती थी, लेकिन बात नहीं होती थी, वैसे भी अब बात हो जाएगी, जब भी मैं विक्की के घर जाऊं तो मुलाकात हो जाएगी।

लड़की - वैसे भी हम अब सुबह 9:00 बजे से शाम को 4:00 बजे तक घर पर नहीं रहेंगे।

समीर - कहा जाएंगे?

लड़की - अभी बता रही थी, ना की सिलाई सीखने जाना है।

समीर ने कहा -कहा पर,

लड़की - बाजार में एक बहुत अच्छा सिलाई केंद्र है, वहीं पर|

समीर ने अपने सिलाई केंद्र के बारे में बताना उचित नहीं समझा, इसलिए वह चुप रहा,

अरे, आप चुप क्यों हैं? लड़की ने बोली|

कुछ नहीं आपके पिता और विक्की आ रहे हैं, समीर ने लड़की की तरफ देखते हुए कहा

विक्की और नरेश वहाँ पर आए, नरेश ने लड़की से उसकी तबियत पूछे, लड़की बोली ठीक हूँ, चल बेटी अब घर चलते हैं, बेटा थोड़ा हाथ लगाना नरेश ने समीर से कहा, समीर ने लड़की को उठाने लगा, उसने एक हाथ से उसके हाथ पकड़ा और दूसरे हाथ से उसकी पीठ को सहारा दिया, लड़की फिर धीरे धीरे उठकर बैठी, फिर नरेश ने सारा सामान समेटने लगे।

काका मैं जा रहा हूँ रिक्शा लेने, आप और समीर इसको लेकर आइये, विक्की ने नरेश से कहा|

ठीक है, बेटा जा, नरेश ने कहा|

बेटा थोड़ा बेटी को रिक्शे तक ले कर चलो तो हम सामान दवाएं लेकर आते हैं, नरेश ने समीर से कहा|

ठीक है, समीर कहते हुए लड़की के एक हाथ को अपने कंधे पर रखकर उसके हाथ को पकड़ लिया, और दूसरा हाथ से उसकी कमर को पकड़कर ले जाने लगा।

लड़की - मदद के लिए शुक्रिया|

समीर - इसमें शुक्रिया की क्या बात है।

लड़की - नहीं आप ने हमारी काफी जगह मदद की है

समीर - अच्छा वो घास का गट्ठर जो मैंने उठाया था, वो भी याद है क्या?

लड़की - आपसे जुड़ी हर बात मुझे याद है।

समीर - अच्छा, ये बात है

लड़की - आह, थोड़ा धीरे पकड़े दर्द कर रहा है, सुई इसी हाथ में लगी है।

समीर - झटके से, ओह माफ़ करिये पहली बार किसी लड़की को इतनी करीब से पकड़ा है।

लड़की - अच्छा तो मैं भी वो लड़की हूँ, जिसे केवल आप इतने करीब से पकड़े हैं।

समीर - आ गया।

लड़की - क्या?

समीर - रिक्शा।

लड़की और समीर अस्पताल के बाहर आ गए थे, और सामने विक्की रिक्शा लेकर खड़ा था। फिर लड़की को रिक्शे पर बैठाया गया, और बगल में नरेश लड़की को पकड़ कर बैठ गए।

अरे विक्की बेटा ये सामान और ये दवा तो थामो, ये तुम लेकर आओ और बाजार से थोड़ा अनार का जूस लेना। डॉक्टर साहब कह रहे थे, और ये लो पैसा नरेश ने पैसा, सामान और दवा विक्की को देते हुए कहा।

फिर रिक्शा चल पड़ा, और पीछे-पीछे समीर और विक्की भी साइकिल से आ रहे थे। समीर के दीमाग में केवल उसी का चेहरा घूम रहा था,धीरे-धीरे रास्ता कट गया, वे दोनों

बाजार से अनार का जूस लेकर नरेश के घर की तरफ चल पड़े। रिक्शा भी पहुँच चुका था, और पीछे से समीर और विक्की भी पहुँच गए थे, नरेश की पत्नी आकर लड़की को उतारकर घर के अंदर ले जाकर बिस्तर पर लेटा दी, फिर समीर और विक्की साइकिल से उतरकर नरेश के पास गए, नरेश रिक्शे वाले को पैसा देकर भेज रहे थे,

काका ये लीजिये अनार का जूस और ये दवा और सामान, विक्की ने नरेश की तरफ बढ़ाते हुए कहा।

अरे, बेटा, को पानी पीला दो, सब बेचारे हमारे साथ परेशान हो रहे हैं, नरेश ने अपनी पत्नी को आवाज लगाकर कहें| हम पानी नहीं पियेंगे, विक्की ने कहा,

नहीं हम कुछ नहीं जानते चलो पहले बैठो, नरेश की पत्नी ने विक्की का हाथ पकड़कर अंदर ले गई और चारपाई पर बैठा दी।

आओ बाबू, तुम क्यों खड़े हो? नरेश ने समीर का हाथ पकड़कर अंदर ले गए।

समीर भी विक्की के बगल में बैठ गया और सामने ही बिस्तर पर लड़की बैठी थी। उसने अपनी पूरी आँखों से समीर को देख रही थी, लेकिन समीर अपनी गर्दन नीचे झुकाये कुछ सोच रहा था, तभी नरेश ने विक्की से पूछा अरे बेटा ये बाबू किसके घर के है?

विक्की - काका इनका नाम समीर है, और ये हमारा दोस्त है,और वो जो सिलाई केंद्र है, कन्या इंटर कॉलेज के बगल में इन्हीं का है|

नरेश-अच्छा, अच्छा अरे बेटा, आपका बहुत धन्यवाद|

समीर - अरे आप ये क्या कह रहे हैं, जैसे आप विक्की के काका, वैसे आप हमारे काका, वैसे भी बड़ों का धन्यवाद नहीं, आशीर्वाद लेना चाहिए।

नरेश - बेटा जाओ, तरक्की करो, बहुत बड़ा आदमी बनो।

समीर और विक्की सामने रखी प्लेट से चीनी और ग्लास का पानी लेकर पीने लगे। नरेश और उनकी पत्नी बाहर चले गए तभी बाहर से नरेश ने विक्की को किसी बात के लिए बाहर बुलाया, और समीर अभी चीनी खा रहा था, पानी पीना बाकी था।

विक्की - समीर तुम पानी पीकर बाहर आना।

समीर - ठीक है?

विक्की चला गया, समीर भी पानी पीकर खड़ा हुआ जाने के लिए।

लड़की - अब मुलाकात कब होगी।

समीर - जब आप बीमार पड़ेंगे

लड़की - तब तो मैं भगवान से कहूँगी की मैं रोज़ बीमार रहूँ।

समीर-ऐसा नहीं कहते भगवान आप को स्वस्थ रखें ये मेरी प्रार्थना है,

लड़की - जानते हैं।

समीर - क्या?

लड़की - अगर मुझे पता रहता की हमारी इतनी प्यारी मुलाकात हमारे बीमार होने से होगी तो हम तो बहुत पहले ही बीमार हो जाते।

समीर - आप पागल हो गई है।

लड़की - शायद आपके मुलाकात से।

समीर - अब मैं जा रहा हूँ।

लड़की - जाईये

लड़की ने समीर के हाथ पकड़ कर छोड़ दी, और फिर जाने दी ।

समीर जब जा रहा था, तब वो मुस्कुरा दीं और समीर भी मुस्कुराकर बाहर आ गया। बाहर नरेश विक्की से दवा के बारे में पूछ रहे थे, कि कौन सी दवा कब खिलानी है। समीर ने विक्की से कहकर साइकिल लेकर अपने घर लौट आया और फिर आकर खाना खाकर सो गया, इस समय दोपहर के 2:00 बजे समीर काफी थक गया था, इसलिए उसे जल्दी नींद आ गई।

एक हफ्ते बीत गए, समीर को समय नहीं मिला, कि वो विक्की के घर जाएं, और रास्ते में उस लड़की से मुलाकात हो जाए, क्योंकि समीर सुबह देर से उठता था, और दिन में गर्मी धूप के वजह से वह कहीं नहीं जाता था, और शाम को मैच खेलने चला जाता था, जहाँ पर उससे विक्की की मुलाकात हो जाती, तो फिर उसके घर जाने की जरूरत क्या थी? लेकिन आज रविवार को समीर ने विक्की के घर गया।

वो रास्ते में सोचता रहा की, वो लड़की को देख लेगा, लेकिन ऐसा हुआ नहीं, वो लड़की उसको दिखी ही नहीं, वो विक्की के घर गया, और उससे मिलकर बातचीत की काफी देर तक बैठा रहा। फिर वो विक्की के घर से चला दिया, सोचा शायद मुलाकात हो जाएगी, लेकिन उसको लड़की नहीं हीं दिखी । समीर निराश होकर घर चला गया, उसे अब बड़ी

ही बेचैनी हो रही थी, वो सोच रहा था, कि उसकी तबियत ठीक हुई या नहीं उसकी काफी चिंता सताती रहती थी।

आज समीर रोज़ की तरह, ही देर से सुबह उठा, और इसके बाद नहा धोकर खाना खाकर अपने छप्पर वाले कमरे में चला गया। वहाँ पर वो कुछ बनाने लगा, जैसे कोई चित्र, वह जब चित्र बना रहा था, तभी उसको उसकी माँ की आवाज सुनाई दी, वह किसी से बात कर रही थी, समीर को वो दूसरी आवाज भी कुछ जानी पहचानी सी लग रही थी, लेकिन समीर उस पर ध्यान न देते हुए, वो अपने चित्र बनाने में मशगूल हो गया, करीब 20 मिनट बाद समीर को चित्र बनकर तैयार हो गया। वो एक लंबी सांस लेकर अपने कुर्सी से उठा, सोचा कि अब थोड़ा पानी पी लें,तो फिर दूसरा चित्र बनेगा। उसने जैसे ही अपनी गर्दन उठाई तो उसके सामने वो लड़की खड़ी मुस्कुरा रही थी।

समीर उसको देखकर बड़े घबराहट से पूछा, आप यहाँ कैसे? तब उस लड़की ने कही, कि हम तो यहाँ पर 5 मिनट से खड़े हैं, लेकिन आपने देखा ही नहीं,

दरअसल मैं कुछ चित्र बना रहा था, इसलिए ध्यान नहीं दिया, समीर ने उत्तर दिया और बताइए आप यहाँ पर क्या करने आई है क्या कोई काम है?

नहीं काम नहीं, यही पर हम सिलाई सीखने आयी हूँ, लड़की ने मुस्कुराते हुए बोली।

अच्छा, लेकिन आप तो कह रही थी, कि आप कहीं और जाने वाली है, समीर ने अपनी बात बड़े अदब से रखी।

वहाँ जाने वाली थी, लेकिन फिर मैं सोंची कि, जब नजदीक में ही इतना अच्छा सिलाई केंद्र है, तो क्यों ना यहीं

पर एडमिशन करा लें, और इस बहाने आपसे मुलाकात होती रहेंगी, लड़की ने कुर्सी पर बैठते हुए कही|

समीर बैठ गया और वो आपस में बातें करने लगे वह लड़की की तबियत के बारे में पूछता तो उसने भी कई हफ्तों से सही है, इसलिए तो यहाँ पर आई है। इतना सब बात करने के बाद अचरज की बात ये थी कि समीर अभी तक उसका नाम नहीं जानता था। वो सोचा कि अब लड़की का नाम उससे पूछ लें, लेकिन तभी वो लड़की वहाँ से उठकर समीर की माँ के पास जाकर बैठ गई। वह बात कर रही थी, और वहा और लड़कीया आ गई थी,

समीर भी सोचा चलो शाम को पूछ लेंगे जब वो अपने घर जाएगी। समीर की अब खुशी का ठिकाना नहीं था। पता नहीं उसे इतना आज खुशी क्यों थी, जिसकी वजह उसको भी नहीं पता था? किसी तरह शाम हो गयी, सब लड़की अपने घर जाने लगी।,

तभी, पीछे से समीर ने कहा जाते-जाते नाम तो बता दीजिए,

लड़की ने पलटकर देखी और बोली संध्या और कहकर चली गई|

अब समीर उसके नाम को कई पन्नों पर ऐसे लिख रहा था, जैसे वह अपने परीक्षा के कोई सवाल की तैयारी कर रहा है।अब समीर के दिल में एक अलग ही बेचैनी रहती थी, अब तो हर समय संध्या के ख्यालों में डूबा रहता था, अब रोज़ संध्या और समीर की आपस में बातें होती है, लेकिन एक दायरे में।संध्या भी जब तक समीर से बात नहीं कर लेती, तब तक उसको भी सुकून नहीं मिलता था।संध्या और समीर अब कही भी बात करना शुरू कर देते थे। वो गांव के रीती रिवाज से परे थे। उनके अंदर अभी भी बचपना ही था,

लेकिन वो ये नहीं जानते थे कि अब वह लोगों की नजरों में बड़े हो गए हैं। अब समीर की छुट्टियां भी खत्म हो गई थी, तो अब समीर कॉलेज जाना शुरू कर दिया था, लेकिन जब भी वो पढ़ाई करता तो उसको केवल संध्या का ख्याल आता था।लेकिन उसको पढ़ाई भी पूरी करनी थी, क्योंकि वह जानता था, कि उसकी माँ की उससे बड़ी उम्मीद हैं, और उसको दसवीं की परीक्षा भी देनी थी। इसलिए वह थोड़ा पढ़ाई पर ध्यान देना चाहता था। समीर जब से कॉलेज जाना शुरू किया था, तो संध्या से मुलाकात होना बंद हो गया था।क्योंकि समीर सुबह 9:00 बजे कॉलेज चला जाता, और फिर शाम को 4:00 बजे आता और संध्या सुबह 10:00 बजे आतीं और शाम को 3:00 बजे चली जाती है। अब तो कभी रास्ते में मुलाकात भी नहीं हो पाती थी।

आज भी समीर सुबह 9:00 बजे कॉलेज गया वह रोज़ की तरह जितेंद्र से मुलाकात हुई। फिर सब बच्चे कॉलेज के मैदान में खड़े होकर प्रार्थना किया, तभी एक आदमी प्रिंसिपल के कान में आकर कुछ कहा। इसके बाद प्रिंसिपल ने सभी बच्चों से कहा कि आज हमारे कॉलेज के मास्टरजी के पिता की मृत्यु हो गई है, तो इस कारण आज कॉलेज बंद होगा। आप लोग अभी 5 मिनट के लिए मौन धारण करेंगे, ताकि मास्टरजी के पिता की आत्मा को शांति मिले,यह बात कहकर प्रिंसिपल ने अपनी आंखें बंद कर ली। सभी बच्चे भी मौन हो गए। कुछ देर बाद प्रिंसिपल ने अपनी आंखें खोलीं, और बोले कि अब आप लोग अपने-अपने घर जाइये। सभी बच्चे जाने लगे। समीर और जितेंद्र भी कॉलेज से बाहर आ गए।

जितेन्द्र ने समीर से कहा, चल भाई आज तो कम से कम सुकून है पढ़ाई से,

क्यों डरता है, समीर ने पूछा।

अच्छा तू बता, तू भी तो पढ़ाई से भागता है, जितेंद्र ने फिर सवाल कर डाला।

यार जितेंद्र देख, आज तक कोई पढ़कर राजा हुआ।

देख समीर, तुझे ही कहा राजा बनना है, तुझे तो पढ़कर केवल नौकरी करनी है, और नौकरी बिना पढ़ाई वालों को नहीं मिलती है, समझे हीरो।

समझा, अच्छा सुन जितेंद्र, यार प्रिंसिपल सर कह रहे थे, की आंखें बंद करो, ताकि मरे हुए को शांति मिल सके, लेकिन मैंने तो अपनी आंखें खोल रखी थी, तो इसका मतलब उनको शांति नहीं मिलेगी,

समीर, यार तू बहुत मजाक करता है, चल अब घर जा, मैं भी चलता हूँ,

ठीक है,चल जितेंद्र, अब कल मुलाकात होगी।

समीर और जितेंद्र ने दोनों अपने घर के लिए रवाना हुए। जितेंद्र अपनी साइकिल पर सवार होकर निकल गया, लेकिन समीर पैदल ही घर की तरफ चल दिया,

चलो आज कम से कम पढ़ाई की चिंता तो नहीं रहेंगी, और आज संध्या से भी मुलाकात हो जाएगी।कितना दिन हुआ मुलाकात किये, लेकिन ज्यादा बात नहीं करना, थोड़ा पढ़ाई पर ध्यान देना क्योंकि परीक्षा भी केवल दो महीने ही बचा है, और अच्छे नंबर से पास होना है। लेकिन मैं क्या करूँ जब भी मैं पढ़ने बैठता हूँ, तो पढ़ने का मन नहीं करता, पता नहीं मेरे पढ़ने में मन क्यों नहीं लगता, ये सब सोचता हुआ समीर अपने घर के करीब आ गया, उसने दरवाजे में प्रवेश करते हुए देखा कि संध्या कहाँ है, और क्या कर रही है, संध्या कपड़ों की सिलाई मशीन के द्वारा कर रही थी,

और साथ में एक लड़की खड़ी होकर उससे बात कर रही थी। फिर समीर अपनी माँ को देखा उसकी माँ कुछ लड़कियों को पेपर पर काटकर कुछ बता रही थी। समीर को देखकर उसकी माँ ने पूछा,

क्यों रे समीर, आज तुम्हारा स्कूल बंद है क्या, क्यों अभी चले आए?

समीर की माँ की आवाज सुनकर संध्या ने समीर को देखकर मुस्करा दी, लेकिन समीर ने संध्या पर ध्यान न देते हुए माँ से - मास्टरजी के पिता की मृत्यु हो गई है, इस लिए स्कूल बंद हो गया है।

अच्छा ये बात है जा अब कपड़े बदल लो, और जाकर छप्पर में अपनी पढ़ाई करो, कहीं घूमने नहीं जाना है, समझे, ठीक है माँ, समीर कपड़े बदलकर जाकर छप्पर में चारपाई पर लेट गया, उसके हाथ में एक किताब थी, और कुछ सोच रहा था। कुछ देर बाद उसको नींद लग गयी, और वो सो गया।

अचानक उसको लगा कि, उसको कोई झकझोर रहा है, और उसकी आंखें खुली, सामने संध्या खड़ी थी,

बड़ी नींद आ रही है, क्या बात है, संध्या ने मुस्कुराते हुए कहीं।

कुछ नहीं, बस आंख लग गई थी, बताइए क्या बात है?

कुछ नहीं, कोई बात रहेंगी तभी यहाँ आ सकती हूँ, क्या? संध्या चारपाई पर बैठे हुए कही।

अरे नहीं, ऐसी कोई बात नहीं है, समीर उठ कर बैठते हुए बोला।

तब आपसे तो आज कल मुलाकात भी नहीं होती है, जब मैं आती हूँ, तो आप चले जाते हैं, और जब आप आते हैं, तो मैं चली जाती हूँ।

हाँ क्या करूँ, अब परीक्षा भी नजदीक आ गई, और पढ़ाई भी करनी है, समीर ने कहा।

तो आज कल आप विक्की के घर की तरफ नहीं जाते है, कि आप से मुलाकात हो जाएगी।

हां,आजकल उधर नहीं जा पा रहा हूँ क्युकी आते ही हमे शाम हो जाती है, और थक भी जाता हूँ, इसलिए खा पी कर आराम करके थोड़ा मैच खेलने चले जाते है, विक्की से मुलाकात हो जाती है, और फिर मैं घर चला जाता हूँ, समीर ने एक सांस में ही सब बोल डाला।

अच्छा यानी हमारी याद तो आती नहीं होंगी, संध्या ने मुँह बनाते हुए बोली।

नहीं ऐसी बात नहीं है, याद तो हमे आती है, पर क्या करू आकर चली जाती,समीर हंसते हुए बोला।

और फिर दोनों हंसने लगे।

समीर ने कहा, संध्या देखो बस दो महीने में ही मेरी परीक्षा है, देकर खाली हो जाऊंगा, तो फिर मुलाकात होगी और बात भी होगी।

और अगर दो महीने के बीच में ही बात करने का दिल करे, तो फिर मैं क्या करूँगी?

हाँ, ये भी बात तो आप कि सच है तो आप क्या करेंगे? अच्छा एक काम करना, जब भी आपको हमसे बात करने की इच्छा हो तो, आप अपनी सारी बातें एक पन्ना पर लिखकर इस चारपाई पर तकिये के नीचे आप रख दीजिएगा, और

फिर जब आप सुबह आएँगी, तो वही से अपना जवाब भी ले लीजिएगा, ठीक है? समीर ने मुस्कुराते हुए संध्या से बोला,

संध्या ने अपनी दोनों बालों की चोटी पकड़कर गर्दन झुकाकर हाँ में जवाब दे दी, और फिर सोच की गहराई में डूबने लगी, समीर ने यह देखकर संध्या का हाथ पकड़कर कहा, इतनी खामोश क्यों हो गयी, संध्या अपनी आंखे झुकाई पड़ी थी, उसकी आंखें लाल हो गई थी।

कुछ तो बोलिए, समीर ने बड़े प्यार से संध्या से कहा

क्या करू, कुछ समझ में नहीं आ रहा है कि मैं हमेशा बेचैन रहती हूँ, हमें, बस आपकी याद आती है, संध्या ने नमी आखों को पॉछते हुए बोली|

देखिये, हर किसी को अपने अच्छे दोस्त की याद हमेशा आती है, जैसे हमको हमारा सबसे अच्छा दोस्त मनोज की याद आती है, पता नहीं वो कैसे होगा?

क्यों, अभी तक उसकी खबर नहीं मिली?

क्यों नहीं,मनोज के पिता 1 दिन रास्ते में ही मिले थे, तभी बता रहे थे, कि मनोज ठीक है, चिट्ठी भेजा था और मुझको भी पूछा था और लिखा था कि अभी नहीं आएगा थोड़ा और रुक कर कमा ले फिर आएगा फिर उसके पिताजी चले गए समीर ने संध्या के जवाब का उत्तर दिया,

अच्छा संध्या तुम उस दिन कह रही थी कि, तुम मुझ को जानती हो, और मनोज को भी कैसे?

वैसे ही मनोज को तो लगभग बचपन से ही जानती हूँ, क्योंकि हम साथ खेलते थे, छोटे पर, फिर वो जब स्कूल जाने लगा, तब आप से दोस्ती हो गई।और फिर हम लोग दूर होने लगे हम लड़कियों की अलग ग्रुप हो गई, और लड़कों

का अलग और जब उसके साथ आप रहते थे, तो आपको भी हम जान गए।

अच्छा ये बात है,

हाँ, यही बात है, समीर जी एक बात और थी,

क्या बात थी?

अरे मेरी एक सहेली है, वो आपके बारे में मुझसे बहुत पूछती है,

समीर - क्यों आपकी सहेली मुझे क्यों पूछती है?

बस ऐसे ही मैं अक्सर आपके बारे में बाते करती हूँ, तो इसलिए वो आपके बारे में पूछती है,

अच्छा तो ये बात है, आप क्या बात करती है?

बस ऐसे ही कुछ खास नहीं,बस जब हम लोग खाली होते हैं, तो बैठकर बातें करने लगते हैं, और बातों के बीच में आप का भी जिक्र हो जाता है।

चलिए ठीक है, किसी भी तरह लोग हमें तो याद करते हैं,

आप ऐसा क्यों कह रहे हैं? हम तो आपको हमेशा याद करती हूँ।

समीर और संध्या ने काफी देर तक बात की, फिर संध्या चली गयी, समीर पढ़ने लगा लेकिन उसका पढ़ाई में मन नहीं लग रहा था, तो सोने की नाकाम कोशिश करने लगा। जब भी वो आंखें बंद करता है तो एक तरफ संध्या की याद आती है, और दूसरी तरफ परीक्षा की।

शाम हो गई थी, संध्या खाना बनाकर अपने छत पर बैठी अपनी सहेली सुमन से बात कर रही थी, सुमन संध्या

के बगल में लेटी आसमान की तरफ देख रही थी, और संध्या बगल में बैठे अपने दुपट्टे के कोने को अपनी उंगलियों में लपेट रही थी।

और तेरे समीर का क्या हाल है? सुमन संध्या से पूछी ।

उनका हाल तो ठीक है, बस परीक्षा की तैयारी कर रहे हैं। लेकिन तू बता कि वह मेरे समीर कैसे हुए संध्या ने सुमन के शिर पर धीरे से मारते हुए बोली।

क्यों नहीं, जब देखो तुम केवल समीर की बात करती हो, तो उन्हीं के ख्यालों में डूबी रहती हो। सुमन ने मुँह बनाते हुए कही,

देख सुन तू गलत समझ रही है, दरअसल हम केवल दोस्त है, जो कि अगर मेरे दिल में कोई बात रहती है, तो उनसे कह देती हूँ, और उनके दिल में कोई बात रहती है, तो वो मुझसे कहते हैं, बस इसके अलावा और कोई रिश्ता नहीं, हमारे बिच, समझी बच्ची।

हाँ मैं तो समझती हूँ, लेकिन शायद तुम कभी नहीं समझोगी, पर क्या करोगी यह तुम्हारी कोई गलती नहीं है, ये तो बस उम्र ही ऐसी है, कि लोग बहक जाते हैं, और लोगों को खबर भी नहीं होती की वो बहक गए, समझी मेरी जान संध्या।

अच्छा, तुम्हे बड़ी जानकारी उम्र के बारे में, तू तो अब दादी हो गई है, आज कल देख रही हूँ की, तू बस लोगों की उम्र ही देख रही है, पढ़ाई पर ध्यान नहीं है तेरा।

क्या करूँ संध्या जान आजकल पढ़ाई पर किसको ध्यान रहता है, बस ऐसे ही लोग डिग्री लेते है।

अच्छा मतलब ये है तुम्हारा कि, जो लोग पढ़ते हैं, वो बेवकूफ होते हैं, देख मैंने तो पढ़ी नहीं, लेकिन तुम तो पढ़ ले, और तेरा भी तो परीक्षा है।

अरे संध्या परीक्षा की मुझे फिक्र नहीं है, बस परीक्षा हॉल में पहूँच जाऊंगी और नकल करके पास हो जाउंगी।

अच्छा मतलब अकल तू लगाएगी नहीं, और नकल से पास हो जाएगी,पहले अपनी जिंदगी बना लो।

संध्या तू तो हाथ धोकर मेरे पीछे पड़ गई है, क्या मेरे दीमाग की दही कर रही है, बस अब इसको छोड़ कोई और बात करते हैं।

फिर दोनों आपस में बात करने लगी, थोड़ी देर में संध्या का भाई आकर वहाँ बैठ गया। तीनों आपस में बात करने लगे, फिर खाना खाने चले गए। सुमन भी अपने घर चली गयी।

आज समीर का पहला पेपर है, वह सुबह से उठकर पढ़ रहा है।आज उसकी हालत खराब है। कैसे पेपर में प्रश्न आएँगे? समीर इसी सोच से काफी डर जाता है, फिर पढ़ने लगता है, फिर जाकर कपड़े पहन कर स्कूल जाने के लिए तैयार हो जाता है, वो अपने माँ के पैर छूता है,

जा आज तेरा पेपर अच्छा जाएगा, डरना नहीं, पहले जो तुम्हे आता है, उस प्रश्न का पूरा करना समझे, घबराना नहीं। अब जा, समीर की माँ ने समीर के शिर पर हाथ फेरते हुए बोली।

समीर कॉलेज पहूँचा वहाँ कॉलेज के गेट के बाहर सारे बच्चे खड़े थे,

तभी जितेन्द्र, क्या हाल है, समीर कुछ याद आया?

क्या बताऊँ यार, पहली बार बोर्ड की परीक्षा देने जा रहा हूँ, बहुत डर लग रहा है,

देख समीर, डर तो मुझे भी लग रहा है, लेकिन चिंता ना कर प्रश्न जो है, वो किताब के बाहर से नहीं आएगा, समझे, और देख कोई नकल नहीं ले जाना नहीं तो पकड़े गए तो तुम्हारा 1 साल खराब हो जाएगा।

नहीं जितेंद्र, भले ही कम प्रश्न हल करूँगा, लेकिन नकल लेकर नहीं जाऊंगा।

घड़ी जैसे ही सुबह के 7:15 बजे, वैसे ही चपरासी ने आवाज लगाई सभी लोग अपने हाथ में प्रवेश पत्र लेकर एक एक करके गेट के अंदर प्रवेश करें। समीर और जितेंद्र भी और बच्चों की तरह लाइन में खड़े हो कर अंदर जाने लगे। गेट पर उनका प्रवेश पत्र चेक हुआ फिर उनकी जेबों को चेक करके अंदर जाने दिया गया। सामने लिस्ट लगी थी कि किस रोल नंबर के बच्चे किस रूम में जाएंगे। समीर और जितेंद्र ने भी अपने नंबर मिलाकर रोल नंबर लेकर जाकर अपने अपने रूम में बैठ गए। तभी एक अध्यापक ने उत्तर पुस्तिका पकड़कर बोले की इसके पहले पेज पर रोल नंबर, हस्ताक्षर, दिनांक आदि भरो, बच्चे भरना शुरू किये, समीर ने भी भरना शुरू किया, तभी एक घंटी बजी और प्रश्न पेपर सब को अध्यापक बांटने लगे, समीर का दिल धक-धक करने लगा, उसने भी प्रश्न पढ़ें और फिर जो जो पहले उसको आता था, उसको हल किया फिर जो नहीं आता था उसको वो कुछ बनाकर उत्तर दिया। उसको लग रहा था कि, आज का समय कितना जल्दी कट रहा है। तभी एक घंटी बजी, अध्यापक ने आवाज़ दी, अब आपके पास केवल 15 मिनट है, इतने में आप लोग जो दूसरी पुस्तिका उत्तर लिए है, उसे बाँध लो, कुछ बच्चे बाँधने लगे, कुछ अपने उत्तर पूरे करने में लगे रहे, फिर घंटी बजी और सबका पेपर लेकर उनको बाहर भेज दिया गया, समीर भी अपना उत्तर पुस्तिका जमा करके प्रश्न पेपर लेकर बाहर आ गया। फिर जितेंद्र भी आ गया।

और, समीर कैसा था?आज का पेपर

ठीक हुआ, आज जो मैंने सुबह प्रश्न तैयार किए थे, उसमें से दो तीन आये थे, और बाकी भी सही किया हूँ।ये दो प्रश्न 5 नंबर के गडबड हो गए हैं। और तुम्हारा कैसा गया?

मेरा भी सही हुआ है, समीर केवल एक प्रश्न छूट गया वो समय नहीं मिला है, इसलिए छूट गया

देख जितेंद्र अगली बार से कोशिश करना कि, सब प्रश्न हल करो, कोई छूटना नहीं चाहिए और थोड़ी तेज़ लिखने की आदत डालो। समझे चल ठीक है,

समीर चल घर चलते हैं, अगले पेपर की तैयारी करनी है।

चलो।

समीर, जितेंद्र अपने-अपने घर चले गए,

समीर अपने घर पहूँचा और अपनी माँ से पेपर के बारे में बताकर सोने चला गया, क्योंकि आज वो सुबह ही जागकर परीक्षा की तैयारी कर रहा था। आज समीर ने चारों ओर देखा वहाँ पर उसकी माँ थी, और बाकी लड़किया बैठी हुई कपड़े काट रही थी। कोई सिलाई कर रही थी, लेकिन संध्या दीखाई नहीं दे रही थी। हालांकि वह सभी लड़कियों से परिचित था, लेकिन वो बात संध्या से करता था, क्योंकि बाकी लड़कियां आपस में ही व्यस्त रहती थी, और समीर से काफी बड़ी भी थी। अगर बात भी करती थी, तो कोई काम अगर रहता था तब करती थी। और लड़कियों ने भी समीर के पेपर के बारे में पूछी तो, समीर बताया की पेपर ठीक हुआ है। अब आगे की तैयारी करनी है। फिर वह सोने चला गया। वह बिस्तर पर लेटते ही उसकी आंखे लग गई, और समीर गहरी नींद में सो गया शाम हो गई थी।

समीर की माँ ने समीर को जगाया,

अरे समीर, उठ देख शाम हो गई है, पता नहीं कितना सोता है, जा बाजार से कोई सब्जी लेकर आ, खाना बनाना है मुझे, चल जल्दी उठ,

समीर आंख मलते हुए उठा और अपनी मां से पैसे लेकर सब्जी लेने चला गया।

समीर का सारा पेपर खत्म हो गया था। वो गर्मी की छुट्टी में आराम से घर पर रहता, और संध्या से अब रोज़ मुलाकात होती, काफी बात भी होती थी, संध्या कभी-कभी समीर के मनपसंद हलवा भी बनाकर लाती, और दोनों दोपहर में बैठकर आराम से खाते, फिर शाम को संध्या अपने घर चली जाती, और समीर अपने दोस्तों के साथ घूमने चला जाता।

रिज़ल्ट आने वाला था, इसलिए समीर आज सुबह से ही बेचैन था।

समीर खाना खा लो नहीं तो ठंडा हो जाएगा, समीर की माँ ने बोली।

माँ अभी भूख नहीं है, मैं रिज़ल्ट देखकर ही कहूँगा।

अच्छा कब तक आएगा तेरा रिज़ल्ट?

बस 12:00 बजे बोर्ड इंटरनेट पर भेज देगा

अच्छा चल ठीक है तो इतना बेचैन क्यों है, परीक्षा तू तो अच्छे से दिया है तो रिज़ल्ट भी अच्छे ही आयेंगे। क्यों अपना दीमाग खराब कर रहा है, चल कुछ तो खा ले एक ही रोटी खा ले,

नहीं माँ, अब तो मैं रिज़ल्ट देखकर ही खाऊंगा, वैसे भी मुझे भूख नहीं है।

अब मैंने खाना बना दी हूँ,, आगे तुम्हारी जैसी मर्जी, जब मन करे तब खाना, इसके बाद समीर की माँ अपनी सिलाई मशीन पर बैठकर कपड़े सिलने लगी और समीर की निगाहें घड़ी पर टिकीं| कभी वो बैठ जाता तो कभी सो जाता। मतलब इसका मन अब कहीं नहीं लग रहा था। तभी संध्या आ गयी, उसने आते ही देखी समीर काफी बेचैन है|

मैडम जी, आज समीर इतनी बेचैन क्यों है? संध्या ने समीर की मां से पूछी|

अरे कुछ नहीं, आज उसका रिज़ल्ट आने वाला है, इसलिए वे बेचैन है, समीर की माँ ने संध्या से कहीं|

वो तो ये बात है, अब तो मिठाई मिलेंगी, संध्या ने समीर की तरफ मुस्कुरा के बोली|

जरूर मिलेगी, लेकिन पहले रिज़ल्ट तो आ जाने दीजिए, समीर ने अपनी शिर पर हाथ फिराते हुए कहा|

तभी और भी लड़कियां आ गई और सबने समीर की बेचैनी का राज़ जानकर मिठाई मांगने लगी।समीर ने सबको कहा सब्र करो 12:00 बजे के बाद ही मिठाई मिलेंगी, अगर पास हुआ तो|

अरे क्यों नहीं होंगे पास हमें विश्वास है, संध्या ने समीर की आँखों में आँखें डालकर कहीं।

बाकि लड़कियों ने भी संध्या की बात में हामी भरी। समीर की निगाहें केवल घड़ी पर टिकी थी। जैसे ही घड़ी में 11:00 बजे, समीर ने अपनी साइकिल निकाली फिर माँ से कहकर की, माँ मैं जा रहा हूँ, और वो साइकिल पर सवार होकर बाजार चल गया, समीर का दिल घड़ी के हिसाब से धड़क रहा था। जैसे जैसे वो घड़ी की सुई 12 के करीब पहुँच रही थी, वैसे समीर की धड़कन और तेजी से धड़कना शुरू

कर रही थी। समीर एक दुकान पर पहुँचा वहाँ एक कपड़े का बैनर लगाया था, जिसपर लिखा था, कि हाईस्कूल परीक्षा फल आप ₹20 में देखें और वहाँ पर बहुत लड़के, लड़कियां और कुछ के माता पिता भी 12 बजने का इंतजार कर रहे थे। अंदर एक काउंटर पर एक आदमी बैठकर बच्चों से ₹20 लेकर उनका रोल नंबर लिख लेता था। समीर ने भी किनारे अपनी साइकिल खड़ी की और उसमें ताला लगाकर लाइन में खड़ा हो गया। फिर उसने ₹20 जमा करके अपने रोल नंबर उस आदमी को देकर एक किनारे आकर खड़ा हो गया।और 12 बजने का इंतजार करने लगा। समीर, बच्चों को देख रहा था, तो सबके चेहरे पर एक बेचैनी दिख रही थी। सभी उलझन में थे, कि 12:00 बजे क्या होगा?कौन पास होगा, कौन फेल होगा? समीर ने फिर अपनी घड़ी देखी उसमें अब 11:55 बजे थे, तभी एक आदमी आया और दुकान में गया, उसके अंदर जाते,जो भीड़ इधर उधर बिखर गयी थी, वो काउंटर पर एकत्रित हो गयी समीर भी पहुँच गया। उस आदमी ने इंटरनेट चालू किया कंप्यूटर खोला और फिर यूपी बोर्ड परीक्षा रिज़ल्ट खोलने लगा, लेकिन अभी वो खुल नहीं रहा था।घड़ी में 12:00 बज गए थे । बच्चों को बेचैनी से बुरा हाल था, भीड़ से भी आवाज़ आ रही थी। भैया मेरा देख लो पहले, मेरा मैंने भी पैसा जमा किया है, वो आदमी खड़ा होकर बोला अभी आप शांत रहें हमारे पास रजिस्ट है, इस पर रोल नंबर और आपका पैसा और क्रमांक भी है। अभी ये साइट खुल जाएगी तो बारी-बारी से सबका रिज़ल्ट की प्रिंट आउट दे दिया जाएगा। लोग फिर भी शांत नहीं हुए| 12:05 हो गए, तभी आदमी की आवाज आई। सुरेश पास, सीमा फेल, हरिश्चंद्र पास, पिंटू पास, सुनीता पास, गोवर्धन फेल, अनीता फेल, शिखा पास, यह सुनकर भीड़ और भी हलचल में आ गई।जो लोग फेल थे, उनकी आँखों से आंसू की धारा बह रही थी, और जो लोग पास थे, वो अब मिठाई की दुकान पर नजर आ

रहे थे। यह सब देखकर समीर की धड़कन तेज हो गई थी। उसका मुँह सूख गया था, उसके दिमाग़ में यही था, कि मैं पास हो या फेल हूँ। समीर अपने नंबर आने का इंतजार करने लगा। लगभग 45 मिनट के बाद दुकान से आवाज आई समीर फेल, यह सुनकर तो समीर के होश उड़ गए। उसकी आँखों में आंसू आ गए, लेकिन इतनी भीड़ में रोना नहीं चाहता था। वो अंदर गया और रिज़ल्ट की प्रिंट ले लिया। उसने देखना चाहा कि, वो किस विषय में फेल है। उसने देखा कि इस समीर नाम तो था लेकिन रोल नंबर और विषय दोनों अलग थे। उसने तुरंत दुकान वाले आदमी से कहा भैया ये मेरा रिज़ल्ट नहीं है। तभी बगल से एक लड़का उसके हाथ से रिज़ल्ट लेकर देखने लगा।उसके साथ उसका पिता उसके हाथ से रिज़ल्ट लेकर देखने लगा। फिर अपने लड़के को पकड़कर बोले, जाने दे बेटा दोबारा अच्छे से मेहनत करना, अभी कौन सी तेरी जिंदगी खत्म हो गई है? चल दोबारा मेहनत करना, अच्छे से अपनी सफ़र, पर चलो तो मंजिल जरूर मिलेगी, कहकर लड़के के पिता उसको लेकर चले गए। समीर को यह देखकर उसका मन में आया अगर उसके पिता होते हैं, तो उसके साथ वो भी आते हैं।

फिर ये बात तुरंत भूलकर अपने परीक्षाफल पर ध्यान देने लगा, तो वहाँ से काफी भीड़ हट चुकी थी। फिर 20 मिनट बाद आवाज़ आयी, समीर पास यह सुनकर पहले समीर को यकीन नहीं हुआ, क्योंकि पहले भी उसको इसी तरह नाम सुनने को मिला था, जो वो रिज़ल्ट किसी और का था। उसने जाकर पहले फोटो कॉपी लेकर नाम रोल नंबर मिलाया। फिर विषय सब मिल रहा था। ये समीर का ही रिज़ल्ट था, अब उसकी खुशी का ठिकाना नहीं था। वो द्वितीय श्रेणी से पास था लेकिन खुश था वो तुरंत सोचा मिठाई ले ले। उसने अपने जेब में हाथ डाला तो केवल ₹1

के दो सिक्के थे,उसका दिमाग चकरा गया। उसने सोचा मैं तो घर से ₹22 लाया था, तो ₹20 कहाँ गए, वो बड़ा परेशान हो गया, लेकिन छड़ ही में वो याद कर लिया, कि ₹20 तो इन्टरनेट वाले को दिया है, रिज़ल्ट के लिए, उसने फिर अपनी साइकल का ताला खोला और फिर साइकिल पर सवार होकर घर की तरफ चल पड़ा। उसके दीमाग में ये चल रहा था, कि अब माँ बहुत खुश होगी, क्योंकि वो कहती थी, कि अगर तुम सही सफ़र पर चलोगे, तो मंजिल जरूर मिलेंगी। मैंने भी एक अच्छे सफ़र की शुरुआत की है, अब मैं मंजिल के और करीब आ गया हूँ, फिर उसको संध्या की याद आयी, वो सोच रहा था, की संध्या जरूर मिठाई मांगेगी, तब क्या करूँगा उसने अपने साइकिल एक पानवाले की दुकान पर रुककर ₹2 की चॉकलेट ले लिया और फिर घर को चल दिया। उसकी गति तेज हो गई, और फिर अपने घर पहुँच गया। समीर ने साइकिल को दीवार से टिकाकर दरवाजे पर खड़ा हो गया। समीर को देखते ही सबकी निगाहें समीर पर टिक गईं। संध्या ने भी नजरों से ही पूछा|

तभी क्यों पास हो गया? कौन से डिवीज़न में पास हुआ है, समीर की माँ ने पूछी|

तभी संध्या ने समीर के हाथ से रिज़ल्ट लेकर देखने लगी।

अरे,आपको कुछ समझ में आ रहा है, संध्या या फिर ऐसे ही, समीर ने संध्या को छेड़ते हुए कहा|

समझ में आये या ना आएं, आप बस मिठाई खिलाइये, संध्या मुँह बनाते हुए कही

ठीक है, समीर ने अपनी जेब से चॉकलेट निकाल के सब को बांट दिया। सभी हंसने लगे। समीर ने संध्या की तरफ

चॉकलेट बढ़ाई, संध्या ने दो का इशारा किया, फिर समीर ने उसको दो चॉकलेट दिया, आज समीर बहुत खुश था|

संध्या ने समीर से पूछी, अच्छा बताइए आप कितने नंबर पाए हैं?

इसी से कहता हूँ, कि अगर आप पढ़ी होती तो देखकर आप जान जाते|

चलिए, मैं आज कल अपने भाई से पढ़ रही हूँ|

अच्छा क्या बात है समीर कह कर हंसने लगा।

हाँ जी, बस कुछ दिन में मैं भी पढ़ना शुरू कर दूंगी,

अच्छा क्या बात है, अच्छा ये बताइए आपको आपका भाई कब पढ़ाता है?

जब हम लोग शाम को खाना खाकर स्थिर हो जाते हैं, तो वो खुद पढ़ता है, और मुझे भी पढ़ाता है। फिर दोनों हंसने लगे शाम को संध्या घर चली गयी।

क्या बात है, संध्या आज बड़ी खुश नजर आ रही हैं, सुमन ने संध्या को छेड़ते हुए बोली|

(संध्या और सुमन दोनों शाम को जानवरों के लिए चारा काटने खेत में चली जाती थी। वहाँ पर एक बहुत बड़ा खाली खेत, उसमें बहुत अच्छी और बड़ी घास रहती थी, जिसे वो काटकर अपने गाय-भैंसों को खिलाती थी। वहाँ पर सुमन और संध्या के साथ और भी औरतें जाती थी, लेकिन खेत में पहुँचने के बाद सुमन, संध्या अलग होकर घास काटती थी, तो पहले वहा पर पहुँचकर जल्दी जल्दी घास काटती, और फिर खेत में घास पर सोकर आपस में बातें लड़ाईयां करती थी । जब तक कि साथ में आई लड़कियों और औरतों की

भी घास ना कट जाए, तो फिर साथ में चली जाती।सब आज भी वो दोनों उसी घास पर लेटी हुई थी,)

कुछ नहीं सुमन बस ऐसे ही, संध्या ने नजरें फेरते हुए बोली।

कुछ तो बात है संध्या, वरना आप इतनी खुश मिज़ाज कब से हो गयी।

देख सुमन, कोई खास बात नहीं है, बस समीर जी का रिज़ल्ट आया था, और वो पास है।

अच्छा ये बात है, तो मिठाई तो मांगनी पड़ेगी, चल मुझे मिठाई खिला।

अरे मैं क्यों खिलाऊ, जाकर समीर से ही मिठाई मांग ले, संध्या ने सुमन से कही।

क्यों उनसे मांगू, अरे तू कहती है, ना समीर तेरे सबसे अच्छे दोस्त हैं,

बिलकुल,

तो अपनी दोस्ती के खातिर खिला दें वरना पछताएगी ।

अच्छा ठीक है, चल खिला दूंगी खुश हो जाओ, आप मेरी सुमन रानी वरना तेरी इज्जत मैं लूट लूंगी, संध्या ने हंसते हुए बोली फिर दोनों खूब हंसने लगीं।

सुमन कहती अच्छा तू मेरी इज्जत लूट लेगी, तो मैं तुझसे गांव के सामने खड़ा करके शादी करूँगी, गांव वालो से कहूँगी कि यह मेरी इज्जत लूटी है, तो यही लौटायेगी। फिर दोनों ने ज़ोर ज़ोर से हंसने लगी और भी लड़कियां आकर पूछने लगी, क्या बात है? क्यों इतना हंस रहे हो, पता चलने

पर वो भी हंसने लगी। फिर वो सब अपनी-अपनी घास के गट्ठर लेकर घर चली गयी।

समीर और संध्या अब उनकी दोस्ती इतनी गहरी हो गयी थी, कि लड़कियों भी सब जानती थी, और ये खबर अब गांव के बच्चों में भी फैल गई थी, समीर और संध्या का बिना झिझक बात करना, लोगों को अच्छा नहीं लगता था। अच्छा भी कैसे लगता है? समीर की उम्र 18 वर्ष और संध्या 16 वर्ष की हो गई थी। समीर बारहवीं में पढ़ रहा था। कहते है, ना की जब घर में बेटे या बेटियां जवानी की दहलीज पर कदम रखते हैं, तो घर वालो से पहले अगल-बगल के लोगों को खबर हो जाती है। उसी तरह इस समीर और संध्या के घर वाले भी बेखबर थे, कि अब इनका किशोर अवस्था खत्म हो रही थी, लेकिन भले ही लोगों की निगाहों में ये बड़े हो गए, लेकिन ये अब भी हरकतें बच्चों वाले ही करते, वैसे ही बातें करना, आपस में लड़ाई करना। समीर की तो अब हल्की हल्की मूंछें दाढ़ी के बाल भी आने लगे थे, और संध्या को अब दुपट्टों की जरूरत हो गई थी। समीर और संध्या में केवल एक अटूट दोस्ती था। समीर तो प्यार मोहब्बत के बारे में तो जानता था, लेकिन संध्या इन सब से अनजान थी, इसलिए वह किसी की भी कोई परवाह नहीं करती थी। पहले तो लोग इस पर ध्यान नहीं देते थे, लेकिन अब समीर और संध्या की दोस्ती लोगों को कभी-कभी खटकती थी।

और समीर, बताओ हमारे 4 साल की दोस्ती तोड़ कर अब कहा जाओगे, जीतेन्द्र ने समीर से पूछा|

अरे यार, दोस्ती कभी टूटी नहीं है, बस कुछ समय के लिए दूर हो जाते हैं, समीर ने कहा|

बताओ, अब 12 वीं के बाद ग्रैजुएशन के लिए कहा जाना है?

देख जितेंद्र, अभी मैंने कोई फैसला नहीं किया, पहले परीक्षा दे दे, तब बताएंगे, और तू बता?

मैंने भी अभी कुछ तय नहीं किया ऐसा मेरे भाई, लेकिन चिंता ना कर, मैं तेरा पीछा नहीं छोड़ूंगा।

चल भाई अच्छी बात है, अगर हम साथ ही ग्रैजुएशन करेंगे।

हाँ चलो ठीक है, बाकी देखेंगे नसीब में क्या है?

समीर और जितेंद्र ने 12वी में बोर्ड की परीक्षा दिये । फिर गर्मी की छुट्टी में वो एक दूसरे से मिले नहीं। जब जुलाई में एडमिशन शुरू हुआ, तब समीर की माँ ने समीर से बोली की, और कुछ सोचा है की, आगे क्या करना है, कि जिंदगी भर मैं ही तुझे रास्ता बताती रहूँगी, अब तो तू बड़ा हो गया है, तो तू अपना अच्छा बुरा खुद ही सोच सकता है, जाकर पता कर की क्या करना चाहिए, कि कहाँ एडमिशन कराना है, कितने पैसे लगते हैं, तो तू केवल मेरे भरोसे बैठा है।

माँ, अभी हमें कहाँ तक पढ़ना है? आप तो कह रही थी,कि 12वी के बाद नौकरी मिल जाएगी, और ये भी कह रही थी, की तेरी मंजिल भी मिल जाएगी, और सफ़र खत्म हो जाएगा।

हां बोली थी, लेकिन आज के जमाने में पढ़ाई और नौकरी नहीं बल्कि घूस पर मिलती है, समझे, और इतनी मेरी औकात नहीं है, कि मैं घूस देकर तुझे नौकरी दिलाऊं, अब तो तुझे ही मेहनत करनी होगी।

तो माँ जब पढ़ाई से नौकरी नहीं मिलेगी तो पढ़ने का क्या फायदा? तब मैं अपनी पढ़ाई बंद कर देता हूँ।

देख जब तक मैं जिंदा हूँ, तुझे पढ़ा रही हूँ, पढ़ लें ताकि ज़माना ये न कहें कि बिना पिता का समीर था, तो इसलिए पढ़ाई पूरी नहीं कर सका, समझे|

लेकिन,

चुप, समीर की माँ ने बीच में इस समीर की बात काट दी, अब जाकर पता कर कहा पढ़ेगा ।

समीर आज सुबह उठा, उसने नहाया खाना खाकर रेलवे स्टेशन पहुँच गया, क्योंकि, आज उसको कॉलेज जाना था, समीर के भी बाजार में कॉलेज था, लेकिन वहाँ पर केवल BA था, और समीर BSc करना चाहता था, इसलिए वह सोचा की,आजमगढ़ में तीन कॉलेज है, वही पर ही पता कर ले|

इसलिए, वो आजाद नगर रेलवे स्टेशन पर गया, समीर ने अपनी घड़ी देखा घड़ी में सुबह के 9:00 बजे थे, ट्रेन आ रही थी। ट्रेन जैसे ही आकर स्टेशन पर रुकी, वैसे ही यात्रियों की भीड़ चढ़ने उतरने के लिए ट्रेन के दरवाजे पर भीड़ जमा हो गयी। समीर ने भी बड़ी मुश्किल से ट्रेन के डिब्बे में घुसा। अंदर काफी भीड़ थी, इसलिए समीर को बैठने के लिए सीट नहीं मिली। वो खड़ा ही यात्रा किया।आजाद नगर रेलवे स्टेशन से रेल गाड़ी खुल चुकी थी। समीर अब आजमगढ़ रेलवे स्टेशन का इंतजार करने लगा, लगभग 45 मिनट बाद समीर आजमगढ़ रेलवे स्टेशन पर था। आजमगढ़ एक बहुत बड़ा जनपद जो कि उत्तर प्रदेश में पड़ता है, इस जनपद का क्षेत्रफल बढ़ा है, और यह अपने आप में बड़ा ही व्याख्यात जनपद है, समीर ने स्टेशन से रिक्शा लेकर तीनों कॉलेज में पता लगाया। दो कॉलेज में एडमिशन की तारीख खत्म हो गई थी, जबकि एक कॉलेज में अभी सीट खाली थी।कॉलेज का नाम था श्री दुर्गाजी महाविद्यालय आजमगढ़, समीर ने वहाँ से अपना एडमिशन फार्म लेकर घर लौट आया। घर आते-आते उसे शाम हो गई थी। उसने आकर अपनी माँ को

फीस के बारे में बताया। उसकी माँ ने उससे कहीं चल ठीक है, हो जाएगा चल मुँह हाथ धो लें, खाना खा लो अब कल देखते है, समीर ने खाना खाकर सो गया, सुबह उठा उसकी माँ ने समीर को पैसे देकर कही जा एडमिशन करा कर आना। समीर फिर वहाँ कॉलेज पहुँचा वहाँ पर वो लाइन में खड़ा था फॉर्म जमा करने के लिए, तभी किसी ने पीछे से कंधे पर हाथ रखकर उसके कानों में कहा,

मैंने कहा था, जहाँ जाओगे हमें पाओगे

समीर चौंक कर पीछे देखा, सामने जितेंद्र खड़ा था

यार तू, समीर ने जितेंद्र से पूछा

हाँ मैं हूँ और बता क्या हाल है? जितेंद्र ने कहा।

अब हाल जाए भाड़ में, ये बताओ कि तुम मुझे इस गर्मी की छुट्टी में मिला क्यों नहीं? समीर ने जितेंद्र के गाल पर मारते हुए बोला।

अरे भाई मार मत, देख तू ही बता तुझ से कहा मिलता, तेरा घर का मुझे पता नहीं।तो कहा से तुझे मिलूंगा।

चल भाई कोई तो साथी मिला इस अंजान शहर में, समीर ने मुस्कराते हुए कहा।

फिर दोनों ने एडमिशन कराकर अपने घर लौट गए।

अच्छा जितेंद्र तुम यहाँ पर रूम लेकर रहोगे या घर से आओगे?

नहीं समीर यहीं पर मेरी रिश्तेदारी है, मैं वही पर रह कर पढ़ाई करूँगा, और तू?

मैं तो जितेंद्र भाई, घर से ही आऊंगा, सुबह ट्रेन से आऊंगा और फिर ट्रेन से चला जाऊंगा।

क्यों समीर, ट्रेन तेरे बाप की हैं?

नहीं यार बाप की नहीं है, लेकिन मेरी माँ की है।

फिर दोनों हंसने लगे। समीर अपने घर चला गया।और जीतेंद्र अपने घर चला गया।

और हो गया समीर एडमिशन?

हां एडमिशन हो गया, और उन्होंने बताया कि अब पढ़ाई सितंबर से शुरू होगी।

अच्छा चल ठीक है, लेकिन देख खाली समय में भी पढ़ाई करते रहना क्योंकि तुझे ही आगे चलकर फायदा होगा।और देख अब तू उतना दूर जाएगा पढ़ने के लिए तो किसी से कोई झगड़ा नहीं करना।

नहीं माँ, आप निश्चिंत रहिए, हम कोई झगड़ा नहीं करेंगे। और हाँ, एक मेरा दोस्त है, जो कि 9 से 12 तक मेरे साथ पढ़ रहा था, वो भी वही पर एडमिशन लिया। इसलिए अब कोई चिंता की बात नहीं है माँ।

चल ठीक है, लेकिन कभी गलती नहीं करना, समझे?

ठीक है माँ, मेरी तरफ से कोई शिकायत का मौका नहीं मिलेगा।

संध्या और समीर आपस में बात कर रहे थे।

क्यों? समीर अब तो आपसे मुलाकात नहीं होगी, क्योंकि अब आप सुबह जाएंगे और रात में आएँगे। अब हम किससे झगड़ेंगे? संध्या ने समीर का बाल खींचते हुए बोलीं।

ऐसी क्या बात है? अरे केवल वहाँ पर तीन महीने पढ़ाई होगी, फिर तो परीक्षा और फिर छुट्टी, फिर तो मुलाकात होती रहेंगी।

देखिए समीर, पता नहीं मुझे क्या हो गया है, कि जब भी मैं आपको एक थप्पड़ नहीं मार लेती, तब तक मेरे हाथों में खुजली होती रहती है, संध्या ने समीर के गाल पर थप्पड़ जड़ते हुए कही।

समीर ने उसकी दोनों बालों की चोटी पकड़कर खींचने लगा, संध्या चिल्लाने लगी तभी समीर की माँ आ गयी ।

अरे तुम सब झगड़ा क्यों रहे हो?

माँ देखिये संध्या ने मुझे थप्पड़ मारी है,

नहीं मैडम जी, यही मेरे पहले बाल उखाड़े है

अच्छा ठीक है, अब लड़कपन छोड़ो, समीर तू जाओ बाजार धागा लेने कपड़े सिलने है, संध्या तुम इधर आओ चलो ये कपड़े मशीन पर सिलो|

समीर बाजार चला गया, और संध्या मशीन पर बैठकर कपड़े सिलने लगी और भी लड़कियां कपड़े सिल रही थी।

समीर का कॉलेज में पहला दिन था, कुछ ही बच्चे आये थे, पढ़ाई के लिए मुश्किल से 50 लड़के-लड़कियां। कॉलेज में 11:00 बजे से 2:00 बजे तक क्लास चलती, BSc के लिए समीर का विषय था Zoology, Botany और Chemistry, तीन क्लास एक 1 घंटे की चलती थी, जितेंद्र और समीर, रोज़ क्लास करते और फिर, समीर आजमगढ़ ट्रेन से आजाद नगर अपने घर चला जाता।आज समीर के कॉलेज में छुट्टी थी, वो आज घर पर ही था, सुबह 10:00 बजे समीर के घर आज सपना आयी थी, और साथ में उसकी भाभी भी आई थी। वो दोनों समीर और समीर की माँ से बात कर रही थी।

समीर ने सपना से मांसी की हाल पूछा, सपना ने बोली दीदी ठीक है, और इस समय ससुराल है,

और आप कैसे हैं? आप तो अब घर भी नहीं आते हैं,

क्या करूँ, सपना, अब मैं आजमगढ़ पढ़ रहा हूँ, इस लिए समय नहीं मिल पाता है, और आप बताइए आपकी पढ़ाई चल रही है ना?

नहीं बारहवीं के बाद पढ़ाई बंद कर दी।

सपना ऐसा क्यों?

माँ-बाप नहीं पढ़ा रहे हैं, तो मैं क्या करूँ?

ऐसा क्यों कर रहे हैं?

क्या बताऊँ? समीर कहते हैं, की तुझे तो किसी के घर को संभालना है, तो पढ़ कर क्या करेगी? जितना काम था उतना पढ़ा लिखा दिया।

अरे, ये क्या कोई बात हुई? आज कल तो लड़कियां भी लड़कों को अच्छी टक्कर दे रही है। अब हमारे ही साथ BSc में लड़को की संख्या जीतनी है, लड़कियों की भी संख्या उतनी है, और पढ़ने में भी लड़को से आगे हैं।

हाँ, लेकिन,अब उनको कौन समझाए, आप छोड़िये, ये सब बात, और बताइए क्या हाल है,आपके नए कॉलेज का?

अब क्या बताऊँ सपना, यहाँ पर मैं हिंदी से पढ़ा और BSc में सब अंग्रेजी में विषय हैं, तो थोड़ा परेशानी होती है।

चलिए कोई घबराने की बात नहीं है, सब धीरे-धीरे समझ में आ जाएगा और बताइए नए कॉलेज में कोई लड़की दोस्त बनी? अब तो आप बड़े स्मार्ट हो गए हैं,

क्या बात करते हैं सपना? वहाँ मैं पढ़ाई करने गया हूँ, कि लड़कियों से दोस्ती करने वैसे तो आप पहले भी खूबसूरत थी, और आज भी खूबसूरत है

सपना अपनी बड़ाई सुनकर उसके गाल लाल हो गए,और वो मुस्कुरा दी।

समीर को उसकी मुस्कुराहट से बिजली के झटके की तरह उसके दिल पर लगी,

और समीर अब तो आपसे मुलाकात होती रहेंगी सपना बोली,

वो कैसे? समीर ने पूछा,

क्योंकि समीर मैं रोज़ यहाँ पर आउंगी क्योंकि सोच रही हूँ की, अब पढ़ाई हो गयी, तो अब सिलाई भी हो जाये,

अच्छा तो ये बात है, लेकिन सपना मैं तो सुबह 9:00 बजे घर से चला जाता हूँ, फिर शाम को 7:00 बजे तक आता हूँ। फिर कैसे हमारी बातों मुलाकात होगी?

कोई बात नहीं, मुलाकात नहीं होगी तो क्या हुआ? बात तो होगी।

वो कैसे?

मैं आप को चिट्ठी लिखा करूँगी, मुस्कुरा के सपना ने समीर से बोली।

फिर सपना और समीर छप्पर में आ गये, सपना की भाभी अभी भी समीर की माँ से ही बात कर रही थी। समीर ने सपना को अपना बनाया हुआ, चित्र दि,खाने लगा जो अक्सर खाली समय में बनाता था। सपना ने सब चित्र को बड़ी गौर से देख रही थी। अचानक उसने एक चित्र को देखकर समीर से पूछी, समीर ये किस लड़की की फोटो है?

बड़ा ही अच्छा लग रहा है,

इसको बस ऐसे ही मैं बना रहा था, और ये इतनी खूबसूरत बन गयी।

अच्छा, चलिए आज पता चला कि आप शायरी के साथ चित्र भी बना लेते है।

अरे आपको किसने बताया की मैं शायरी भी लिखता हूँ

क्यों? मुझे पता नहीं चलेगा। दरअसल ये बात मुझे मांसी दीदी ने बताई थी।

अच्छा तो ये बात है।

समीर और सपना बैठकर अभी और चित्र देख रहे थे।और आपस में बात कर रहे थे, कि तभी वहाँ पर संध्या आ गयी| संध्या ने समीर को देखी फिर सपना को देखी वो सपना को पहले देखी थी, लेकिन परिचित नहीं थी। समीर ने संध्या को देखकर खड़ा हो गया और,

संध्या इनसे मिलिए, ये हैं सपना, और सपना ये है, संध्या मेरे सबसे प्रिय दोस्त जिससे में कोई भी बात नहीं छिपाता हूँ।

अच्छा, लेकिन अभी तो आप कह रहे थे, कि कोई आपकी लड़की दोस्त नहीं है।

हाँ, लेकिन यह लड़की नहीं बल्कि लड़का हैं।

अच्छा, सब हंसने लगे

और समीर आज आप पढ़ने नहीं गए, संध्या ने पूछी।

नहीं, आज मेरी छुट्टी थी,

अच्छा, आप लोग बात करिये, मुझे थोड़ा आज कपड़े ज्यादा सिलना है. संध्या ने जाते हुए बोली।

अच्छा, समीर संध्या केवल दोस्त है, कि कुछ और?

नहीं सपना जी, वो केवल एक अच्छी दोस्त हैं।

अच्छा समीर, अब हमें चलना चाहिए, क्योंकि अब कल से तो पूरा दिन यहीं पर कटेगा।

ठीक है,

सपना और उसकी भाभी अपने घर चले गए। समीर,संध्या के सामने ही चारपाई पर बैठकर बात करने लगा और बाकी लड़कियां भी अपना काम कर रही थी।

और संध्या तुम्हारी सहेली सुमन का क्या हाल है? उसकी पढ़ाई कैसे चल रही है?

क्या बताऊँ? समीर उसका हाल तो सही है लेकिन वह पढ़ाई पर ध्यान नहीं देती। वो केवल शायरी ही करती है, और मुझ पर बोलती रहती है।

अच्छा, वो कब से शायरी का शौक रखने लगे?

क्या बताऊँ? आजकल वो बहकी बातें करती रहती है।कभी कहती है की वो पढ़ाई नहीं करना चाहती है, तो कभी वो कहती हैं, कि मुझे भी सिलाई सीखनी है।कुछ समझ में नहीं आ रहा है, कि आजकल उसके दीमाग में क्या चल रहा है?

अच्छा तो ये बात है, सुमन मैडम की तो तब शादी कर लेनी चाहिए, समीर ने मुस्कुराते हुए कहा।

अच्छा अभी उसकी उम्र ही क्या है? उसकी शादी करनी चाहिए, संध्या ने मुँह बनाते हुए पूछि,

अच्छा उम्र तो आपकी भी हो गई है, शादी के लिए,आप को भी कर लेना चाहिए, समीर ने चिढ़ाते हुए बोला।

अच्छा, तब तो उम्र आपकी भी हो गई है, अब तो आप बड़े स्कूल में पढ़ रहे है, अब तो आपको ज्यादा दहेज़ भी मिलेंगे, आप ही कर लीजिये शादी, अगर आप डरते हैं मैडम जी से कहने से, तो मैं कह देती हूँ, संध्या कपड़ा सिलना रोककर बोली।

अरे, नहीं-नहीं, उनसे कुछ कहने की जरूरत नहीं है, मैं तो मजाक कर रहा था।

तो घबराइए नहीं, मैं भी मजाक कर रही थी। फिर दोनों हॅसने लगे और बाकी लड़कियां जो उनकी बातें सुन रही थी, उनकी भी हंसी निकल गयी।

उसके बाद छप्पर में जाकर समीर सो गया, और संध्या भी कपड़े सिलने लगी। आज शाम को संध्या अपने घर चली गई, लेकिन आज उसने समीर को नहीं जगाया। उसे सोने दिया जो कि पहले कभी ऐसा नहीं होता था। जब भी संध्या घर जाती थी, शाम को, तो अगर समीर सोता रहता तो, उसको मिलकर जाती, लेकिन आज बिना मिले चली गई,

समीर अब रोज़ पढ़ने जाता और शाम तक आता, घर खाना खाकर सो जाता है।

लगभग एक हफ्ते बाद सपना और संध्या और लड़कियां बैठ कर आपस में बात कर रही थी, और समीर की माँ कुछ लड़कियों के कपड़े काटकर बता रही थी।संध्या, सपना के बगल में बैठी थी।

संध्या चलो छप्पर में बैठते है।

क्यों सपना?

बस ऐसे ही चलो आओ।

संध्या और सपना छप्पर में चले गए। वहीं एक चारपाई बिछी थी, जहाँ पर शिर की तरह बिस्तर लपेट कर रखा था, और बगल में ही एक मेज था, जिसपर कुछ किताबें और समीर की एक तस्वीर फोटो फ्रेम में लगी थी और चारों ओर दीवार पर कुछ तस्वीरें टंगी थी, जो कि कुछ सीनरी जैसी थी।ये केवल छप्पर का था, लेकिन समीर उसको एक दुल्हन की तरह अंदर से सजा रखा था। द्वार पर दरवाजे न होने के कारण पर्दा लगा रखा था, जिसे बाहर वालो को पता नहीं चलता कि अंदर कौन है, और पंखे और लाइट भी लगे थे, इन दीवार पर एक हेंगर भी था समीर के कपड़े टंगे थे। संध्या और सपना उस कमरे में गई सपना कुर्सी पर बैठ गई और संध्या चारपाई पर लेट गयी, सपना ने समीर की फोटो उठाकर बड़े गौर से देख रही थी।

सपना देख रही हूँ, कि तुम काफी देर से समीर की फोटो को देख रही हो, कुछ खास?

नहीं, बस ऐसे ही देख रही हूँ, अच्छा संध्या तुम उनकी बहुत अच्छी दोस्त हो, तुम से कुछ भी नहीं छुपाते होंगे?

हाँ, वो मुझसे कुछ भी नहीं छुपाते हैं, और मैं भी उनसे कुछ भी नहीं छू पाती हूँ। लेकिन आज तुम यह सब क्यों पूछ रही हो?

बस ऐसे ही संध्या, तुम्हें मैं एक बात बताऊँ जब से समीर से मिली हूँ, न जाने मुझे क्या हो गया। घर पर भी हमें इनकी याद आती है, और तुम ही बताओ मैं क्या करूँ? सपना ने संध्या का हाथ अपने हाथ में लेते हुए बोली।

संध्या को यह सुनकर थोड़ा अजीब लगा, लेकिन वो इस पर ध्यान न देकर, वो सपना की बातों पर ध्यान देना उचित समझी।

अच्छा तो तुमको क्या होता है आजकल? मुझे तो लग रहा है, कि तुम पागल हो रही हो सपना, संध्या ने अपने हाथ छुड़ाते हुए उठकर कुर्सी पर बैठ गई।

हाँ, संध्या में अब पागल हो जाउंगी इनके लिए, अब मुझे प्यार हो गया है इनसे हाँ यार मैं क्या करूँ?

सपना ने समीर की फोटो को अपने सीने से चिपका कर चारपाई पर लेट गयी। संध्या को यह सब अच्छा नहीं लग रहा था। वो सोच रही थी, की ये सब क्या हो रहा है? उसे ऐसा लग रहा था, कि उसकी कोई सामान खो गई है, वैसे बेचैन हो रही थी। वह कुछ कहना चाहती थीं, सपना को डाटना चाहती थी, लेकिन वह चाहकर भी कुछ नहीं कर पा रही थी।

तभी संध्या अच्छा तुम बताओ कि समीर को कैसी लड़की पसंद है।

मुझे क्या मालूम की उन्हें कैसी लड़की पसंद है? संध्या घबराते हुए बोली

अच्छा वो छोड़ो, ये बताओ कि उन्हें सबसे ज्यादा क्या पसंद है?

उन्हें सबसे ज्यादा हलवा पसंद है, संध्या न चाहते हुए भी बता दी।

अच्छा तो ये बात है समीर जी, अब हम आपको अपने हाथों से हलवा बनाकर खिलाएंगे, सपना बड़े ही चतुर आवाज में बोली।

संध्या को गुस्सा आ रहा था, वो न चाहते हुए भी सपना पर गुस्सा कर रही थी, उसे खुद ही नहीं समझ में आ रहा था| कि यह सब क्या हो रहा है?

सपना आज काफी खुश दिख रही थी, और संध्या उतनी ही दुखी दिख रही थीं।

संध्या खाना बनाकर, खा कर, अपने छत पर जाकर आसमान की तरफ चेहरा करके तारों को गौर से देख रही, थी।बगल में सुमन बैठकर कुछ गुनगुना रही थी।

यूं खामोश बैठकर तारों को न देखें, कहीं ऐसा न हो तेरी खामोशी देखकर तारों को भी आंसू आ जाए, सुमन ने टिप्पणी की।

चल हट तुझे तो हर बात हमेशा मजाक ही लगती है, संध्या ने सुमन को धक्का देते हुए बोली,

ओह, इन्हे हो गया प्यार, लेकिन ये कमबख्त दिल मानने को तैयार नहीं, सुमन ने फिर टिप्पणी की|

देख सुमन हमें तंग मत कर समझी|

देख संध्या,आखिर बात क्या है, देख रही हूँ, तू परेशान दिख रही हैं

सुमन क्या बताऊँ, आज सपना ने मुझे बोली, की उसको समीर से प्यार हो गया है,तब से मुझे अच्छा नहीं लग रहा है।

तुझे क्यों अच्छा नहीं लग रहा है? अरे समीर से उससे प्यार हुआ है, तो तुझे क्या कही तुझे भी समीर से?

अरे नहीं-नहीं ऐसी बात नहीं है, लेकिन सपना मुझे ठीक नहीं लगती । वो कितना सज संवरकर रहती है। ऐसा लगता है कि जैसे उसको कोई देखने आ रहा है, दिन में कई बार तो क्रीम लगाती है।

अरे वो लगाती है, तो तुझे क्या उसके पास है, वो लगाती है, तेरे पास है तो तू भी लगा, और जो कह रही है कि वो अच्छी लड़की नहीं है, तो समझ की तू उससे जलती है

देख सुमन जुबान संभालकर बात करना, क्यों उससे जाउंगी?

क्योंकि, तू भी समीर से प्यार करती है।

अरे सुमन तो पागल हो गई है क्या? मुझे इस सब झंझट में नहीं पड़ना है|

तो फिर ठीक है, देखते है अगर अब से तू सपना की बातों से दुखी हुई, तो समझना तुझे समीर से प्यार हो गया है,वरना नहीं।

ठीक है सुमन, देख लेना अब से|

# अनजान आवारगी

संध्या को रात में नींद नहीं आ रही थी, वो केवल करवट बदल रही थी, जब भी सोने की कोशिश करती तो ऐसा लगता है, कि उसको कोई डरा रहा है, कि अभी हम तुम्हारी प्यारी चीज़ चुरा लेंगे, जिससे की वो बेचैन हो उठी। उसकी समझ में नहीं आरहा था, कि ऐसा उसके साथ क्यों हो रहा है? रात में संध्या को नींद नहीं आई तो अंत में अपने बिस्तर से उठकर अपने छत पर जाकर टहलने लगी।वो कभी हल्की सर्द हवाओं को महसूस करके आहे भरती, तो कभी आसमान में टिमटिमाते तारे को देख कर दिल को राहत देती, वो कभी-कभी सोचती कि अभी जाकर समीर से मिलने एक बार उसको पकड़कर जी भर रो ले, फिर दूसरे ही क्षण से सपना की याद आती तो उसको गुस्सा आता, लेकिन क्यों आता? ये नहीं मालूम। संध्या सोचती कि जाने दो सपना उनको चाहती है, तो मुझको क्या, लेकिन कुछ छड़ उसका दिल ये बात मानने को तैयार नहीं होता।लेकिन संध्या ने यह अब ठान ली थी, कि अब दिल की नहीं सुननी है, अब तो समीर की जिंदगी में दखल अंदाजी बंद, आखिर क्यों मैं करूँ दखल अंदाजी क्या मैं लगती हूँ? फिर भी बड़े हिम्मत से संध्या ने अपने छत से नीचे आकर सो गई। रात भी अपने चाँद और तारों को आगोश में लेने लगी।

हर दिन की तरह आज भी समीर स्टेशन पर सुबह पहुँच गया। कुछ देर बाद ट्रेन आई और समीर अपने कॉलेज पहूँच गया, वहाँ पर जितेंद्र पहले से ही समीर का इंतजार कर रहा था।

क्या बात है? समीर, आज बड़े सुंदर दिख रहे हो, कहाँ से इतना अच्छा कपड़ा खरीदा है?

बस सोच रहा हूँ, कि अब बहुत हो गई साधारण जिंदगी,अब थोड़ा स्टाइल में जीना है, समझे यार|

समझा, लेकिन एक और बात बता, की आज कल तो ज्यादा स्टाइल नहीं मार रहा है?

हां, मार रहा हूँ, तो तेरा क्या?

कैसी बात कर रहे हो, समीर यार तू, अब पहले जैसे नहीं रहा, कितना बदल गया है, तेरे हर शब्द में घमंड दिखता है,

हां, क्यों नहीं घमंड करूँगा, मैं BSc कर रहा हूँ, और इतने बड़े महाविद्यालय में पढ़ रहा हूँ, जानते हो तुम आजकल मेरे गांव वाले जब भी मुझे देखते है, तो अदब से बात करते है समझे, लोग कहते है लड़का बड़ी पढ़ाई कर रहा है, लोग मुझे सम्मान देते है समझे|

वाह, समीर क्या बात कर दी, तूने तो मुझे पढ़ाई का मतलब ही समझा दिया, लेकिन सुन ले, समीर इतना घमंड अच्छा नहीं होता है|

अबे जा तू, तुझसे क्या? अपना काम कर|

ठीक है समीर, अगर ऐसी बात है, तो आज के बाद मै तुझसे कभी बात नहीं करुंगा|

जा जा, तेरे जैसे दोस्त की जरुरत भी मुझे नहीं है|

अब समीर धीरे धीरे पढ़ाई कम और दीखावा ज्यादा करने लगा था, वह अपने मुँह बड़ाई करता रहता था, अब तो अपनी माँ से भी झूठ बोलकर पैसे वसूल लेता था, लेकिन इसका अंदाजा नहीं था, की वह क्या कर रहा है, पता नहीं उसे क्या हो गया था|अब तो उसका कोई दोस्त भी नहीं बनना चाहता था, उसके वही दोस्त थे, जो पढ़ाई से दूर और दीखावा करने वाले और सिगरेट पीने वाले थे|

सपना आज कल प्रतिदिन संध्या से समीर के ही बारे में बात करती रहती थी, ये बात अब धीरे-धीरे संध्या सहन करने लगी थी। हालांकि उसे थोड़ा बहुत अच्छा नहीं लगता, लेकिन वो कर भी क्या सकती थी, उसे तो खुद ही नहीं पता था, कि वो समीर से प्यार करती है, या नहीं। अब तो समीर से भी कम ही मुलाकात होती थी, और समीर तो इतना बिगड़ गया था, कि वह हर लड़की को गलत निगाह से ही देखता रहता। कभी कभी तो वो सिगरेट पी लेता है, और अगर दोस्तों का साथ मिला तो लड़कियां छेड़ने में भी पीछे नहीं हटता। और क्यों नहीं बिगड़ता उम्र भी तो वही थी, 18 वर्ष की।

एक दिन समीर अपने विद्यालय नहीं गया। वो अपने कमरे में लेटा कुछ कहानी की किताब पढ़ रहा था। ठंड भी ज्यादा थी, चारों तरफ कोहरा गिर रहा था। इस कारण दिन में मोटरगाड़ी अपनी हेडलाइट जला कर चलती थी, और गांव के लोग जगह-जगह आग जला कर अपने हाथ पैर गर्म करने की कोशिश कर रहे थे, और कुछ स्कूल भी ठण्ड की वजह से कुछ दिन के लिए बंद हो गए थे, और कभी कभी बारिश भी हो जाती थी|

समीर किताब पढ़ने में लगा था, तभी संध्या वहाँ आई और आकर समीर के बिस्तर पर बैठ गयी। समीर उसको देखकर उठकर बैठ गया और किताब तकिये के नीचे रख दी,

संध्या ने अपने पैर समीर की रजाई में डालकर गर्म करने की कोशिश करने लगी।

आज समीर बहुत ठंड है, संध्या ने अपने दोनों हाथ आपस में रगड़ते हुए बोली।

अच्छा कितनी ठंड, समीर ने मुस्कुरा कर बोला,

इतनी ठंड है, संध्या ने अपना हाथ समीर के गाल पर रखते हुए बोलीं।

अरे बाप रे, कहते हुए समीर ने संध्या के हाथों को अपने हाथों में पकड़ लिया, और उसे वो सहलाने लगा।

क्या कर रहे हैं समीर? संध्या ने मुस्कुराकर बोली।

कुछ नहीं तुम्हारे हाथों को गर्म करने की कोशिश कर रहा हूँ, समीर ने उसके दोनों हाथों को रगड़ते हुए बोला,

अच्छा, अब छोड़ो मेरे हाथ गर्म हो गए हैं, संध्या ने हाथों को छुड़ाने की कोशिश करती हुई बोली।

अरे ऐसे कैसे छोड़ दें, तुम तो मेरी सबसे अच्छी दोस्त हो कहकर, समीर ने उसका हाथ पकड़कर अपनी तरफ खींचने लगा।

क्या कर रहे हो समीर हाथ छोड़ो मेरा संध्या ने गुस्से से कही।

देखो संध्या क्यों गुस्सा करती है? कुछ नहीं होगा, समीर ने संध्या को खींचकर अपने दोनों मजबूत बांहों में जकड़ लिया, और उसे चूमने लगा।

संध्या को गुस्सा और बढ़ गया, वह उससे छुटकारा पाने की कोशिश करने लगी।

मुझे छोड़ दो, वरना मैं चिल्लाने लगी संध्या ने गुस्से से बोली।

अच्छा तू अब चिल्लाएगी? क्यों तुम तो कहती थी, की मैं तेरा अच्छा दोस्त हूँ, और मैं जानता हूँ, कि तुम मुझसे प्यार भी करती है। अगर प्यार नहीं करती तो यूं मुझसे अकेले में मिलती नहीं, मेरे लिए बेचैन नहीं रहती, फिर अगर तू चिल्लाएगी तो मैं कह दूंगा की यही तो मेरे पास आई थी, फिर तेरी इज्जत का क्या होगा? समीर ने दांत पीसते हुए बोला।

संध्या ने अपनी पूरी ताकत लगाकर उससे छुटकारा पाकर समीर के गाल पर एक ज़ोर का थप्पड़ मारी और बोली।

हाँ, मैं प्यार करती थी, उस समीर से, जिसकी आँखों में मेरी इज्जत नजर आती थी। दोस्ती उसके लिए पवित्र रिश्ते की तरह थी, वो समीर अपने और मुझ में कोई फर्क नहीं देखता था। मेरे हर दर्द को अपना दर्द समझता था। मैं वैसे समीर से प्यार करती थी, और जो इस समय मेरे सामने खड़ा है, वो तो एक राक्षस है, तुम्हारी आँखों में हैवानियत भरी है। तुम वो समीर नहीं रहा, तू तो इतना गिर जायेगा, कि मुझे उम्मीद नहीं थी। आज के बाद मैं तेरा शक्ल नहीं देखना पसंद करूँगी।

इतना कहकर संध्या ने अपने गिरते हुए आंसुओं को पोछने लगी।

अरे इतना भाव मत खा, अरे वो तो मैं था, जो तुझे इतनी इज्जत दे दी, तेरी जैसी लड़की मुझ पर मरती है, और सुन तुझ जैसी जाहिल से तो मेरा बात करना भी बेकार है, तू कहा और मैं कहा, तू खुद ही देख की, मैं इतने बड़े महाविद्यालय में पढ़ता हूँ, और तू तो एक छोटे से भी स्कूल

का मुँह नहीं देखी है, और ये जो प्यार की बात कर रही है ना, अरे तू तो नफरत के भी लायक नहीं है, और सुन से अपनी औकात में रहकर बात करना, समीर ने गुस्से से आंखें लाल करते हुए बोला।

वास्तव में तू तो वाकई में बड़ा बन गया है, जोकि तेरी नज़र में आज ऊँच नीच अनपढ़ सब दिखने लगा है, और यह तेरा जो घमंड है, न वो एक दिन तुझे ले डूबेगा, समझे, और सुन मैं तेरे लायक हूँ या नहीं, ये तो बात की बात है, लेकिन तुझ जैसे दरिंदे से तो हम दुश्मनी भी नहीं करेंगे।और ये जो तू प्यार की बात कर रहा है, जा तुझे जिंदगी में कभी किसी का प्यार नहीं मिलेगा, एक बात जान लो, हम किसी को प्यार करें ये हमारे हाथ में है,लेकिन किसी का प्यार पाना यह नसीब वालों के हाथ में है, और तेरे नसीब में केवल लोगों की नफरत है।

और ये जो तुम माँ की कमाई पर उड़ रहे हो, जब तू कमाएगा तब पता चलेगा,इतना कहकर संध्या ने अपने दुपट्टे से अपनी आँखों को पोंछते हुए समीर के कमरे से बाहर चली गयी ।

संध्या के बाहर जाने के बाद समीर ने अपने तकिये के नीचे से एक लेटर निकाल कर अपने सीने से चिपका लेता तो कभी उसे पढ़ने लगता।आज से 4 दिन पहले की बात है, समीर ने रोज़ की तरह उस दिन भी कॉलेज से घर आया, और रात को खाना खाकर अपने कमरे में सोने गया, उसने चिराग जलाया, पूरे कमरे में रौशनी फैल गयी, उसने सोचा कि अब अपना बिस्तर सही करके बिछा लू, फिर चिराग बुझा कर सो जाऊंगा, समीर ने अपना बिस्तर चारपाई से उठाकर झाड़ने लगा, उसके बाद उसने बिस्तर बिछाकर अपना तकिया सही किया फिर वो चिराग बुझाने गया, जैसे ही वो चिराग को बुझाना चाहा, तभी उसे एक लेटर की तरफ मुड़ा हुआ कागज

उसके चारपाई के पैर के नीचे पड़ा था, उसने पहले सोचा कि मुझसे ये पेपर पड़ा होगा, जैसा मैं कागज कभी फेंक देता हूँ, लेकिन फिर उसने मन में आया, क्यों न पहले इसे देख लें, उसने उसे झुक कर उठाया, वो एक पन्ने का बना एक लिफाफा था, और उसके अंदर एक और लिफाफा था।और वो लिफाफा चारों तरफ से गोंद से चिपकाया गया था। उसने बड़े ही आश्चर्य से उसे खोलने लगा, खोलने के बाद वो अंदर से दूसरे पन्ने को निकालकर पढ़ने लगा।


*"समीर जी*

*मैं आपसे बहुत कुछ कहना चाहती थी, लेकिन मैं कह नहीं पाती, जब भी आप मेरे सामने आते हैं, मुझे जो बोलना है वो मैं भूल जाती हूँ, और डर भी लगने लगता है, कि आपको यह बात कैसी लगेगी, शायद आपको यह बात अच्छी न लगे, लेकिन अगर मैं यह बात आज नहीं कहूँगी, तो जिंदगी में कभी भी नहीं कह पाऊँगी। इसलिए मैं आपसे अपनी बात कहने के लिए इस कागज के टुकड़े का सहारा लिया है। अब मैं आपको ज्यादा घूमा फिरा कर बात नहीं करना चाहती, आपसे मैं सीधी बोलती हूँ, की मैं आपसे बहुत प्यार करती हूँ, मैं जब से आपको देखा है बस आपकी ख्वाबो में रहती हूँ, अब तो मेरी रातों की नींद चली गयी है, पूरी रात मैं आप के बारे में सोचती रहती हूँ। मैंने आपके मनपसंद हलवा बनाया है, वह आपके अलमारी में एक डिब्बे में किताबों के पीछे रखी हूँ। अगर आपको पसंद आया तो खा लीजियेगा, और इस लेटर का जवाब आप जरूर दीजिएगा और हां लेटर लिखने के बाद उसे अपने तकिये के नीचे रख दीजिएगा"*

*- केवल आपकी दीवानी सपना।"*

लेटर पढ़ने के बाद तो समीर की खुशी का ठिकाना ही नहीं रहा वो आज कितना खुश था, और खुश क्यों नहीं होगा जो कुआं खुद चलकर प्यासे के पास आया था। समीर ने अब देर न करके तुरंत अपने कॉपी से पन्ना निकालकर समीर भी लिखना शुरू किया। अभी वह लिख रहा था, कि तभी उसे बीच में हलवे का ध्यान आया। उसने बीच में ही लिखना बंद करके तुरंत अपनी अलमारी के पास जाकर किताब की पीछे से हलवे का डब्बा निकालकर, फिर आकर अपनी जगह बैठ गया। उसने डिब्बा खोला अब तो उसको हलवे की सुगंध ने मोह लिया था, वह मेज पर एक तरफ डिब्बा रखा, और फिर खाता और लेटर लिखता समीर तो सपना को जब उसकी दीदी की शादी में, यानी मांसी की शादी में देखा था, तभी उसको देखकर समीर फिदा हो गया था, और उसके ज़िक्र भी मनोज से किया था, और आज देखो ऐसा लग रहा है, समीर की मंजिल खुद सफ़र तय करके राही के पास आ गई है।उसने लेटर लिखकर उसके बड़े ही अच्छे से एक लिफाफे में रखकर उसे अपने तकिये के नीचे रख दिया, और हलवा खाकर उस डिब्बे को उसी जगह पर रख दिया, जहाँ से उठाया था। फिर अपने बिस्तर पर सो गया, अब तो उसकी नींद ही उड़ गयी थी, लेकिन सुबह ही उसे कॉलेज जाना था, इसलिए वह सोने की कोशिश करने लगा। हालांकि वह कॉलेज नहीं जाना चाहता था, लेकिन उसका प्रैक्टिकल परीक्षा चल रहा था। आखिर में समीर सो गया, सुबह होते ही, समीर नहा खाकर कॉलेज चला गया, और फिर सपना आज रोज़ की अपेक्षा जल्दी आ गई थी। उसे यकीन था, कि उसके लेटर का जवाब उसको जरूर मिलेंगे, तो आते ही तुरंत समीर के छप्पर में जाकर तकिया हटायी और फिर लेटर लेकर अपने सीने से लगाकर राहत की सांस ली, लेकिन उसका दिल अब भी जोरों से धड़क रहा था, क्योंकि उसे डर था, कि कहीं इसके अंदर कुछ और न लिखा हो, उसने फिर जाकर हलवा डिब्बा देखी,

डिब्बा बिल्कुल खाली था । फिर सपना लेटर लेकर पढ़ने में देर नहीं की लेटर में लिखा था।


*"सपना जी*

*आप मुझसे कुछ कहना चाहती थी, और मैं आपसे कुछ कहना चाहता था, लेकिन मैं कह नहीं पाता था। शायद मैं हमेशा यही सोचता था की मैं आप के लायक नहीं हूँ, क्योंकि आप इतनी खूबसूरत है कि, आपको देखकर कोई भी दीवाना हो जाएगा। लेकिन आज मैं बहुत खुश हूँ कि, मेरी आपने समस्या दूर कर दी, क्योंकि मैं ज़िंदगी भर भी यही सोचता रहता की, मैं आपसे ये बात कहूँ, कैसे और समय सोचने में ही निकल जाता है, और एक बात मुझे तो तभी आप से प्यार हो गया था, जब आपको पहली बार आपकी मांसी दीदी की शादी में देखा था।क्या आप खूबसूरत लग रही थी, और अब तो आप हर दिल पर कहर बरसाती हैं, मैं आपसे मिलने आपके घर आऊंगा क्योंकि इधर मुझे छुट्टी नहीं मिलेगी, मेरा प्रैक्टिकल चल रहा है।इसलिए इस समय व्यस्त हूँ, इसलिए जब समय मिलेंगे तब आ जाऊंगा और हाँ, हलवा बहुत अच्छा था मुझे बेहद पसंद आया*

*- आपका केवल आपका आशिक समीर"*


लेटर पढ़ने के बाद तो सपना खुशी से फूले नहीं समा रही थी, वह समीर के बिस्तर पर लेटकर गाने गुनगुनाने लगी, और सपनों में खो गई तभी, संध्या और भी लड़कियां आ गई है, समीर की माँ आंगन में बैठकर कपड़े काट रही थी,

मैडम जी कोई अभी नहीं आया क्या, संध्या ने मुस्कुराकर पूछी।

क्यों नहीं, सपना तो आज पहले आ गई है, वो उस छप्पर में है पता नहीं क्या कर रही है, अच्छा, संध्या मशीन निकाल लो, आंगन में क्योंकि आज कपड़े ज्यादा सिलने है, समीर की माँ ने संध्या से कपड़े काटते हुए बोली

अरे क्या बात है, सपना आज तो बड़ी खुश नजर आ रही हो, संध्या के छप्पर में प्रवेश करते ही बोली।

कुछ नहीं, कोई खास बात नहीं है, सपना ने पलकें उठाकर बोली।

नहीं कुछ तो है, बताओ ना, संध्या ने जिद की।

अच्छा ठीक है, देखो संध्या ये लेटर अब मैं जो चाहती थी, वो हो गया, समीर जी अब मेरे दीवाने हो गए है, सपना ने मुस्कुराकर बोली

दीवाने होंगे क्या मतलब? संध्या ने आश्चर्य से पूछी।

देखो ये लेटर सबूत हैं, इसमें उन्होंने अपने प्यार का इजहार किया है, मुझसे बहुत दिन से प्यार करते हैं, लेकिन कह नहीं पाए और आज वो हिम्मत करके मुझे लेटर लिखा है, और क्यों न मुझसे प्यार होगा, मैं हूँ ही ऐसी चीज़ की अच्छे-अच्छे लोग दीवाने हो जाए, सपना के आवाज़ में घमंड झलक रहा था।

अरे यार, तुम ऐसी कैसी बात कर लेती हो? समीर तुमसे प्यार करते हैं, तो क्या तुम भी उनसे प्यार करती हो? संध्या ने सपना से पूछी।

मुझे नहीं मालूम कि मैं प्यार करती हूँ या नहीं, हाँ, लेकिन अभी तो वो मुझे अच्छे लगते हैं, अब आगे का मुझे पता नहीं वैसे भी मुझे मालूम है, संध्या की तुम्हें दुख होगा, क्योंकि तुम भी उनसे प्यार करती हो ना? सपना ने संध्या का हाथ पकड़कर बोली।

क्या बकवास करती हो, पहली बार तो तुम्हे बता दूँ, कि समीर केवल मेरे अच्छे दोस्त हैं, और दूसरी बात कि तुम जो कर रही हो वह ठीक नहीं है, और ये तुम जो कह रही हो, कि इस हूँस्न के आगे सभी दीवाने हो जाते हैं, तो समीर वैसे नहीं हैं, संध्या ने एक ही सांस में सब कह डाली।

बड़ा भरोसा है संध्या तुम को, सपना ने बोली।

हाँ खुद से ज्यादा, लेकिन तुमको इसका मतलब ही नहीं पता है सपना भले ही तुम सुंदर हो, लेकिन एक सच्ची दोस्त के आगे सब बेकार है।

अच्छा तो ये बात है तो तुम संध्या, अब देखती जाओ की तुम्हारे समीर को मैं अपने इशारो में कैसे नचाती हूँ, और रही बात तुम्हारी सच्ची दोस्ती की तो सुन लो इस हूँस्न के द्वारा ही तुम्हारी दोस्ती की तो धज्जिया नहीं उड़ाई तो मेरा नाम बदल देना।

ठीक है सपना, मैं भी देखती हूँ

संध्या कमरे से निकलकर आकर कपड़े सिलने लगी और सपना ने एक कागज के पन्ने पर लिखकर, समीर के तकिये के नीचे रख दी, और फिर बाहर आकर समीर की माँ के पास बैठकर कपड़े काटने लगी।

समीर के दिल में यही चल रहा था, कि कब प्रैक्टिकल खत्म हो और वो घर पहुँचे और सपना से मिले, उसका प्रैक्टिकल 3:00 बजे तक खत्म हो गया। वह कॉलेज से तुरंत निकल गया, रोज तो वह ट्रेन से आता था, लेकिन आज बस से ही घर आ गया, क्योंकि ट्रेन उसे 5:30 बजे मिलती और 6:20 पर आजाद नगर आती, इसलिए समीर ने ऐसा किया वह 4:00 बजे तक घर पहुंचा, उसने सबसे पहले देखा कि सपना किधर है, लेकिन घर पर कोई नहीं था, सभी लड़कियां

अपने घर चली गई थी, यह देखकर थोड़ा समीर दुखी हुआ| लेकिन उसके दिमाग में कुछ सुझा, वह तुरंत अपने कमरे में गया और वहां तकिया हटाया, वहां पर एक लेटर पड़ा था, उसने तुरंत बिना देर किए उस लेटर को पढ़ना शुरू किया|

*"सपना के सपनों के शहजादे*

*आपका हमें लेटर मिला, हम बहुत खुश हैं कि, आप भी हमें प्यार करते हैं, मेरे सारे अरमान आपने पूरा कर दिए, अब हमें कुछ नहीं चाहिए, मेरे दिल में आपसे मिलने को करता है, लेकिन मैं तो मजबूर हूं, क्योंकि मैं लड़की हूं, रात को कहीं जा नहीं सकती, क्योंकि गांव का माहौल आप तो जानते हैं, और दिन में आप मजबूर हैं, क्योंकि आप अपने कॉलेज चले जाते हैं, लेकिन मैं आज हिम्मत करके आपसे मिलना चाहती हूं, मैं रात के 9:00 बजे मेरे गांव के बगल में जो बड़ी सी बाग है, उसी में मैं आपका इंतजार करूंगी, मुझे विश्वास है कि आप जरूर आएंगे, और हां ज्यादा बाग में भटगना नहीं, मैं बरगद के पेड़ के नीचे ही रहूंगी,*

*- आपकी सिर्फ आपकी शहजादी सपना"*

अब लेटर को पढ़ने के बाद समीर का दिल ज़ोरों से धड़कने लगा, क्योंकि अब तक वह किसी लड़की से इस तरह कभी नहीं मिला था, और दूसरी बात यह थी, कि समीर को जिस बाग़ में सपना से मिलने जाना था, वह बाग़ बड़ा खतरनाक माना जाता था। समीर भी कई लोगों के मुँह से सुना था इसमें रात को चुड़ैल घूमती है, इससे समीर और डर गया, लेकिन उसके दूसरे पल सपना की खूबसूरती उसकी आँखों के सामने नाचने लगी, और हूँस्न के आगे तो अच्छे-अच्छे ऋषि

मुनि ने हथियार डाल दिये, तो ये तो जवानी की दहलीज पर कदम रखने वाला समीर कि क्या औकात थी, समीर ने तय किया कि आज वह सपना से मिलने जाएगा, चाहे कुछ भी हो जाए। समीर ने रात में खाना खाकर अपने कमरे में सोने चला गया, और उसकी माँ भी सोने अपने कमरे में चली गयी।

ठंड का मौसम में रात जल्दी ही आ जाती है, और गांव के लोग 8:00 बजे तक सो जाते है। समीर की माँ भी सो गयी थी। समीर ने देखा घड़ी 8:30 बजा रही है, समीर ने धीरे से अपने बिस्तर से उठा और दबे पांव अपनी माँ के पास गया, उसकी माँ सो रही थी, फिर समीर पलटा और अपने घर के द्वार पर आकर बांस से बने दरवाजे को धीरे से खोलकर बाहर आकर बाहर से दरवाजे को बंद कर दिया,और चल दिया सपना से मिलने। चारों तरफ काली रात अपने पूरे होश में थी, कोहरा भी गिर रहा था। उसकी बुँदे समीर के बालों को गीला कर रही थी, कहीं-कहीं तो समीर की आहट सुनकर कुत्ते भी भौकोने शुरू कर देते थे, इससे समीर थोड़ा डर जाता,लेकिन वह हिम्मत बांधकर बाग की तरफ बढ़ चला था। लगभग 40 मिनट चलने के बाद समीर बाग में प्रवेश कर चुका था, वह बिल्कुल बरगद के पेड़ के नीचे खड़ा था, सामने सपना खड़ी थी,लेकिन समीर को अपनी आँखों पर विश्वास नहीं हो रहा था, कि यह सपना ही है, क्योंकि आज सपना इस काली रात में भी पूनम की चांदनी की तरह चमक रही थी, चेहरा उसका खिला था, माथे पर एक छोटी सी बिंदी थी, और होठों की रौनक बढ़ाने के लिए गुलाबी रंग की लिपस्टिक लगाई थी। ये सब देखकर समीर का दिल और तेजी से धड़कने लगा। सपना ने समीर को देखते ही वो समीर के बिल्कुल करीब आ गई। उसने आकर समीर के गालो पर अपने प्यार की मुहर लगा दी, समीर को ऐसा लगा कि शून्य शरीर में कोई करंट लगा, वह तुरंत सपना को अपने मजबूत

बाहो में कैद करके बेतहाशा चूमने लगा, इन दोनों की सांसें तेज हो रही थी। समीर अपने आपको रोक नहीं पाया और सपना ने रोकने की कोशिश नहीं की। समीर अपनी सभी हदें पार करता चला गया और सपना ने भी उसकी कश्ती को किनारे पर लाने के लिए लहरों की तरह साथ दे रही थी। दोनों खुशियों के सागर में गोते खा रहे थे। ऐसा लग रहा था, कि मानो सैलाबों का बांध टूट गए हैं। ज्वालामुखी इतने दिनों चुप थी, और आज जाकर फटा है, जिंदगी उथल पुथल हो रही थी, अपनी चरमसीमा पार कर चुका था, चारों तरफ केवल सिसकियां सुनाई दे रही थी, अब काली रात में भी चांदनी रात का अनुभव हो रहा था। लगभग 50 मिनट बाद ऐसा लगा कि जो हवाएं तेज गति से चल रही थी, शांत हो गई है सागर फिर से अपनी सतह पर चला गया है, ज्वालामुखी भी अब नम हो गई है। लहरें भी अपनेआप थककर हवाओं के सहारे बह रही है। चारो तरफ का वातावरण शांत हो गया था। दोनों के पसीने से भीगे कपड़े से लग रहा था, जैसे ये अभी नहा कर आए हैं।समीर ने अपने कमीज के बटन बंद करने लगा, सपना ने भी अपना दुपट्टा सम्भालते हुए, अपने चेहरे के पसीने को पोछने लगी। और फिर उसी पेड़ की ओट लगाकर बैठ गई। समीर भी धीरे से जमीन पर बैठ गया और सपना की गोद में अपना शिर रखकर लेट गया, दोनों की सांसें थम गई थी, सपना ने अपने दामन से समीर का चेहरे से पसीना पोछने लगी। दोनों के चेहरे पर एक बड़ी जीत की मुस्कान बिखर रही थी, जो कि इस काले रात को खूबसूरत बनाने का प्रयत्न कर रही थी।सपना और समीर चुपचाप एक दूसरे को देख रहे थे, समीर को ऐसी खुशी का पहला अनुभव था, वह सोच रहा था, कि कैसे संतुष्टता है, कि ऐसा लगता है कि कोई भूखा जो कई दिन से भूख से पीड़ित है, उसे भरपेट खाने को दे दिया जाए, और फिर भूखे को जो नींद आती है, वहीं अब समीर की शरीर को महसूस हो रहा है, सोच रहा था, की इसी तरह जिंदगी काटे तो फिर बात ही क्या है, उसे लगा

कि मंजिल पास बैठी है, और सफ़र खत्म हो गया है। सपना ने उसके गेसुवो को अपने हाथों से सहलाने लगी, समीर को नींद आने लगी वो झपकी भी लेने लगा लेकिन, तभी

क्यों नींद आ रही है, इतने दिनों के बाद मिले हैं, और उसमें तुमको नींद आ रही है, सपना ने समीर का माथा चूमते हुए बोली।

नहीं, नींद नहीं आ रही है, बस इस दृश्य को अपने ख्वाबो में कैद करने की कोशिश कर रहा था। तुमको पता है सपना, की मेरी ज़िंदगी का अब तक का सबसे खूबसूरत रात है, समीर उठ कर बैठते हुए कहा।

अच्छा, मेरी भी तो यह हसीन रात मेरी ज़िंदगी में पहली बार आई है, सपना ने समीर के गले में अपनी दोनों बांहें डालते हुए बोली।

समीर पेड़ की ओट में बैठकर सपना को अपने बाहों में भर कर बातें करने लगा, सपना तुमको मालूम है, मैं तुमको जब से देखा है, पहली बार उस समय तुम स्कूल से घर जा रही थी, तभी तुम्हें देखकर मुझे कुछ होने लगा था, लेकिन मुझे क्या मालूम कि आज वही चेहरा मेरी बाहों में कैद होगा, समीर फिर उसे चूमने लगा।

अच्छा ठीक है, गुदगुदी हो रही है, थोड़ा बर्दाश्त करो, अच्छा मेरा तोफा कहा है, सपना ने समीर के गालो को पकड़कर बोली।

कैसा-कैसा तोहफा? समीर ने आश्चर्य से पूछा।

अरे, जब कोई लड़का किसी लड़की से मिलने पहली बार जाता है, तो वो उसके लिए तोहफा ले जाता है समझे, मेरे राजा? सपना ने बड़े प्यार से डांटते हुए बोली।

सपना देखो, मुझे इसके बारे में नहीं पता, क्योंकि मैं तो इस तरह किसी लड़की से पहली बार मिलने आया हूँ, वैसे भी तुम्हे कौन सा तोफा चाहिए? समीर ने बड़े ही अभिलाषा से पूछा।

मुझे कौन सा तोफा चाहिए? बताती हूँ, पहले अपना हाथ मेरे हाथ में दीजिए।

समीर ने अपना हाथ दिया,

फिर सपना ने उसे पकड़कर, चलो अब हमसे वादा करो कि तुम मेरे सिवा किसी और से प्यार नहीं करोगे, तुम हमेशा मुझसे ऐसे ही प्यार करोगे हर जगह मेरा साथ दोगे।

बस इतनी सी बात तो लो, मैं तुमसे वादा करता हूँ, और कुछ?

नहीं अब कुछ नहीं बस मैं खुश हूँ, सपना ने समीर की गोद में समा गयी।

सपना, अगर हम रोज़ ऐसे ही मिले तो कितना अच्छा होगा, समीर ने सपना की गुलाबी होंठों को चूमते हुए बोला

हो सकता है, हम तो हमेशा आपसे मिलने के लिए बेचैन रहते हैं, अगर आप रोज़ यहाँ पर आए, तो हम मिल सकते हैं, सपना ने अपने हाथों से समीर की गर्दन को अपनी ओर झुकाते हुए बोली।

ठीक है, मैं अपनी हर रात को इतनी खूबसूरत बनाने के लिए रोज़ यहाँ आउंगा,समीर ने एक सांस में अपना उत्तर दे डाला।

लेकिन एक समस्या है, समीर।

क्या?

संध्या जान गई है, कि हम एक दूसरे से प्यार करते हैं|

तो क्या हुआ? वो मेरी अच्छी दोस्त है|

दोस्त की बात नहीं है, आप को लेकर उसने मुझसे झगड़ा कि, कहती है कि समीर पर केवल मेरा हक़ है, अगर मैं कुछ करूँगी, तो वो आपके माँ से कह देंगी, जिससे की आपको डांट लग सकती है।

और ऐसे कैसे कह देंगी, मैं उससे पूछूँगा, कि उसे क्या दीक्कत है? और सबसे पहली बात की उसकी हिम्मत कैसे की तुम से झगड़ा करने की?

आप उससे कुछ नहीं पूछेंगे, आपको मेरी कसम, मैं नहीं चाहती कि मेरी वजह से आप लोगों की इतनी पुरानी दोस्ती टूटे,

कैसी दोस्ती, जो तुम्हारा दुश्मन है, मेरा भी दुश्मन होगा, तुम सोच रही हो की हमारी दोस्ती ना टूटे, और एक वो है जो कि तुम को बदनाम करने के चक्कर में पड़ी है।

जाने दो अपनी-अपनी सोच का फर्क होता है|

अब उसकी ऐसी खबर लूँगा, कि वो भी क्या याद रखेगी? माँ भी उसको अपने शिर पर चढ़ा रखी है, इसलिए वह इतना ही उछल रही है।

चलो सब छोड़ो इन बातों को हम अपना पल खुशियों से भर लें। एक बार फिर से सपना ने समीर को चुम ली, और दोनों की सांसें तेज हो गई, फिर वही मंजर सामने आ गया। दोनों एक दूसरे में खो गए, जैसे कि पानी में सक्कर उनको समय का अंदाजा भी नहीं रहा। घड़ी 3:00 बजा रही थी, समीर और सपना उठे और अपने कपड़े सही करके अब जाने के लिए तैयार हो गए। समीर जैसे ही सोचा कि अब

चले, तभी सपना समीर से लिपटकर रोने लगी, समीर सोचा अब इसको क्या होगा सपना ने रोते हुए आवाज में बोली, समीर आपको हमने अपनी आत्मा सौंप दी है। इसको कभी धोखा नहीं देना यह सुनकर समीर की आँखों में भी पानी आ गया, लेकिन वो खुद को संभाले हुए सपना को वादा किया, कि वह कभी नहीं धोखा देगा। और फिर चलने लगा समीर ने सपना को उसके घर से कुछ दूर पर ही छोड़ दिया, वो वहाँ गले मिले और फिर सपना अपने घर जाने लगी । समीर तब तक खड़ा था, जब तक कि सपना उसकी आँखों से ओझल न हो गयी।

और समीर अपने घर को चला और सोच रहा था, कि अगर माँ जाग गई होंगी, और वो मुझे बिस्तर पर न पाएगी क्या सोचेंगी? यह सब सोचकर उसका दिल जोरों से धड़क रहा था, अंत में समीर घर पहुँच गया, वहाँ उसे चारों तरफ का वातावरण शांत मिला। यह देख के समीर की जान में जान आई, और वह जाकर बिस्तर पर लेट गया, लेकिन उसकी आँखों के सामने केवल सपना नजर आ रही थी।

आज इसी कारण समीर ने संध्या को बेइज्जती की। दरअसल वह समीर नहीं बल्कि सपना के हुँश्न का जलवा था, जो समीर पर चढ़कर संध्या की बेइज्जती कर रहा था। वो नहीं चाहता था, कि उसकी और सपना के बीच में कोई आये, वो सपना के प्यार में इतना डूब गया था, कि उसे अपनी इतनी पुरानी दोस्ती की भी परवाह नहीं की उसकी भी कुर्बानी दे दी।

आज वो जो किया था, संध्या के साथ उसका उसको थोड़ा भी दुख नहीं था। संध्या तुरंत ही अपने घर चली गई, और वहाँ पर रुकना उचित नहीं समझी।

अब वो सिलाई सीखने भी नहीं जाती थी। वो घर पर ही उदास बैठी रहती थी, किसी से भी ज्यादा बात भी नहीं

करती थी। वो संध्या जो हमेशा चंचल स्वभाव की थीं, अब वह भावुक हो गई थी, उसके माँ बाप भी परेशान हो गए थे, कि आखिर क्या हो गया न सिलाई सीखने जाती है, और ना ही किसी के साथ घास काटने जाती है। बस घर का काम करके एकांत में बैठकर कुछ सोचा करती थी।

दो तीन दिन बाद तो संध्या की माँ भी पूछी,तुम सिलाई पे क्यों नहीं जाती हो? और इतना गुमसुम रहती है, तो बात क्या है?

मेरे को अब सब कुछ आता है, तो फिर क्यों पैसे बर्बाद करे, और ज्यादा शोरगुल मुझे पसंद नहीं है, मैं बच्ची नहीं हूँ, कि हमेशा हर जगह दांत दिखाती रहूँ,

संध्या तो कभी-कभी यह सोचकर हंसने की कोशिश करती थी, जिसकी वजह से वो इतनी खामोश और दुखी है, वो तो आजकल सुखों की दुनिया की सैर कर रहा है तो मैं क्यों दुखी रहूँ?

और एक समीर था, जोकि अब दिन रात सपना के ही सपनों में डूबा रहता था।वो हमेशा यही सोचता रहता था, कि उसे कौन सा तोफा दे और वो अक्सर तोहफा सपना को देता रहता था, अब तो उसकी परीक्षा की भी कोई चिंता नहीं रहती थीं। लोगों के प्रति उसका स्वभाव बिगड़ गया था।जो भी सपना को बुरी नजर से देखता, चाहे आदमी हो वो लड़ बैठता था।

एक दिन सपना ने समीर को दिन में ही अपने घर बुलाया, घर पर सपना की भाभी और माँ थी, बाकी लोग अपने-अपने काम पर गए थे, समीर, सपना के घर पहूँचा। सपना के घर में ले जाकर कुर्सी पर बैठायी।

आपका हमारे गरीब खाने में स्वागत है, सपना ने समीर के गालों को चूमते हुए कही ।

अरे क्या कह रही है, अभी कोई देख लेगा और यह गरीब खाना है, तो हम ही कौन से राजा घराने से आए, समीर ने सपना को अपने से दूर करते हुए कहा|

और बताइए समीर, कैसे है?

ठीक हूँ,

आप बताइए आपने क्यों बुलाया है?

क्या मेरा इतना भी हक नहीं है, कि मैं आपको अपने घर बुला सकूँ?

क्या बात करती है सपना, मैं तो आप के लिए मौत तक जाने को तैयार हूँ

वोह, इतना प्यार करते हैं

कभी आजमाकर देख लीजिये।

मौके की ताक में है।

ठीक है हम भी देखते हैं, समीर जी के दिल में कितना प्यार है मेरे लिए|

इसमें बताने की क्या बात है दिल तो आपका ही है।

तभी सपना की भाभी और उसकी माँ वहाँ आ गई, और साथ में एक और लड़की थी, जो कि सपना की उम्र की ही थी। सपना की भाभी और माँ आकर समीर से बात करने लगी, और सपना उस लड़की के साथ बाहर चली गई। दरवाजे में कोई सूट का कपड़ा बेच रहा था, शायद वहाँ पर गई थी, कुछ देर बाद सपना ने एक सलवार कमीज का कपड़ा हाथ में लेकर समीर के पास आई।

समीर,ये कपड़ा कैसा लग रहा है?

अच्छा है, तुम पर बहुत अच्छा लगेगा तुम गोरी हो ना।

माँ, इसको ले लो, सपना ने अपनी माँ से बोली।

कितने का है? सपना की माँ ने पूछी।

केवल ₹450 का है, ले लो।

नहीं इतनी परेशानी है मेरे पास, बाद में ले लेना।

यह सुनकर सपना मुँह बिचका कर बाहर चली गई। फिर उसके बाद समीर भी हलवा खाकर, जो कि सपना ने अपने हाथों से बनाया था, बाहर चला दिया।

आते रहना, सपना की माँ ने कही।

आते रहेंगे माँ, ये तो इनका ही घर है क्यों समीर?

भाभी, आते रहेंगे। बाहर सपना खड़ी थी, और समीर को कुछ दूर छोड़ने चले गए। साथ में वो लड़की भी थी

सपना तुम्हें यह सूट अच्छा लग रहा था।

लगने से क्या होता है? जब मिला ही नहीं।

समीर जी, हाँ दीदी को बहुत पसंद आया था, उस लड़की ने समीर से कहा।

तू चुप रहा कर, सपना ने उस लड़की को डांटते हुए बोली ।

क्यों चुप करा रही हो? तुम्हे पसंद आ गया है, तो इसमें क्या गलती है?

समीर उस चीज़ को पसंद करना चाहिए, जिसे तुम हासिल कर सकते हो।

क्या बात है, सपना आज कल आप हिंदी पिक्चर ज्यादा देख रही हो क्या?

अच्छा ठीक है, चलिए अब आपसे मुलाकात कम होंगी, सपना ने बोली।

क्यों हास्य से? समीर पूछा?

अरे भैया कह रहे थे, कि सिलाई लगभग सीख ली हो, अब थोड़ा कंप्यूटर भी सीख लो इसलिए मैं अब से कंप्यूटर सीखने जाउंगी।

अच्छा तो हमारी बात कैसे होगी? समीर ने पूछा।

चिंता न करे, यह है ना हमारा लेटर पहुँचाने के लिए, सपना ने लड़की की तरफ इशारा करते हुए बोली

अच्छा है, ये कैसे होगा? समीर ने पूछा।

तो ऐसे होगा की ये आपके सामने वाले स्कूल में पढ़ती है, और यह जब स्कूल जाएगी तो आपको अपने घर लेटर देकर और शाम को लेकर आएगी।

अच्छा ये तो बहुत अच्छी बात है, ठीक है, अब मैं चलता हूँ, इतना कहकर समीर अपने घर चला गया।

लेकिन पूरे रास्ते में ही सोचता रहा, कि सपना को वो सूट पसंद है, और मैं उसे तोफे में दूंगा, लेकिन इतना महंगा सूट कैसे खरीदूंगा, मेरे जेब खर्चे भी तो ₹10 मिलते हैं, ये सब सोचते हुए समीर घर पहुँचा।

संध्या अपने छत पर शांत बैठी थी, तभी सुमन वहाँ पर आ गयी, वो भी बगल में बैठकर ठंड के मौसम में सूर्य डूबने का इंतजार करने लगी। कुछ देर तक वातावरण शांत था, पशु पक्षियां भी अपने-अपने घोंसलें में जा रहे थे।क्योंकि न जाने कब बारिश आ जाए और न जाने कब ओले पड़ने लगे। गांव की औरतें अपने-अपने चूल्हा जलाकर खाना बनाने में लगी थी। आज संध्या को खाना न बनाते देखकर सुमन को बहुत

आश्चर्य हो रहा था, आखिर में सुमन ने इस शांत वातावरण में एक घंटी बजाई दी।

क्यों संध्या,आज तुझे खाना नहीं बनाना है क्या?

नहीं आज माँ खाना बना रही है, मेरा आज मन नहीं है खाना बनाने का।

अच्छा, तो क्या करने का मन है? सुमन ने संध्या को छेड़ते हुए पूछी।

देख सुमन, परेशान मुझे मत कर, बैठना है तो चुपचाप बैठ वरना मुझे अकेला छोड़ दें।

यह सुनकर, सुमन आश्चर्य हो गयी, कि संध्या ऐसे कभी उससे बात नहीं करती थी, अब इसे क्या हो गया?

देख संध्या तू मेरी सबसे अच्छी सहेली है, और मैं देख रही हूँ, की तू कई दिनों से गुमसुम रहती है, और सिलाई पर भी नहीं जा रही हो, आज तो तुम मुझे बता दे, वरना तो तुझसे कभी नहीं बोलूँगी, समझी चल बता क्या बात हैं?

संध्या अब भी शांत थी।

ठीक है, नहीं बता रही तो मैं जा रही हूँ, यह कहकर जैसे ही सुमन उठी जाने को तो संध्या ने उसकी बांह पकड़कर बैठा दी, और उसे पकड़कर खूब रोयी ऐसा लग रहा था, कि कितने दिनों का खौलता हुआ, ज्वालामुखी आज फटा है। उसने सुमन को सारी दास्ताँ बता दी, सुमन ने उसे चुप कराई।

संध्या देखना, समीर को एक दिन उसकी गलतियों का एहसास जरूर होगा, और वो तुझसे जरूर माफी मांगने आएगा, और वो जिस लड़की के चक्कर में, तुम्हारे साथ ऐसा किया है, वह लड़की एक दिन उसको खून के आंसू रुलायेगी, क्योंकि मुझे अच्छी तरह मालूम है, कि वह लड़की कैसी है, अरे समीर जैसे कितने लोग उसके दीवाने हुए हैं।

लेकिन सुमन तुझे सपना के बारे में कैसे मालूम, संध्या ने अपने आंसू पोंछते हुए बोली|

अरे, मेरी दीदी के साथ ही तो 12 वी तक पढ़ी है, और उसके कारनामे तो कक्षा नौ से शुरू थे, दीदी बताती थी, कि वह उसके साथ कभी बाजार नहीं जाती थी, क्योंकि उसकी आदत थी, कि किसी भी लड़के के साथ घूमने चली जाती थी, कभी-कभी तो वो स्कूल के बहाने किसी के साथ कहीं घूमने चली जाती, और अब देखना समीर को भी वो घुमाएगी|

सुमन, घूमाने दे, लेकिन मैं समीर को कभी नहीं माफ़ करूँगी|

छोड़ इन बातों को संध्या, तू झूठ की समस्या में पड़ रही है, अरे समीर तुझे भूल गया, तू भी उसे भूल जा|

कोशिश कर रही हूँ, सुमन, लेकिन ये दिल नहीं मानता|

सुमन और संध्या दोनों अब नीचे आ गई थी, और खाने की तैयारी करने लगी|

समीर अब लेटर से ही सपना से बात करता था, और रात में कभी कभी मिल लेता था, एक दिन वो लड़की लेटर लेकर आई, और समीर को देकर चली गयी, शाम को जब वो लड़की स्कूल से वापस आई, तो समीर ने उसे एक लेटर और वही सूट का कपड़ा दिया, जो उस दिन सपना ने पसंद की थी, सपना सूट और लेटर पाकर काफी खुश हुईं, उसने भी लेटर में मिलने के लिए कहा, समीर हमेशा की तरह इस बार भी सपना से मिलने चला गया, वहाँ से मिलकर घर वापस आ गया|

समीर मैंने ₹500 रखे थे, बैग में तुम्हारे प्रैक्टिकल परीक्षा के लिए, मिल नहीं रहा है?

क्या बात करती हो माँ? फिर से देखो वही कही होगा।

अरे मैंने अच्छे से देखा है, कही नहीं है।

अच्छा ठीक है, मुझे देर हो रही है आप बाद में शाम को ढूंढना।

ठीक है, ठीक है, तू जा अब तो पैसा गायब हो गया चलो ठीक है देखेंगे? अच्छे से प्रैक्टिकल देना मैं पैसे का प्रबंध कर दूंगी, तुम इसकी चिंता ना करना।

समीर चला गया, समीर की माँ फिर से पैसे ढूंढने लगी, लेकिन उनको कहीं नहीं मिला, उन्हें लगा कि कहीं चूहा तो नहीं उठा ले गया। अक्सर समीर के घर के कुछ सामान चूहे उठाकर अपने बिल में ले जाते थे। इसलिए समीर की माँ ये बात मानकर अपने दिल को मना ली।

संध्या भी धीरे-धीरे समीर को भुलाने की नाकाम कोशिश करते हुए, अपनी जिंदगी नए सिरे से शुरू करने के लिए प्रयास करने लगी समीर भी प्रैक्टिकल की परीक्षा खत्म करके वो इंतजार करने लगा, कि सपना का कोई लेटर मिले लेकिन नहीं मिला उसने उस लड़की से पूछा तो वो लड़की बोली की आज कल वो उससे मुलाकात नहीं करती है, और लेटर भी नहीं देती आपको देने के लिए, ये सुनकर समीर का दिल की धड़कन बढ़ गई है।

समीर दोपहर को धागा लेने बाजार गया था, इस समय उसकी छुट्टियाँ चल रही थी, क्योंकि अगले महीने ही परीक्षा शुरू होने वाली थी, इसलिए तैयारी के लिए छुट्टी कर दी गई थी, वह दुकान से धागा लेकर जैसे ही एक सड़क की तरफ मुड़ा, तभी सामने से एक तेज मोटरसाइकिल गुजरी, समीर चौंक गया, उसने मन ही मन बड़बड़ाने लगा, कहने लगा कि, अभी लड़ जाता तो, तभी दूसरे पल ही उसने देखा कि,

जो मोटरसाइकिल उसके पास से गुजरी है, उसके पीछे सीट पर एक लड़की मुँह बांधे हुए बैठी है, और ये वही सूट पहनी है, जो वो सपना को तोहफे में दिया था, लेकिन सपना तो इस समय कंप्यूटर की क्लास ले रही होगी, हो सकता है कि, वैसे ही कोई और भी सूट खरीद सकती हैं, तमाम उसके दीमाग में बातें चल रही थी, वो फिर अपने घर चला गया, लेकिन उसे बेचैनी गहरी थी कि, आखिर वो थी, वो सोचा कि आज रात में ही सपना से मिल लेंगे, फिर वो सोचा कि उसे मालूम ही नहीं कि, मैं मिलने आ रहा हूँ, तो वो आएगी नहीं, तो मेरा जाना बेकार है, चलो कल सुबह ही उसके कंप्यूटर इंस्टिट्यूट ही जाकर मिल लेंगे, और उसके लिए ये हमारी तरफ से तोहफा होगा, कि बिना बताये हम मिलने चले गए, किसी तरह उसने रात काटी और फिर सुबह नहा खाकर 11:00 बजे समीर चल दिया, सपना से मिलने रास्ते में उसके दिमाग में यह चल रहा था, कि आज वो हम से मिलकर कितनी खुश होगी।

वो सपना के इंस्टिट्यूट के करीब जैसे ही पहुँचा, उसने देखा कि सपना किसी मोटरसाइकिल पर बैठकर मुँह दुप्पटे से बांध रही थी, और मोटरसाइकिल वाला हेलमेट लगाकर किक मार रहा था।

समीर को अपनी आँखों पर विश्वास नहीं हो रहा था, गाड़ी स्टार्ट हुई और सड़क पर तेजी से भागी, समीर ने तुरंत साइकिल से उसका पीछा किया, मोटरसाइकिल बाजार के अंदर जा रही थी, जहाँ पर काफी भीड़ थी, इसलिए वहा ध्यान देना मुश्किल था।फिर भी समीर ने पीछा करते हुए गली में घुस गया, वही पर वो मोटरसाइकिल खड़ी थी, लेकिन सपना और वो लड़का वहाँ पर नहीं थे, समीर ने इधर उधर देखा, कहीं नजर नहीं आए। सामने एक फोटो स्टूडियो था, समीर को शक हुआ, कि कहीं वो इसके अंदर तो नहीं

है, समीर ने एक आदमी से पूछने की कोशिश की जो वहाँ पर बैठा था, वो उम्र में समीर से काफी बड़ा था, और शरीर में भी हट्टा कट्टा था|

समीर ने डरते डरते- भैया यहाँ पर अभी एक लड़का लड़की आए हैं? इसी मोटरसाइकिल से क्या आप बता सकते हैं कि वो इस में गए है?

क्यों? क्या बात है, आदमी घूरते हुए बोला?

नहीं, कुछ नहीं, बस मेरे दोस्त थे, तो पूछ लिया|

दोस्त है, तो बाद में मुलाकात कर ले ना, अभी जाओ, उस आदमी ने समीर को धक्का देते हुए बोला|

अरे भैया धक्का क्यों देते हो जा रहा हूँ|

ये चल निकल नहीं तो इतना मार खाएगा, की दोस्त का पीछा करना छोड़ देगा, चल भाग यहाँ से|

समीर ने यहाँ से निकलने में ही भलाई समझा, उसने जैसे ही अपनी साइकिल मुढ़ायी, सामने ही एक पान की दुकान थी, वहाँ बैठा आदमी सब देख रहा था, वह समीर को इशारे से बुलाया|

वो तुझे धक्का क्यों दे रहा था? पान वाले ने पूछा|

कुछ नहीं चाचा, वो मेरा दोस्त आया था, तो उसी के बारे में पूछ रहा था, तो वो भड़कने लगा, समीर ने जवाब दिया|

बेटा, यहाँ पर वो दोनों हफ्ते में दो तीन बार जरूर आते हैं, और ये बाहर से फोटो स्टूडियो लेकिन अंदर कुछ और ही है|

क्या मतलब चाचा?

मतलब यह है कि, अंदर एक कमरा है, जो कि किराये पर मिलता है, और उन्हीं को देते हैं, वो लोग जिनके साथ लड़कियां होती है|

मतलब चाचाअंदर कुछ गड़बड़ चल रहा है?

कुछ नहीं बेटा, बहुत गड़बड़ चल रहा है।

समीर को यह सुनकर बड़ा अजीब लगा, कि सपना ऐसे जगह पर अनजान लड़के के साथ क्या करने आई है? उसने वही रुक कर इंतजार करना उचित समझा। लगभग 4 घंटे बाद सपना और वो लड़का दोनों बाहर आए, लड़के ने वो जो आदमी बाहर बैठा था उसको ₹50 दिये, वो आदमी ने उस लड़के से कुछ कहा, तो उस लड़के के थोड़ी सी चेहरे पर सिकन आ गयी, फिर वो सपना के पास आ गया, दोनों का चेहरा खिला था, दोनों आपस में कुछ बात कर रहे थे, समीर उनकी बातों को सुनने के लिए दीवार की ओट में खड़ा हो गया।

सपना, यहाँ कोई लड़का हमें पूछ रहा था, लगता है किसी को शक हो गया है?उस लड़के ने कहा|

तो फिर अच्छा एक काम करते हैं, अब हम यहाँ पर हफ्ते में एक ही बार आएँगे, सपना ने कही|

लेकिन मैं नहीं रह पाऊंगा, लड़के की आवाज में हलचल थी|

अच्छा बाबा तुम रात को मेरे घर के पास वाले बाग़ में आ सकते हो?

रात को, कोशिश करूँगा|

ठीक है, परसों की रात मैं तुम्हारा इंतज़ार करूँगी, और हाँ कल मैं नहीं आऊंगी, कंप्यूटर क्लास करने, सपना ने अंगड़ाई लेते हुए बोली|

क्यों?

अरे बाबा थक गयी हूँ, आराम तो चाहिए सरकार, सपना ने मुस्कुराकर उत्तर दी।

ठीक है साहब, लड़के ने कहा

फिर लड़के ने गाड़ी स्टार्ट करके सपना को बिठाकर ले गया।

समीर को अपने कानों और आँखों पर भरोसा नहीं हो रहा था, की सपना ऐसे कर रही थी, समीर अभी भी दुविधा में था, और इसकी दुविधा तो परसों की रात में ही दूर होगी, यही सोचकर समीर वहाँ से चुपचाप अपने घर लौट आया। उसने घर आकर अपने बिस्तर पर लेटकर सपना के बारे में सोच रहा था, और परसों का वक्त तो उसे वर्षों का वक्त लग रहा था, उसकी स्नातक की परीक्षा भी शिर पर थी, लेकिन वो पढ़ाई बंद कर दी थी, कि जब तक वो पता न लगा ले कि आखिर खिचड़ी कौन सी पक रही है, तब तक उसको चैन कहाँ है, आखिर किसी तरह वह रात आ गयी, जिसका समीर को बेसब्री से इंतजार था, वह ठीक उसी समय अपने घर से निकला जब वह अक्सर सपना से मिलने जाता था। चारों तरफ ठंड थी, लेकिन समीर बिना स्वेटर का ही था, वो केवल एक शर्ट पहना था, उसका ध्यान सपना पर था, कि आखिर वह क्या कर रही है? समीर 40 मिनट बाद उसी बाग़ में पहुँचा जहाँ पर सपना से मिलता था। वहाँ पहुँचकर अपनी घड़ी देखि 10:05 बज रहे थे, लेकिन वहाँ पर कोई नहीं था, समीर यह देखकर सोचा कि लगता है कि, वो यहाँ से चले गए हैं, लेकिन फिर सोचा चलो रुककर कहीं थोड़ा इंतज़ार कर लेते है, हो सकता है, वो आ जाए, और सारा रहस्य से पर्दा उठ जाए, वो ये सोचकर बरगद के पेड़ की ओट लगाकर जमीन पर बैठकर इंतजार करने लगा।

काफी देर बैठा रहा, लेकिन उसे कोई दीखाई नहीं दिया। उसने गाड़ी देखी 12:40 बज रहे थे, समीर को लगा कि वह उस दिन कुछ गलत सुना है, उसने झूठ ही सपना पर शक किया है, चलो अब घर चलना चाहिए, समीर वहाँ से उठा, और चलना चाहा, तभी वो सोचा कि चलो एक बार बाग में ही अंदर तक घूम लेते है, वो बाग के अंदर घुसने लगा, थोड़ी दूर वो गया था कि, किसी के बात करने और बीच में हंसने की आवाज धीरे-धीरे आ रही थी। समीर तो ये सुनकर थोड़ा डर गया, क्योंकि वो भूत चुड़ैल में विश्वास करता था, और उनसे डरता भी था, और वो इस बाग़ की कहानी भी लोगों से सुनता रहता था, दूसरे ही पल उस को सच जानने की जिज्ञासा हुई। वो आवाज को ध्यान में रखकर उसी ओर चल दिया वह एक थोड़े ऊंचे पर पहुँचा, वहाँ पर चारों तरफ़ बांस के पेड़ लगे थे, और बीच में एक गड्ढा था, दूर से देखने से यह पता नहीं चलता था, क्योंकि यह बांस के झुके टहनियों से ढका था, समीर को अब आवाज़ एकदम साफ सुनाई दे रही थी, ये आवाज जानी पहचानी थी, उसने धीरे से एक बांस की टहनी हटाकर देखा, सामने का दृश्य एकदम समीर को आश्चर्यचकित कर दिया, समीर वहाँ खड़ा का खड़ा रह गया, इतनी ठंड मौसम में भी उसकी कमीज पसीने से पूरी तरह भीग गया था, वह कुछ बोलना चाहता था, लेकिन उसकी आवाज नहीं निकल रही थी, लेकिन दूसरे ही पल उसने हिम्मत करके गड्ढे में उतर गया। वहाँ पर एक दुपट्टा बिछा था, और ऊपर सपना लेटी थी, और वह लड़का उसे पागलों की तरह चुम रहा था। समीर को देखते ही दोनों सन्न रह गए, वो लड़का तुरंत अपने कपड़े पहनने लगा, और सपना भी पहनने लगी, समीर को अब भी अपनी आँखों पर विश्वास नहीं हो रहा था, लेकिन यह सच था, ये कोई सपना नहीं था।

समीर तुम, सपना ने हकलाते हुए बोली।

समीर, कोई जवाब नहीं दिया, वह केवल सपना और उस लड़के को घूर रहा था, लड़के ने जब समीर को उसको घूमता देखा, तो वहाँ से जाने लगा, लेकिन समीर ने उसे पकड़ लिया और दोनों को वहीं बैठाया।

सपना, ये कौन है, समीर ने गुस्से से कहा

समीर छोड़ो ये बात, सपना ने गिड़गिड़ाते हुए बोली।

क्यों छोड़ू, पहले बताओ की ये लड़का कौन है? और ये सब कब से चल रहा है?नहीं तो मैं सब तेरी माँ से बता दूंगा।

नहीं-नहीं, ऐसा मत करना ये मेरे साथ ही कंप्यूटर पढ़ते हैं, इनका नाम संजय हैं, हमारी मुलाकात इंस्टीट्यूट में हुई थी, और तभी से यह सब चल रहा है, सपना ने नीची निगाहों में सब कह डाली।

तू ने मेरे साथ ऐसा क्यों किया सपना?

मैंने कुछ नहीं किया समीर।

कुछ नहीं किया, इतना सब हो गया और कहती हो कि कुछ नहीं किया।

क्या हो गया? कुछ तो नहीं हुआ, मैं अपने मन की रानी हो, जो चाहे करूँगी, मैं तुम्हारी पत्नी नहीं हूँ, जो तुम्हारे हिसाब से रहूँगी, समझे समीर

अच्छा ये बात थी, तो पहले ही बता दी होती, तो आज जो मैं पागलों की तरह छह महीने से तुमको चाहता हूँ, और फिर कसमें वादे क्यों की मुझसे प्यार की? क्यों मुझसे कही की अब जीना मरना आपके साथ है?

समीर देखो, मजनू की तरह बात ना करो, आज के जमाने में प्यार व्यार कुछ नहीं होता, अरे तुमको में अच्छी

लगी, और मुझे तुम अच्छे लगे, तो एक दूसरे के अरमान पूरे कर लिए, अब तुम अपने रास्ते में अपने रास्ते समझे, और रही बात वादे कसमों की तो, ये तोड़ने के लिए ही तो बनते हैं, यही वसूल है|

साली कुतिया वसूल सिखाती है हमें, घूम घूमकर अय्याशी करती है, और हमें वसूल सिखाती है, क्या नहीं किया मैंने तेरे लिए तेरी वजह से मैंने संध्या से झगड़ा किया, अपनी माँ से झूठ बोला अपनी पढ़ाई बंद कर दिया, सिर्फ तेरे चक्कर में, और तू यह किया, और मुझे वसूल सिखाती है, तवायफ़ कहीं की|

समीर ने सपना के गालों पर थप्पड़ की बौछार कर दी, ये देखकर वो लड़का समीर को पकड़ लिया|

तू छोड़ मुझे यह बात हमारे और इस के बीच हो रही है, तू तो बीच में आया तो यही पर काट डालूंगा, समीर ने उस लड़के को पटकते हुए कहा|

देखो समीर, उसे छोड़ दो, तुम्हारी शिकायत मुझ से है, सपना ने समीर से लड़के को छुड़ाने लगी|

तुझसे मेरी दुश्मनी, तू एक बहुत ही गिरी हुई लड़की है, जो कि दूसरों के दिल के साथ खिलवाड़ करती है, समीर ने फिर सपना को थप्पड़ मारते हुए कहा

हाँ हूँ, मैं तवायफ़ गिरी हुई लड़की, और जो तू कह रहा है, कि मेरी वजह से तुने संध्या से झगड़ा किया, माँ से झूठ बोला, उसमें मेरी गलती नहीं है, बल्कि तेरी बेवकूफ़ी है, समझे, सपना ने गाली देते हुए कही|

समीर को अब बहुत गुस्सा आ गया, वो अब सपना को मारने लगा, बगल में बैठा हुआ लड़का, ये देखकर समीर को पकड़ लिया पीछे से, फिर सपना ने ही बगल में रखा एक

बांस के टुकड़े से समीर को माथे पर दे मारी, जिससे समीर के माथे से खून निकलने लगा, समीर अपना खून देखकर बौखला गया, और वह अब सपना पर टूट पड़ा, समीर ने भी उसके चेहरे पर घुसा से वार करके लाल कर दिया और उस लड़के को भी पीटा, लेकिन समीर भी बच नहीं पाया| वो भी काफी चोट खा चुका था, अंत में समीर ने सपना के बालों को हाथ में पकड़कर उसका शिर बांस में लड़ा दिया, जिससे उसके शिर और मुँह में सूजन आ गया, और समीर ने सपना से कहा कि अगर दोबारा उसके सामने कभी आ गयी, तो उसकी जिंदगी का आखिरी दिन होगा। ।यह कहकर समीर अपने घर को चल दिया, और सपना वो लड़का भी वहाँ से भाग निकले। समीर अपने घाव को छुपाने के लिए और खून रोकने के लिए अपने बनियान से शिर बांध लिया था, और घर जाकर उसने घी से उसकी सेकाई की, जब उसे थोड़ी राहत मिली, तो वह बिस्तर पर सोने की कोशिश करने लगा, लेकिन उसके सामने वही नजारा नाचने लगा। किसी तरह उसकी आंख लग गई और वह सो गया। सुबह को जैसे ही जगा सामने उसकी माँ खड़ी थीं, समीर अपनी माँ को सामने देखकर सकपका ने लगा। उसके चेहरे पर सूजन के साथ रात को जो खून बहा था, वो अब चेहरे पर जम चुका था, और जो घाव लगी थी, समीर को रह रहकर अभी भी दर्द कर रही थी|

# प्यार का एहसास

समीर की माँ ने समीर का चेहरा देखकर चौंक गयी, उन्होंने सोचा कि, अभी रात में ही तो ये हमारे साथ खाना खाया था।तब तो ठीक था, फिर रात भर में इतनी चोट कहा से लग गई। समीर की हालत एकदम गरीब वाली लग रही थी, क्योंकि उसकी कमीज भी थोड़ी फट गई थी।

समीर इतनी चोट कहाँ से लगा ली, अभी तो तू रात में ठीक था, और इतना खून भी निकल रहा है, रात में कहाँ गए थे, समीर की माँ ने उसकी बनियान माथे से हटाते हुए बोली।

आह (कराते हुए)कहीं नहीं माँ, वो मैं रात में छत पर सोना चाहता था, क्योंकि नींद नहीं आ रही थी, तो जैसे ही मैंने सीढ़ी पर चढ़ा तो पैर फिसल गया, और ये चट लग गयी। मैंने सोचा थोड़ी सी चोट है, तो आपको क्यों जगा कर परेशान करू, समीर ने जवाब दिया।

ये छोटी चोट है, चल डॉक्टर के पास, समीर की माँ ने डांटते हुए बोली।

समीर उठा, उसकी माँ गर्म पानी से उसके चेहरे से खून साफ की फिर तैयार होकर दोनों डॉक्टर के पास गए। डॉक्टर ने घाव पर पट्टी बांधाऔर कुछ दवाइयां दी, और कहा कि घबराने की कोई बात नहीं है, थोड़ी सूजन है, गर्म पानी और

नमक से धो देना, ठीक हो जाएगा, फिर दोनों घर चले आए, समीर को अगर कुछ भी होता, चाहे वह एक छोटी सी खरोच भी लगे, तो समीर की मां उसे बर्दाश्त नहीं कर पाती थी, वह सोचती थी, कि जो होना है वह उनके साथ हो, समीर बिल्कुल ठीक रहे|

समीर की BSc प्रथम वर्ष की परीक्षा शुरू हो गई थी, वह परीक्षा दे रहा था, लेकिन उसका ध्यान परीक्षा में नहीं लगता था, और ना ही पढ़ाई में लगता था, कॉलेज में जितेंद्र से जब भी आमने-सामने मुलाकात होती, तो समीर रास्ता बदल देता, तो जितेंद्र भी रास्ता बदल देता, ऐसा लगता कि दोनों में सदियों पुरानी दुश्मनी है, समीर को हर वक्त बस सपना की बेवफाई सताती, वह बस यही सोचता, कि इतना हसीन चेहरे के पीछे कितना खतरनाक शक्ल लेकर घूमती है, सपना कितने लड़को की जिंदगी बर्बाद की होगी, किसी का तो नहीं मालूम लेकिन मेरी जिंदगी में तो हलचल मचा दी, अब तो समीर, सपना की याद में शराब भी पीता था, सिगरेट भी खींच लेता था, जब जब भी उसे पैसे की कमी लगती, वह किसी से कर्ज ले लेता था, फिर अपनी मां के पैसे चुरा लेता, विक्की से भी समीर ने पैसे उधार लिए थे, लेकिन जब बाद में पता चला कि समीर शराब पीता है, नशा करता है, तो उसने उसको पैसा देना बंद कर दिया, इसकी वजह से वह विक्की से भी झगड़ा कर लिया, कभी-कभी अगर सामने संध्या पड़ जाती, तो समीर सोचता कि उसके पैर पकड़कर माफी मांग ले, लेकिन उसकी हिम्मत नहीं होती, और वो निगाहें झुका कर वहां से निकल जाता, उसकी यह हालत देखकर संध्या को भी दुख होता था| लेकिन, जब अपनी बेज्जती याद आती तो, वह गुस्से से पसीना पसीना हो जाती और सोचती कि ठीक हुआ, इसके साथ यही होना चाहिए था,जैसे किया वैसा पाया|

समीर की मां भी समीर की हरकतों से तंग आ गई थी, वह उसके चिंतन और बीमार रहने लगी, क्योंकि वह कभी-कभी पैसे के लिए अपने मां से भी झगड़ा कर लेता, उसने अपनी परीक्षा अप्रैल में खत्म की, और अब रिजल्ट का इंतजार करने लगा, लेकिन वह अपनी आदत में सुधार नहीं लाता, धीरे-धीरे अगस्त आ गया, और रिजल्ट के दिन समीर ने नहाया, खाना खाया और दोपहर में इंटरनेट पर रिजल्ट पता करने के लिए दुकान पर गया उसने अपना रोल नंबर दे दिया, चेक करने के लिए, लेकिन आज समीर बिल्कुल शांत था, उसका दिल भी नहीं तेजी से धड़क रहा था, ऐसा लग रहा था, कि जैसे सब उसे पता है, कि आगे क्या होने वाला है, कुछ देर बाद रिजल्ट का प्रिंट समीर के हाथों में था, वह बड़े संतोषजनक स्थिति में होकर अपना रिजल्ट देखना शुरू किया|

Zoology - Fail

Botany - Fail

Chemistry - Fail

Total Result - Fail

अब तो समीर को ऐसा लगा, जैसे कोई शांत पानी में बड़ा सा चट्टान फेंक दिया, जैसे शांत वातावरण में विस्फोट कर दिया है, ये समीर को क्या हो गया था, उसके पसीने निकलने लगे थे, आज पहली बार वो परीक्षा में फेल हुआ था, सब सपना की देन थी, नयी ये हमारी ही बेवकूफ़ी थी, यह सोचता हुआ उसने तुरंत जाकर पहले शराब पी, आज उसने अपनी माँ के पैसे चुराए थे, समीर को अभी भी यकीन नहीं हो रहा था, कि वह फेल हो गया है, वो शराब पीने के बाद तुरंत आजाद नगर रेलवे स्टेशन पर पहुँचा, उसने एक किनारे बेंच पर बैठकर सोचने लगा, कि मैं इतना टशन में कॉलेज में रहता

था, लोगों को अपनी पढ़ाई का रौब दीखाता था, जितेंद्र से भी दुश्मनी कर ली, संध्या को भी इस पढ़ाई की वजह से जलील कर दिया। अब मैं क्या मुँह दीखाऊंगा, सब मेरे मज़ा लेंगे, और मैं ये सह नहीं सकता, यही सब सोच रहा था, कि तभी सामने से एक मालगाड़ी अपने पूरे रफ्तार में आते दिखी, समीर सोचा कि अब इसी के सामने कूदकर जान दे देता हूँ, समीर उठा और जैसे ही कूदना चाहा, तभी किसी ने उसकी हाथ खींचकर पीछे फेंक दिया। समीर संभलते हुए, देखा सामने विक्की खड़ा था, समीर खुद को रोक नहीं पाया, वह विक्की को पकड़कर रोने लगा, विक्की ने उसे समझा बुझाकर चुप कराकर उसके घर लाया, और उससे कसम ली, कि वो ऐसी गलती दोबारा नहीं करेगा। समीर की माँ भी थोड़ी चिंतित थी, रिज़ल्ट को लेकर लेकिन वो फिर समीर को समझने लगी।

चलो फिर से पढ़ाई करना, आपकी बार पास हो जाना, चिंता न कर

शाम ढाल चुकी थी, समीर की माँ की तबियत और खराब होने लगी थी, उनकी सांसें फूलने लगी थी, सांस लेने में तकलीफ होती थी, उन्होंने समीर को बुलायी|

समीर बेटा मेरा रुमाल में ₹500 है, जा जल्दी से यह पर्ची लेकर दवा लेकर आजा, मेरी तबियत बिगड़ रही है। समीर की माँ ने एक पर्ची समीर को देते हुए बोली|

समीर जाकर रुमाल देखा, उसमे पैसे नहीं थे, रहते भी कैसे उसने जो चोरी किया था, वही पैसा था जिसका शराब पी लिया था। अपनी माँ की हालत देखकर समीर तुरंत विक्की के पास गया, उससे पैसे मांगे, लेकिन उसके पास नहीं था। समीर एकदम परेशान हो गया, वो घर वापस आ गया|

क्यों दवा लाया? समीर की माँ ने हांफते हुए बोली।

नहीं, समीर ने रोते हुए बोला।

समीर अब आकर अपनी माँ से लिपटकर रोने लगा, उसने सारी बात अपनी माँ से बता दी, उसने बताया कि कैसे ₹500 चुराकर सपना को तोहफा दिया, कैसे वो शराब के लिए पैसे चुराए कैसे उसे चोट लगी, सब बात उसने अपनी मां से कह डाला।

माँ, मुझे माफ़ कर दो, मैं भटक गया था, मैंने बहुत गुनाह किया है, मेरी वजह से आज आपकी दवा नहीं आ पायी, समीर ने रोते हुए कहा।

अच्छा चुप हो जा, चल ठीक है, तू ने गलती की लेकिन इस बात की मुझे खुशी है, कि मेरी खराब हालत ने तुझे सही रास्ता दिखाया, अब से भी अगर अपने सही सफ़र की शुरुआत करेगा, तो मुझे खुशी होगी, अगर मैं मर जाऊ तो रोना नहीं, समीर किसी के बहकावे में मत आना, तुझे जो उचित लगे वो करना, वैसे भी तू अब बच्चा तो है नहीं, चल ठीक है। समीर की माँ खांसते हुए बोली।

नहीं माँ ऐसा मत कहिए, मैं आपके बिना नहीं रह सकता, आपको अगर कुछ हो गया तो, मैं मर जाऊंगा, मैं भी नहीं जियूँगा।

नहीं रे पागल, ऐसा नहीं कहते, अभी तो तेरी पूरी जिंदगी पड़ी है, मेरा क्या है? मेरे नसीब में तो केवल ठोकर ही लिखी है, शायद मरने से कुछ दुख मेरे कम हो जाए, समीर की माँ,समीर के शिर पर हाथ फेरते हुए बोली,

नहीं माँ, अब मैं बड़ा हो गया हूँ, अब आपका हर दुख को सुख में बदलने के लिए मैं दिन रात मेहनत करूँगा, बस आप हमें छोड़ कर ना जाइये, समीर रोते हुए बोला।

समीर की माँ भी रोने लगी, उनकी तबियत और बिगड़ती देखकर समीर परेशान हो गया। वो कई लोगों से पैसे मांगे लेकिन किसी ने नहीं दिया, क्योंकि वो पहले भी इसी तरह पैसे मांगकर पीता था, वो कहते है ना की, समंदर के किनारे रहने वाले भी प्यासे मरते हैं, वहीं हाल समीर का था, क्योंकि हमेशा पैसा अपने ऐशो आराम में उड़ाता था, जिनका पैसा आज उन्हीं के लिए केवल ₹500 समीर नहीं जुटा सका, वो आखिर में थक कर घर आने लगा, तभी

सुनो

समीर पीछे मुड़कर देखा सामने संध्या खड़ी थी|

ये लो ₹1000 जाकर जल्दी से दवा लेकर आवो, संध्या ने 1000 की एक नोट समीर की तरफ बढ़ाते हुए बोली।

मैं ये पैसा, समीर हकलाने लगा ।

मुझे विक्की भैया ने सब बता दिया है, वो मेरे घर आए थे, पैसे मांगने के लिए मेरे पिता से, लेकिन मेरे पिता घर पर नहीं थे, और माँ भी खेत गई थी, इसलिए वो मुझसे पैसे नहीं लिए, इसलिए मैं तुम्हें दे रही हूँ, वैसे भी मैं अपने मैडम जी के दवा के लिए दे रही हूँ, तो जल्दी जाओ, संध्या ने उसके हाथ में पैसे पकड़ाते हुए बोली|

समीर ने पैसे लेकर दोनों हाथ जोड़कर संध्या से माफी मांगी, और तुरंत बाजार चला गया, और वहाँ से वह दवा लेकर घर को चल दिया, घर पहुँचा तो उसकी माँ की हालत और भी खराब हो चुकी थी, और पास में ही संध्या बैठकर उनके पैर की मालिश कर रही थी।और विक्की भी पास में ही खड़ा था, यह देखकर समीर की आँखों में आंसू आ गए, संध्या ने समीर को देखी, वह तुरन्त उसके हाथ से दवा लेकर विक्की

को दी, पर्चे के हिसाब से दवा निकालकर संध्या को दी, और संध्या ने दवा समीर की माँ को खिलाया दी,और फिर पैर की मालिश करने लगी। समीर भी अपनी माँ के शिर के पास बैठ कर उनका शिर धीरे धीरे दबाने लगा, विक्की समीर से बोल कर चला गया| लगभग 40 मिनट बाद समीर की माँ को आराम मिला, और वह सोने लगी, संध्या ने उन्हें सोता देखकर उठकर खड़ी हो गयी, और जाने के लिए मुड़ी, तभी-

संध्या, मुझे तुमसे कुछ बात करनी है, समीर ने निगाहें झुकाकर कहा|

मैं यहाँ किसी की बात सुनने नहीं आई हूँ, बल्कि अपने मैडम जी के लिए आई थी, और मेरा काम खत्म हो गया, और मैं अब जा रही हूँ, मुझे किसी के माफ़ी उसके बातों से कोई लेना देना नहीं है, यह कहकर संध्या चली गयी,

समीर उसे रोकना चाहा, लेकिन वह नहीं रुकी,

आज की सुबह, समीर के लिए एक नई जिंदगी की शुरुआत लेकर आई, समीर को ऐसा लग रहा था, कि अब मंजिल साफ है, और सफ़र थोड़ा मुश्किल है, लेकिन नामुमकिन नहीं, समीर सुबह जाकर घर की सफाई की नाश्ता बनाकर अपनी माँ को दिया, उसकी माँ की तबियत अब ठीक थी, उन्होंने भी अब पुराना वाला समीर को ध्यान दिया।आज समीर को बड़ा सुकून मिल रहा था यह सब करके लेकिन, समीर के सामने अभी एक समस्या थी, संध्या को मनाना, थोड़ा मुश्किल था, लेकिन समीर भी जिद्दी था, वो उसको मनाने के लिए अपने मन में ठान लिया था। बस वो अब समय ढूंढ रहा था, कि कब संध्या से मुलाकात हो वो अब अक्सर विक्की के घर जाता था, कि रास्ते में संध्या दीखाई दे, लेकिन संध्या दीखाई नहीं देती थी।अगर कभी दीखाई देती थी, तो वो समीर को देखकर घर में चली जाती है, लेकिन समीर हार नहीं मानता। अब समीर को एडमिशन भी कराना था|

आज फिर से समीर ने उसी ट्रेन से आजमगढ़ गया, जिससे वह जाता था, लेकिन आज वो एक नए ही रूप में था। वो आज़मगढ़ स्टेशन पहूँचा, वहाँ से उसने ऑटो से अपने विद्यालय पहूँचा। आज उसने देखा बैनर पर लिखा था, श्री दुर्गाजी महा विद्यालय आज़मगढ़, उसने अंदर प्रवेश किया, समीर को देखकर उसके जो नशा करने वाले दोस्त थे, वो सब आ गए, लेकिन आज उन सब को पीछे छोड़कर, किसी और का इंतजार करने लगा।कुछ देर बाद जितेंद्र एडमिशन फॉर्म लिए चला आ रहा था, उसने जैसे ही देखा कि सामने समीर खड़ा है, वो रास्ता बदल दिया, समीर ने जैसे देखा कि जितेंद्र ने रास्ता बदल दिया है, वो तुरंत जाकर जितेंद्र का हाथ पकड़ लिया, और माफी मांगने लगा।

जितेंद्र मुझे माफ़ कर दो, यार मैंने तेरे साथ काफी गलत किया, मुझे ऐसा तेरे साथ नहीं करना चाहिए।माफ़ कर दे यार। समीर ने अपने दोनों हाथ जोड़कर खड़ा था, उसकी आँखों में आंसू थे, समीर जितेंद्र को घेरे हुए काफी लड़के खड़े हुए नजारा देख रहे थे, आज जितेंद्र को समीर की आंखो में बदलाव नजर आ रहा था, कुछ देर खामोश रहा।

यार जितेंद्र मैं तेरे पैर पड़ता हूँ, मुझे माफ़ कर दे यार, समीर उसके पैर पकड़ने लगा।

तभी जितेंद्र ने उसे तुरंत उठाया।

देख समीर मैं तुझे माफ़ तभी करूँगा, जब तू मेरे गले लगेगा, जितेंद्र ने दोनों बाहें फैलाकर समीर से कहा।

समीर जितेंद्र से लिपटकर रोने लगा।

देख समीर, अगर तू रोयेगा तो मैं तुझे नहीं माफ़ करूँगा, जितेंद्र ने समीर के आंसू पोंछते हुए बोला।

रो लेने दे यार, ताकि सारा दिल का बोझ हल्का हो जाए, समीर ने सिसकियां लेते हुए बोला।

फिर उसके बाद दोनों ने अपना एडमिशन कराया, जितेंद्र पास था, इसलिए वो BSc द्वितीय वर्ष में था, और समीर प्रथम वर्ष में एडमिशन में था, फिर दोनों खुशी-खुशी आजमगढ़ से शाम को पैसेंजर ट्रेन पकड़ के आज़ाद नगर आ गए, जितेंद्र ने समीर से विदाई लेकर अपने घर चला गया, और समीर अपने घर चला गया, और बहुत खुश था, और उसकी फिर से दोस्ती जितेंद्र से हो गयी, लेकिन अभी भी कहीं न कहीं समीर के दिल में संध्या की नाराजगी खटक रही थी, अब समीर का लक्ष्य किसी तरह संध्या को मानना था, अब समीर को पढ़ाई भी करनी थी, क्योंकि अब की बार फेल नहीं होना था। चार महीने उसने जमकर पढ़ाई की, क्योंकि फिर फरवरी में प्रैक्टिकल समीर का शुरू हो गया और मार्च में परीक्षा थी, इसलिए समीर को समय कम मिलता था, वो दो दिन में विक्की के घर जा पाता था, और संध्या को देख पाता था, लेकिन संध्या में कोई परिवर्तन नहीं था, वो अब भी समीर को देखकर मुँह घूमा लेती थी।

आज सुबह से ही समीर काफी व्यस्त था, क्योंकि कल उसका प्रैक्टिकल होना था, और उसकी वनस्पति विज्ञान की फाइल तैयार नहीं थी, और चित्र बना रहा था, कमेंट लिख रहा था। समीर की माँ लड़कियों को कपड़े काटकर बता रही थी, अब समीर की माँ की हालत में बहुत सुधार हो गए थे, क्योंकि समीर को देखकर उनकी चिंता चली जाती थी, उनको लगता था, कि मेरा लड़का मेरे सपनों को साकार करेगा, सभी चित्र बनाकर का कवक का कमेंट लिख रहा था, तभी दरवाजे पर किसी के खटखटाने की आवाज आई।

समीर, समीर, समीर की माँ बोली।

हाँ, समीर ने उत्तर दिया।

देख दरवाजे पर कौन आया है?

अच्छा देखता हूँ।

समीर अपने छप्पर से बाहर निकलकर दरवाजा खोला तो सामने मनोज के पिता खड़े थे।

अरे काका, आप आइए बैठे समीर ने कहा।

नहीं बच्चा, हम बैठने नहीं आया हूँ, हम तो तुम्हें बताने आए हैं, कि मनोज आ रहे हैं,

कब? समीर उत्सुकता से पूछा।

अरे वो कल गाड़ी पकड़ेगा और परसों बनारस आ जाएगा और, फिर वहाँ से बस से आजाद नगर।

अरे ये तो अच्छी खबर है काका, लेकिन आपको किसने बताया।

अरे किसी ने नहीं बताया, वो जो प्रधान के घर पर कोई चीज़ है, जिसपर बात होती है।

उसे टेलीफोन कहते हैं, समीर मुस्कुराते हुए बोला,

हाँ, अरे तू लोग पढ़े लिखे हो, इसलिए जानते हो, उसी पर मनोज बाबू फ़ोन किए थे, बात किए थे, और कहते हैं कि समीर से जरूर बता देना।

अच्छा ठीक है, काका परसों हम मनोज को बस स्टैंड पर इंतजार करेंगे।

ठीक है बाबू हम जाते है,

ठीक है, काका।

यह खबर सुनकर समीर बड़ा खुश हुआ था। उसका लगभग 6 साल से बिछुड़ा दोस्त मिलने वाला था, उसे अपने

दिल की बात फिर होगी, और मस्ती भी, चलो परसों आ रहा है। कल मैं प्रैक्टिकल देकर फ्री हो जाऊंगा, समीर ने अपनी माँ से भी यह बात बताई, वो भी खुश थी, क्योंकि मनोज काफी अच्छा लड़का था, इसलिए उसे सब मानते थे|

समीर जल्दी नहा-खाकर विक्की के घर गया, वहाँ उसने विक्की को साथ लिया, और चल दिया, उसने देखा कि संध्या उसे देखकर घर में चली गयी, समीर को यह देखकर थोड़ा दुख हुआ, लेकिन आज उसका दोस्त आने वाला था, इसलिए इस विषय पर ध्यान नहीं देतेहुए, समीर बस स्टैंड पर पहुँचा, वहाँ पर विक्की और समीर दोनों बनारस वाली बस का इंतजार करने लगे, दोनों काफी उत्साहित थे, कोई भी बस आती, चाहे कही से आ रही है, दोनों एक बार अपनी निगाह जरूर चारो तरफ घूमा कर देखते थे, लगभग 2 घंटे बाद बनारस की बस आकर स्टैंड पर रुकी, बस के गेट से काफी लोग उतर रहे थे, नीचे उनका जो भी इंतजार कर रहे थे, वो उनसे मिलकर खुश होते थे, और उनके साथ चले जाते, लगभग 15 से 16 यात्रियों के बाद एक नौजवान जींस टीशर्ट पहने हुए, दो बैग लिए हुए एक हाथ में और दूसरे कंधे पर और बाल थोड़े लंबे थे उतरा, उसने चारों तरफ देखा, सामने विक्की और समीर खड़े थे, उसने एक ही नज़र में विक्की और समीर को पहचान लिया, वो आकर तुरंत उनके गले लग गया, तीनों एक दूसरे से मिलकर काफी खुश थे|

समीर, मनोज तुम तो हीरो लग रहे हो यार, और तुम्हारी तो दाढ़ी और मूंछ भी आ गई है, लेकिन लंबाई थोड़ी कम है,

अच्छा, तू भी तो किसी हीरो से कम नहीं लग रहा हो, बस लंबाई मुझसे थोड़ी बढ़ी है, यह कहकर मनोज हँसने लगा,

यह देखकर विक्की भी हंसने लगा,

और विक्की क्या हाल है तुम्हारा? मनोज ने विक्की से पूछा|

ठीक है दोस्त, बस तुम्हारी बड़ी याद आती, विक्की ने कहा

अच्छा चलो, मैं अब आ गया हूँ, अब फिर से मस्ती होगी, चलो अब घर चलते हैं, मनोज ने कहा|

समीर ने मनोज का बैग साइकिल के करियर में दबाकर तीनों पैदल चलने लगे।

समीर तुम्हारी आंखें पीली क्यों और तुम्हारे होठ इतने काले कैसे हो गए? मनोज ने समीर के चेहरे पर गौर करते हुए कहा|

कुछ नहीं बस ऐसे ही, समीर ने बात टालते हुए कहा|

अरे मनोज भाई बड़ी लंबी कहानी है, तुम्हारे चले जाने के बाद समीर 6 साल दूसरी दुनिया में जी रहा था, फिर किसी तरह वापस आया है, उसी की देन है ये सब, विक्की ने मनोज से कहा

क्या बात है? पूरा बताओ समीर|

चल मनोज बता दूंगा, तुझसे मैं कुछ छुपाता हूँ, अभी घर चल फिर शाम को फुर्सत से तालाब पर चलकर बात होगी,समीर ने कहा

विक्की और समीर, मनोज के घर छोड़ कर अपने अपने घर चले गए, फिर शाम को सूरज जब ढल रहा था, और इधर तीनों दोस्त तालाब पर पहुँच गए, फिर से वही वातावरण का अनुभव पाकर मनोज खुश हो रहा था।

जानते हो समीर, जीतने दिन रहा हूँ, मैं मुंबई में, हर दिन ये जगह और तुम को याद किया है, वाकई में यार जो

गांव में बात है, वह शहर में कहा, मज़ा आ गया दोस्त, अच्छा तुम कुछ बताने वाले थे, समीर।

बता दे समीर, या मैं बताऊँ, विक्की ने कहा,

समीर ने शुरू से ही सभी बातें एक एक करके मनोज के सामने कहता गया, और मनोज आश्चर्य से उसकी बातों को सुनता गया। उसे यकीन नहीं हो रहा था, कि समीर ऐसा भी काम कर सकता है, चारों तरफ वातावरण शांत था, केवल समीर की ही आवाज गूंज रही थी, और कुछ देर बाद ही ये आवाज़ भी शांत हो गयी, अब एकदम वातावरण शांत था।

यार समीर, तुने बहुत गलत किया, लेकिन चलो आखिर में सुधर गए, लेकिन यार तुने संध्या का दिल दुखाकर अच्छा नहीं किया, और तुझे उससे माफी मांगनी पड़ेगी, मनोज ने शांत वातावरण को भंग करते हुए कहा,

अरे यार, मैं कब से उससे माफ़ी मांगने के लिए तैयार हूँ, लेकिन वह कभी मुझसे मुलाकात नहीं करती है, मुझे देखती है, तो वहाँ से चली जाती है, यार मनोज मुझे उससे प्यार हो गया, समीर ने भावुक होकर बोला।

1 मिनट 1 मिनट, तू कब से संध्या को चाहने लगा, और मुझे बताया भी नहीं, और अगर आज मनोज नहीं पूछता, तो मुझे यह खबर भी नहीं होती, विक्की ने समीर को छोड़ते हुए बोला।

चल यार, अब पता चल गया, ना अब चल हम मिलकर उसकी मदद करें, मनोज ने विक्की से कहा।

ठीक है, देखते है क्या हो सकता है हमसे, विक्की ने बड़े ही शाही अंदाज में कहा।

चारों तरफ खेत पीले रंग से भरे थे। चारों तरफ सरसों के पौधे खेतों की शोभा बढ़ा रहे थे, आम भी बौर ले लिया

था, फागुन की हवाएं लोगों के तन में एक अलग ही रोमांच भर रही थी, समीर की परीक्षा चल रही थी, दो पेपर हो गए थे, बाकी पेपर होली के बाद में थे, इसलिए समीर आजमगढ़ से घर आ गया, क्योंकि वो एक महीने के लिए आजमगढ़ में कमरा किराये पर लेकर रहता था, घर पर उतनी पढ़ाई हो नहीं पाती थी, और अब जितेंद्र भी उसी के कमरे में रहता था, और दो लड़के रहते थे, वे भी समीर की तरह परीक्षा के लिए ही समीर के कमरे में रह रहे थे।समीर कि अगले पेपर में 20 दिन की छुट्टी थी, क्योंकि बीच में ही होली पड़ गई थी, तो समीर घर पर आ गया था, अब समीर हर रोज़ मनोज और विक्की के साथ तालाब की तरफ श्याम को घूमने जाता है,

रोज़ की तरह आज भी समीर, मनोज और विक्की शाम को घूमने तालाब की तरफ जा रहे थे, वो तीनों आपस में बात करते जा रहे थे, तभी मनोज कुछ देखकर ठहर गया, उसको देखकर समीर और विक्की भी रुक गए।

क्या हुआ? मनोज,

कुछ नहीं आज तेरा काम हो गया।

क्या कह रहे हैं मनोज, कैसा काम।

अरे यार, विक्की, देख संध्या और सुमन घास काट रही है, और इस समय वह अकेली है, यही समीर के लिए सही मौका है, अपनी गलतियों के लिए माफ़ी मांगेगा।

हाँ यार, सही कह रहे हो मनोज भाईजान, जल्दी जाओ समीर और तू चिंता न कर हम लोग है तेरे साथ।

नहीं यार, डर लग रहा है, अगर वहाँ पर कोई और हुआ तो मेरा भरता बन जाएगा,

कुछ नहीं होगा समीर, तू तो पहले यह बता तुझको मुझ पर भरोसा नहीं है।

हाँ यार, मनोज ठीक है, मैं जाता हूँ

समीर बजरंग बली का नाम लेते हुए धीरे-धीरे संध्या के पास जाने लगा, और पीछे-पीछे विक्की और मनोज थे, समीर संध्या के पास पहुँच गया, विक्की और मनोज कुछ दूर पर ही रुक गए, संध्या समीर को अपने पास आते देखकर वो वहाँ से जाने लगी, तभी-

संध्या मेरी एक बार बात सुन लो, फिर जो तुम्हारा मन करे वो करना।

मुझे तुमसे कुछ नहीं कहना और सुनना है, यह कहकर संध्या जाने लगी।

तभी मनोज वहाँ आ गया,

देखो संध्या एक बार इसकी बात तो सुनो, ये जैसा किया था, वैसा पा लिया, बस एक बार इसको अपनी बात कहने का मौका दे दो । मैं जानता हूँ, कि तुम इसे नफरत नहीं करती, लेकिन देखो अगर आज तुम इसको मौका नहीं दोगी अपनी बात कहने की, तो कल हो सकता है तुम्हें पछताना पड़े।

हाँ संध्या जाने दे, सुनले, देख बेचारा कितना गिड़गिड़ा रहा है, और सुनने में तेरा क्या जाता है, सुमन ने संध्या की बांह पकड़कर बोली।

अच्छा ठीक है, चलो बताओ क्या कहना चाहते हो? संध्या अपना चेहरा समीर की तरफ करते हुए बोली।

समीर अपने घुटने के बल आकर अपने दोनों हाथ जोड़कर बोला, देखो संध्या मैंने जो किया, उसका तो मुझे फल मिल गया, लेकिन मैंने जो तुम्हारे साथ किया, उसके लिए मैं बहुत शर्मिंदा हूँ, उसके लिए मुझे जो तुम्हारा मन करे वह दंड दे सकती हूँ, सिवाय इसके कि तुम मुझसे बोलना

नहीं छोड़ोगी, मैं जानता हूँ कि तुम्हारे लिए यह मुश्किल है, लेकिन मैं यह भी जानता हूँ, कि तुम समीर के लिए कुछ भी करने के लिए तैयार रहती थी। आज वह समीर तुमसे केवल माफी मांग रहा है, तुम मुझे माफ़ कर के फिर से हमारी दोस्ती को एक नया पहचान दे दो, और मैं वादा करता हूँ, कि इस दोस्ती के सफ़र में मैं तुम्हें कभी लज्जित नहीं होने दूंगा, मैं तुमसे वादा करता हूँ

समीर की बातें सुनकर चारों ओर सन्नाटा छा गया,कुछ देर बाद संध्या बोली,

चलो ठीक है, मैं तुम्हें माफ़ कर दी, लेकिन रही हमारी दोस्ती की बात तो उसकी भी एक हद होगी, एक मर्यादा होगी, आगे फिर मैं देखूंगी कि तुम्हारा व्यवहार कैसा है, हमारे प्रति फिर हम दोस्त बनेंगे या फिर खत्म हमेशा के लिए|

मुझे मंजूर है, समीर हामी भर दी|

फिर वह उठकर सोचा, संध्या को गले लगा लू, और जी भर के रो लू, वो जैसे ही आगे बढ़ा, तभी संध्या ने उसे रोककर बोली, मैं बोली थी की एक हद तक, यहाँ तुम हद से बाहर जा रहे हो|

समीर यह सुनकर अपनी आँखों से आंसू रोकते हुए खुद रुक गया, और बोला जैसी तुम्हारी मर्जी फिर संध्या और सुमन घास काट कर वापस घर चले गए, समीर, मनोज और विक्की वहीं छोटी छोटी घासों पर लेटकर अपने हाथों से घासों को सहलाने लगे, आज समीर बहुत खुश था, ये सब दूर से संध्या का एक चाचा देख रहा था, वो उम्र में विक्की की उम्र का था, लेकिन वह संध्या का रिश्ते में चाचा लगता था, वो ये सब देखकर सातवें आसमान पर चढ़ गया, लेकिन यहाँ पर कुछ बोलना उचित नहीं समझा, क्योंकि वो अकेले और ये

तीन थे, अगर कुछ करता तो, उसकी सीन बिगड़ जाती है। इसलिए वो सही मौके का इंतजार करने लगा और वो समय बहुत जल्दी आ गया।

उस दिन होलिका दहन था, सारे गांव के लड़के होली दहन करने के लिए लकड़ियों का इंतज़ार कर रहे थे, जहाँ पर होलिका दहन होने वाली थी, शाम हो चली थी, अब गांव के बुजुर्ग, बड़े और बच्चे सब धीरे धीरे वहाँ पर जा रहे थे, विक्की और मनोज भी वहा पर पहूँचकर समीर का इंतजार कर रहे थे, कुछ लोग वहाँ ढोल करताल बजा रहे थे। कुछ बच्चे नाच भी रहे थे, और कुछ बुजुर्ग वहाँ पर जोगिरा भी गा रहे थे। मनोज और विक्की भी रह रहकर उसमें झूम लेते थे, और गुलाल उड़ाते रहते, आज की शाम अपने पूरे सह में थी, आज की रौनक की बात ही अलग थी। अब समीर भी अपनी माँ से उपटन लगवाकर मनोज और विक्की के पास जाने लगा। वह अपने घर से कुछ दूर आया होगा की, सामने संध्या का चाचा और साथ में तीन चार लड़के, सामने से समीर की तरफ आते नजर आए, वो एकदम समीर के करीब पहूँचकर समीर को रोका, समीर रुक गया, क्योंकि उसे तो कुछ मालूम नहीं था, कि आखिर बात क्या है? तभी बीच में से संध्या का चाचा जिसका नाम रोहित था, वो निकलकर समीर के कमीज का कॉलर पकड़ लिया, समीर को कुछ समझ में नहीं आ रहा था, कि ये क्या हो रहा।

सुन उस दिन खेत में मेरे भतीजी के साथ क्या कर रहे थे?

कौन भतीजी किसकी बात कर रहे हो?

वही संध्या क्या बात कर रहे थे?

अरे, मैं कुछ नहीं कर रहा था, बस एक छोटी सी गलती की उसने माफी मांग रहा था, और वह मुझे माफ़ कर दी थी।

किस बात की माफी मांग रहा था?

वो मैं तुमसे नहीं बता सकता और पहले मेरा कॉलर छोड़ो।

साले, मेरे गांव की लड़कियों को छेड़ते हो, और कहते हो की माफी मांग रहा था, मारो कुत्ते को।

रोहित के इतना कहते ही, उसके साथ आए तीन चार लड़के समीर पर टूट पड़े, लात घूंसों की बौछार होने लगी, ये सब नजारा दूर से मनोज और विक्की देख रहे थे, लेकिन उनको इस घटना का अंदाजा नहीं था, कि वहा पर मारपीट भी होगी, लेकिन जब उन्होंने समीर को मार खाते देखे, तो वहाँ वो दौड़ते हुए समीर के पास पहुँचे, और उनके साथ 5-7 और लड़के थे, वो वहाँ पहुँचकर समीर को छुड़ाया, और फिर उनकी पिटाई की, और रोहित को पकड़ लिया, बाकी जो थे वो भाग गए। यहाँ मारा-मारी देखकर गांव के और भी आदमी औरतें वहाँ आ गए, वहीं पर सुमन भी सब नजारा देख रही थी, सब आ कर पूछ रहे थे, क्या हुआ? क्यों मार कर रहें हो? बीच में एक बुजुर्ग ने पूछा।

काका ये लड़का हमारे गांव की लड़कियों को अकेले देखता है, तो छेड़ता है, और ये मनोज और विक्की दोनों इसका साथ देते है, रोहित हकलाते हुए बोला।

तभी मनोज ने रोहित के मुँह पर एक घुसा मारा, मनोज को मारते देखकर विक्की भी रोहित पर टूट पड़ा, लात घूंसों से अब रोहित की मरम्मत हो रही थी, साला झूठ बोलता है, अपने खुद लड़कियों को छेड़ता रहता है, और इसी के चक्कर में कितनी बार लोगों ने इसकी पिटाई कर चुके है, और आज समीर पर इलज़ाम लगा रहा है, मनोज दांत पीसते हुए कहा।

तब तक रोहित के घरवाले और सदस्य आ गए, वे आकर मनोज और विक्की को गाली देने लगे, तभी मनोज और विक्की के घर वाले भी आ गए, अब परिवार-परिवार में झगड़े होने लगे, बाकी लोग एक दूसरे को चुप कराते, लेकिन तभी बीच में कोई बोल देता, तो फिर गाली देना शुरू कर देते दोनों पक्ष।

तभी वहाँ पर संध्या के पिता और संध्या आ गए, संध्या के पिता नरेश सबको चुप कराया।

क्यों रोहित क्यों लड़ाई कर रहे हो?

नहीं नरेश भैया, यही सब मुझे मारने लगे हैं।

नहीं काका यह झूठ बोल रहा है, ये कह रहा है, कि समीर गांव की लड़कियों को छेड़ता है, और आज उसे अकेले पाकर मारने लगा, और इसके साथ और भी लड़के थे, जब हम आए हैं, तो वो भाग गए हैं, लेकिन मैं पहचानता हूँ, उन सब को मैं छोड़ूंगा नहीं, ये देखिये का क्या हालत बना दी है, समीर का चेहरा कितना सूझ गया है, और ये देखिये खून माथे पर, सब मारे है, मनोज ने समीर का शिर नरेश को दीखाते हुए कहा,

क्या रहे रोहित चल घर ये तो लड़का इतना अच्छा है, मैं जानता हूँ, तुम्हारी ही गलती है। यह कहकर नरेश रोहित और उसके परिवार को घर ले जाने लगे।

मनोज के परिवार वाले भी चले गए, मनोज और विक्की दोनों ने समीर को अस्पताल ले जाने लगे, तभी संध्या आकर पूछी -

समीर ज्यादा चोट लगी है क्या? दर्द हो रहा है?

हाँ, चोट लगी है, और दर्द भी हो रहा था, लेकिन अभी-अभी एकदम खत्म हो गया।

तुम नहीं सुधरोगे, अच्छा जाओ, दवा ले लो संध्या इतना कहकर चली गयी।

अबे विक्की, अब तो समीर का दर्द खत्म हो गया है, तो डॉक्टर के पास जाने की क्या जरूरत है, मनोज ने विक्की की तरफ देखकर बोला।

हाँ यार, सही बोलते हो, चलो तब होलिका दहन करते हैं, विक्की ने हामी भरते हुए कहा।

अबे नहीं कमीनो दर्द हो रहा है, मैंने तो बस थोड़ा संध्या के सामने हीरो बन रहा था।

अच्छा है ये बात है।

तीनों डॉक्टर के पास जाकर दवा लिया, और फिर होलिका दहन में आ गए, वहाँ उन्होंने 12:00 बजे रात में होलिका को जलाया और फिर अपने-अपने घर चले गए, समीर ने अपने घर अपनी माँ को घाव दिखाकर बताया, कि वह रास्ते में पुलिया के पास नाली में पानी था, तो वहीं पर कचरे की वजह से फिसलकर पुलिया पर गिर गया। थोड़ी सी चोट आ गई है, दवा ले लिया और ठीक हूँ, समीर की माँ भी निश्चित हो गयी, चलो दवा ले लिया है, अच्छा थोड़ा देख सुनकर चलाकर ऐसे गिरते रहोगे, तो कैसे काम बनेगा, फिर उसकी माँ सोने चली गई, और समीर भी सोने चला गया।

सुबह समीर और देर से उठा उसने सोचा कि होली खेलने के बाद ही वो नहायेगा उसने अपने माथे का घाव देखने के लिए आईना में अपना चेहरा देखा, मुँह देखकर एकदम आश्चर्य हो गया, क्योंकि उसका चेहरा बिल्कुल रंग बिरंगा था। वो अपना चेहरा खुद नहीं पहचान पा रहा था। उसने ऐसे देख कर किसी की हंसने की आवाज आ रही।उसने पीछे मुड़कर देखा तो सामने संध्या और सुमन खड़ी हंस रही थी,

और उसकी माँ चिप्स छान रही थी, और विक्की मनोज बैठकर खा रहे थे, वो भी हं/.ध्या को पकड़कर दूसरे बाल्टी के रंग से भीगा दिया, उसने भी कापना शुरू कर दी| यह देखकर भीगने के डर से मनोज, विक्की और सुमन भाग दूर खड़े हुए।

संध्या को कांपते देकर समीर बोला अगर तुम सुबह मुझे बंदर नहीं बनाती तो ये सब नहीं होता, और तुम इस तरह कापती नहीं| अगर तुमको मैं रंग नहीं लगाती तो मेरी होली शुरू कैसे होती, मुस्कराते हुए संध्या बोली|

यह सुनकर समीर ने संध्या से कहा, मुझे तुमसे प्यार हो गया|

ये कौन सी नई बात है, संध्या ने उत्तर दी, यह सुनकर समीर संध्या को देखने लगा, यह देखकर संध्या ने उसके गाल पर प्यार से एक चांटा लगाते हुए बोली, वो कहाँ खो गए, चांटा लगते ही समीर का घाव दुख गया, समीर घाव को सहलाने लगा|

क्या हुआ, दुख गया क्या घाव?

संध्या अभी तो पहला घाव सही भी नहीं हुआ था, कि दूसरा भी लग गया|

क्या करोगे, तुमअगर तबला बनोगे तो कोई भी बजाकर चला जाएगा, संध्या हंसने लगी

फिर सबने मिलकर होली खेली और एक दूसरे के घर जाकर पकवान खाये| संध्या और सुमन अपने घर चली गयी, क्योंकि वो अपने घरवालों के चोरी, समीर के घर आकर होली खेली थी।क्योंकि वो अब जवान हो गई थी| अगर कोई गांव का आदमी देखता तो बड़ी बेइज्जती होती, क्योंकि गांव के लोग इसका गलत मतलब निकाल लेते|

समीर द्वितीय वर्ष BSc पास करके तृतीय वर्ष में चला गया था। जितेंद्र तो BSc पूरा करके MBA करने के लिए लखनऊ चला गया, मनोज भी अब घर पर ही रुक गया वह मुंबई नहीं गया, वो अपने पिता का छोटा सा होटल संभालने लगा। विक्की भी अपने पिता के जनरल स्टोर को देखने लगा।अब तो मनोज के लिए रिश्ते भी आने लगे थे|

संध्या और समीर की दोबारा दोस्ती हुई और प्यार में बदली, ये तो पहले से भी गहरी और सच्ची थी, संध्या को जब भी मौका मिलता है, वो समीर से मुलाकात करने जरूर उसके घर आती, और समीर को जब भी पढ़ाई से फुर्सत मिलती, वो बस संध्या के ख्यालों में डूब जाता, वो एक अपनी अलग दुनिया बनाने लगता, समीर तृतीय वर्ष की परीक्षा दे दिया था, और मनोज की शादी तय हो गई थी, विक्की और समीर काफी व्यस्त चल रहे थे, क्योंकि मनोज के पिता सब दारोमदार मनोज के कंधों पर ही डाल दिया था। इसलिए शादी का पूरा प्रबंध मनोज को ही करना था, इसलिए समीर और विक्की भी मनोज के साथ व्यस्त रहते थे, वो कभी गाड़ी वाले को बयाना देते, तो कभी बाजा वालों को, कभी वीडियो कैमरा वाले को, इसलिए समीर को अब कम ही समय मिलता, की वो संध्या से मिले बस वो एक दूसरे को दूर से ही देख कर दिल को तसल्ली देते, अच्छा तो बड़ी ही धूमधाम से मनोज की शादी संपन्न हुई, शादी के दिन पूरी व्यवस्था समीर और विक्की के कंधों पर थी, क्योंकि मनोज तो दूल्हा बनकर गाड़ी में बैठा था, और उसी तरह अच्छे से समीर और विक्की अपनी जिम्मेदारी निभाई, की लोगो के मुँह से समीर और विक्की की तारीफ सुनाई देती थी, क्या इन दोनों ने दोस्ती निभाई है, दोस्त हो तो इनके जैसा, ये सुनकर मनोज फूले नहीं समा रहा था। अब धीरे-धीरे समीर के शिर पर रिज़ल्ट का बोझ आने लगा, अच्छा रिज़ल्ट में समीर पास हो गया, और उसका भी BSc पूरा हुआ, लेकिन

अब आगे क्या? उसके समझ में कुछ नहीं आ रहा था। वह जितेंद्र से बात की थी, वो भी MBA करना चाहता था, उसने भी उसको कहा था कि कर लो, लेकिन किसी अच्छे स्कूल से करना, गर्मियों की शाम ढल गई थी, समीर अपने छत पर टहल रहा था, संध्या को अपने छत से देख रहा था, वो भी अपने छत पर बैठी टकटकी बांधे देख रही थी, तभी समीर की माँ ने समीर को नीचे बुलाई, समीर नीचे चला गया सामने तख्ते पर समीर की माँ बैठी थी। समीर भी आकर उसके बगल में बैठ गया।

हां क्या बात है,माँ?

अरे तेरा स्नातक पूरा हो गया, अब आगे कुछ सोचा है, करने के लिए कहा जाएगा, क्या करेगा, पढ़ाई करेगा या फिर सरकारी नौकरी की तैयारी करेगा?

माँ, सरकारी नौकरी की तैयारी करने से क्या फायदा है, जब वहाँ पर लाखों रुपये घूस लग रहे हैं, बिना घुस का किसी का काम नहीं चलेगा, और रही बात आगे की पढ़ाई की तो मेरा एक दोस्त है, वो लखनऊ से MBA कर रहा है, तो मैं भी सोच रहा था, कि मैं दिल्ली से MBA कर लू, क्योंकि वहाँ पर भी मेरा एक दोस्त है, जो की MBA कर रहा है, और दिल्ली से MBA करने की बात ही अलग होंगी, और वहाँ पर बहुत सी कंपनियां भी हैं, नौकरी तो कहीं न कहीं मिल जाएगी|

क्यों दिल्ली से करेगा? लखनऊ से भी कर सकता है|

क्योंकि माँ, वहाँ पर पैसे भी कम लग रहे हैं, और लखनऊ में कुछ ज्यादा ही लग रहा है, दिल्ली में 50,000 में ही हमारा MBA हो जाएगा, लेकिन माँ आपको छोड़कर कहीं नहीं जाऊंगा, आपकी हमेशा तबियत खराब रहती है, कोई तो होना चाहिए, आप की देखरेख के लिए|

देख मेरी चिंता ना कर, मैं अपनी वजह से तेरी जिंदगी खराब नहीं होने दूंगी, तेरे अपनी पढ़ाई का और कितने खर्च आएँगे रहने खाने की?

मेरे दोस्त बता रहा था, कि यही उसे ₹4000 महीने, लेकिन माँ आप इतना इंतजाम कैसे करेंगी|

तुम इसकी चिंता न कर, तू ये बता कि कितनी साल में ये पूरा होगा?

2 साल लग जाएंगे माँ, लेकिन इसके पहले ही कोई नौकरी ढूंढ लूँगा, की मेरा खर्च मैं खुद निकाल सकूँ।

अच्छा चल ठीक है, तू जाने की तैयारी कर लें, मैं पैसे का प्रबंध कर दूंगी ।

लेकिन मुझे यह समझ में नहीं आ रहा है, कि आप मुझे बचपन से कहती आ रही है, कि जब तुम्हारी मंजिल मिल जाएगी तो तुम्हारा सफ़र खत्म हो जाएगा तो ये मंजिल मिलेगी कब?

शायद इसका जवाब, तुझे दिल्ली में ही मिल जाए।

कौन बताएगा माँ?

कोई नहीं, तुझे खुद ही पता चल जाएगा,

लेकिन माँ आप अकेले,

चुप हो जाओ, शायद यह मेरे लिए आखिरी परीक्षा हो, फिर उसके बाद तो मुझे चैन से रहना है, और तू कमाने लगेगा और तेरी शादी करके बहूँ लाऊंगी, तब फिर तो खुशियां होंगी

समीर शादी की बात सुनकर झेंप गया, और वहाँ से उठकर चला गया, और अकेले में संध्या को दुल्हन और खुद

को दूल्हा के रूप में ख्वाबों में देखने लगा, लेकिन वह फिर ख्वाबो से बाहर आ गया, वो अब बड़ी उलझन में था, कि अब सबको छोड़कर उसे जाना होगा, फिर उसे इस बात से थोड़ी राहत होती है, की चलो कम से कम मैं कुछ लायक बन जाऊंगा, तो अपनी माँ के सारे दुख दूर कर दूंगा।तब तक दूसरे पल ही संध्या की याद में समीर को झकझोर दिया। समीर अपने आप से कहा, चलो उसको भी समझा लूँगा|

जुलाई महीने की शाम, चारों तरफ धान की बुवाई चल रही थी, कुछ खेतों में पानी भरकर लोग जुताई कर रहे थे, वहीं एक खेत खाली पड़ा था,उसमें घास थी कुछ हद तक बढ़ी थी, खेत के चारों तरफ सरपट हो गए थे, और रह रह कर हवावों के झोंके के साथ बूंदाबांदी भी हो जाती थी, समीर उसी खेत में घास के ऊपर संध्या की गोद में अपना शिर रखकर लेटा था।

सुमन कुछ दूरी पर घास काट रही थी, और चारों तरफ नजर दौड़ा रही थी, कि कोई इधर तो नहीं आ रहा है। समीर पलकें उठाकर संध्या को देख रहा था, और संध्या पलके झुका के समीर को देख रही थी|

# सफ़र

ऐसा क्यों देख रहे हो समीर?

क्यों किया, मैं देख नहीं सकता क्या मेरा इतना भी हक नहीं है?

लेकिन पहले तो ऐसा नहीं देखते थे।

हाँ, लगता है हमे तुमसे मोहब्बत हो गई है|

अच्छा तो अब तक क्या था?

अब तक तो प्यार था|

अच्छा तुम्हे बातें बनाने बड़ी आती है|

क्या करू?केवल ख्वाबों में डूबा रहूँगा, तो तुम्हारा ख्याल कौन रखेगा?

अच्छा समीर आज तुम कुछ बताने वाले थे?

हाँ संध्या, मैं तुमसे ये कहने वाला था कि, मैं अब अपनी पढ़ाई करने के लिए दिल्ली जा रहा हूँ।

क्या कब? संध्या की आवाज में भारीपन था|

बस परसों|

इतनी जल्दी जा रहे हो, और हमें आज बता रहे हैं।

अरे क्या बताऊँ, दिल्ली में मेरा एक दोस्त रहता है, वो कल ही फ़ोन किया था, कि 2 दिन में आ जाओ, एडमिशन करा लो, क्योंकि अब क्लास शुरू होने वाली है।

अच्छा फिर कब आओगे? संध्या ने दुखी स्वर में कही।

देखते है दीवाली, पर अगर छुट्टी मिली तो आ जाऊंगा, तुम दुखी हो गई।

मुझे इस बात की खुशी है, कि तुम दिल्ली पढ़ने जा रहे हो, लेकिन इस बात का दुख है, कि अब मुलाकात केवल ख्वाबों में होगी, संध्या ने नाराजगी ज़ाहिर करते हुए बोली।

अच्छा तो हमें भी नहीं लगेगा, लेकिन मजबूरी है, और हाँ, हम कामयाब हो जाएंगे, तभी तो तुमको दुल्हन बनाएंगे।

अच्छा, हम भी मेंहदी लगाकर इंतज़ार करेंगे,

हम डोली लेकर आयंगे।

तो हम भी बैठने के लिए तैयार रहेंगे।

कुछ देर तक संध्या की ऐसी ही गुफ्तगू समीर से चल रही रही थी।

दिल्ली में खूबसूरत लड़कियां होंगी तो मेरी याद आएगी? संध्या पूछी

नहीं,

क्या?

अरे, मेरा मतलब है, कि दिल में रहने वालों को याद क्या करना है, याद उन्हें करते हैं जिन्हें हम भूल जाते हैं।

अच्छा ठीक है, लेकिन हमें फ़ोन करते रहना|

लेकिन फ़ोन मैं किसको करूँगा?

मेरे घर में मोबाइल है, जो माँ के पास रहती है, वो रात में मेरे पास रहती है, तो रात में ही करना|

लड़की तो बड़ी समझदार हो गयी है, क्या बात है आज कल भाई से ज़्यादा ट्यूशन ले रही हो क्या?

चुप रहो, ज्यादा मत बोलना वरना,

वरना क्या?

वरना हम इन आँखों की नींद चुरा लेंगे,

तभी सुमन वहाँ आयी, क्यों हीर रांझा आप लोगों की प्यार की गुफ्तगू खत्म हुई तो हम चले?

क्या बात है? सुमन आप तो आजकल बड़ी शायराना अंदाज में रहती है, आखिर ये जादू किस पर चढ़ा कि नहीं? समीर हंसता हुआ बोला|

नहीं, समीर जी, हम तो अपने शहजादे के लिए इसे बचाकर रखे हैं, न जाने वो कब आ जाए, और हमें ख्वाबों की दुनिया में ले चलें।

चल चुप हो जाओ सुमन, चल घास कपड़े में बांध, क्योंकि देर हो रही है, घर चलना है, संध्या ने समीर को उठाते हुए बोली,

अच्छा अब देर हो रही है, तब से तेरी मीटिंग चल रही थी, तो देर नहीं हो रही थी, सुमन मटकते हुए बोली|

अरे सुमन जी, जाने दीजिए मैं अब परसों दिल्ली जा रहा हूँ, पढ़ाई करने तो आज तो बात करनी जरूरी थी|

अरे ठीक है, समीर जी आप कहे तो मैं इसे रात में आपके पास भेज दू|

नहीं नहीं ऐसी जरूरत नहीं है|

अच्छा ठीक है, चलिए अब तो केवल फ़ोन पर बात होगी, मुलाकात तो नसीब से होगी|

यह बात सुनकर संध्या की आँखों से दो मोती जमीन पर गिर कर बरसात की बूंदों में मिल गए। ये देखकर समीर भावुक होकर संध्या को गले लगाकर चुप करा कर, वापस घर भेज दिया, और फिर खुद घर चला गया।

आज समीर सुबह से ही अपने सामान बैग में रख रहा था, एक बोरिये में समीर की माँ ने आटा और चावल, एक थाली और एक गिलास रखकर बांध दी,

और समीर टिकट हो गया?

हां माँ, लेकिन अभी RAC में है,

तो क्या सीट बैठने को नहीं मिलेंगी?

मिलेगी वहाँ, लेकिन एक सीट पर दो लोग बैठेंगे|

अच्छा अपना सामान ठीक से देख ले अपना सब कागज ले लेना भूलना नहीं और ₹20,000 चावल में रखकर बोरी में बांध दी हूँ, देखते रहना ट्रेन में चोर बहुत होते है, और दिल्ली पहूँचकर फ़ोन करना,

ठीक है माँ,

कुछ देर बाद मनोज, विक्की, संध्या और सुमन समीर को छोड़ने आ गए, फिर समीर अपने माँ के पैर छूकर सबसे विदा लिया, संध्या और सुमन से विदा लेकर आजादनगर बस स्टैंड पर आ गया, साथ में मनोज और विक्की भी थे, बस पर

समीर बैठ गया, मनोज और विक्की चले गए, समीर भी अब बस से आजमगढ़ रेलवे स्टेशन पहुँचा, वहाँ से उसने शाम को 4 बजे एक्सप्रेस में बैठ गया, यह पहली बार समीर दिल्ली जा रहा था, उसको कभी घर की याद आती, तो कभी संध्या की तो, कभी मनोज और विक्की की, फिर दूसरे पल समीर यह सोचकर उत्साहित होता, कि अब हम दिल्ली देखेंगे, जो हमारे भारत देश की राजधानी है, लाल किला देखेंगे वहाँ पर बड़ी बड़ी इमारतें देखेंगे, जो केवल टीवी पर देखते थे, और खूब घूमेंगे रातभर समीर यही सोचता रहा, सुबह 7:40 बजे दिल्ली स्टेशन पर ट्रेन पहुँची, वहाँ समीर का एक दोस्त पहले से ही था, वह समीर को अपने रूम पर ले गया, वहाँ पर वो नहा खा कर फिर इन्स्टिट्यूट गया, वहा एडमिशन कराया, और शाम को आकर फ़ोन से अपनी माँ से बात करके सारा हाल सुनाया, और फिर क्लास करना शुरू कर दिया, घर से सिलाई करके समीर की माँ पैसे भेजती, और समीर दिल्ली में पढ़ाई करता है। पहला सेमेस्टर खत्म हो गया था, समीर रात में संध्या को भी फ़ोन से बात कर लेता था। संध्या फ़ोन पर समीर से धीरे धीरे बात करती, क्योंकि बाहर उसकी माँ और पिताजी सोते रहते, तो वो सोचती थीं कि तेज बोलने से वो जग जाएंगे, इसीलिए वो धीरे धीरे बात करती रहती।

गर्मी की छुट्टी में समीर घर आया था, और सुमन की शादी तय हो गई थी, सुमन के घर में शादी की तैयारियां शुरू हो गई थी, गर्मी चारों ओर कोहराम मचा रही थी। शाम को संध्या और सुमन छत पर लेटकर आसमान की तरफ पलकें उठाए देख रही थी।

सुमन, तू अपने होने वाले दूल्हे राजा से मिली है, उसे जानती हो?

नहीं संध्या, मैंने उसका तो केवल फोटो ही देखी है, बाकी माँ पिताजी देखे हैं,

मतलब की तू उस आदमी से शादी करेगी, जिसे तुम केवल फोटो में देखी है,

तो क्या हुआ, संध्या हमारे यहाँ की परंपरा है,

लेकिन?

लेकिन वेकिन, कुछ नहीं समझते देख मेरे माँ बाप बिना देखे शादी की है, आज वो अच्छे पति, पत्नी और अच्छे माता पिता है।

पर ये बात बता तुझे इतनी जल्दी शादी करने की जरूरत थी क्या?

ये बात तो संध्या सही कही है, लेकिन अगर माँ बाप समझे इस बात को तब तो ठीक है।

वैसे भी तुम कब शादी करोगी?

मैं और शादी नहीं, मेरे लिए समीर का प्यार ही काफी है, और अगर प्यार से मन भर गया, तो समीर से शादी कर लेंगे।

हे हे, कहाँ खो गई संध्या, वापस आ, ये क्या बहकी बातें कर रही है? दिमाग तो सही है तेरा 19 साल की हो गई, और बच्चों की तरह बात कर रही है, क्या तू यहाँ के रीती रिवाज को नहीं जानती? तेरे माँ बाप तेरी शादी समीर से नहीं करेंगे, दूसरी बात अगले साल तेरा नंबर है।

क्या बकवास करती है? सुमन, अभी तो हमें अपने बाबुल के घर की शोभा बनकर रहना है,

अच्छा ये तो वक्त ही बताएगा, संध्या जी

अच्छा चल छोड़ वो बात सुमन, अपने ससुराल जाकर हमें भूल तो नहीं जाएगी।

क्या बात करती है संध्या,

कौन सही पिया के प्रेम में आप इतनी मग्न हो जाएं, कि सहेली की याद भी नहीं आएगी, संध्या ने हंसते हुए बोलीं, दोनों हंसने लगी फिर काफी देर तक वो बात की फिर नीचे आगये|

चारों तरफ लाइट जल रही थी, लाइट वाले जेनरेटर में पानी डाल रहे थे, बैंड वाले बाजा बजा रहे थे, दूल्हे का स्वागत हो रहा था, लड़कियां, औरतें गीत गा रही थी, समीर ये सब दूर से खड़ा होकर देख रहा था, अचानक उसकी निगाह एक लड़की पर गई खुले बाल, हरे रंग की साड़ी, हाथों में चूड़ियां, होठों पर लाली शोभा बढ़ा रही थी, सारे बाराती उसी को देखकर व्यंग कस रहे थे, और वो लड़कियों और औरतों के बीच गिरी हुई गीत गा रही थी, समीर यह देखकर हैरान था, क्योंकि वह कोई और लड़की नहीं बल्कि संध्या थी, बला की खूबसूरत आज दिख रही थी, बराती खाना खाने लगे, शादी होने लगी, संध्या छत पर चली गयी, वहाँ छत पर कोई नहीं था, क्योंकि बाकी लोग नीचे बारात में व्यस्त थे, समीर भी लोगों की नजरों से बचता हुआ, छत पर चला गया। वहाँ संध्या छत से नीचे की रौनक देख रही थी, समीर ने चुपके से उसे पीछे से पकड़ा, संध्या चौक कर पलटी तो देखी समीर मुस्कुरा रहा है, समीर को देखकर संध्या भी उससे लिपट गई, कुछ मिनट तक दोनों खामोश एक दूसरे के बाहों में लिपटे रहे, फिर संध्या समीर को चारपाई पर बैठा दी, और वही बगल में खुद बैठ गई,

आज कितनी रौनक है समीर,

हाँ संध्या आज तो बहुत रौनक है, और उस रौनक की शोभा तुम से है,

नहीं समीर, इस रौनक की शोभा मुझसे नहीं बल्कि सुमन से है, क्योंकि आज उसकी वजह से ही तो इतनी खुशी इस घर में दिख रही है,

हाँ, संध्या तुम सही कह रही हो, लेकिन आज तुम भी बड़ी कातिल लग रही हो, सारे बारातियों की नज़र तुम पर ही थी,

अच्छा ऐसी बात है, मैंने तो इस बात पर गौर नहीं किया,

करना चाहिए ना कौन मना किया था,

अच्छा ठीक है, मैं अब जाकर हर बारातियों से पूछूंगी कि मैं कैसी लग रही हूँ?

अच्छा जाओ, मारकर तुम्हारा पैर तोड़ दूंगा,

क्यों जलन हो रही है?

हा हो रही है, मैं यह सब बर्दाश्त नहीं कर सकता।

अच्छा बाबा तुम्हीं तो मेरी जान हो, और मैं तो ये सब तुम्हारे लिए ही तो की थी, अच्छा समीर में खाना लाती हूँ, तुम यहीं रुको, ये कहकर संध्या साड़ी सम्भालते हुए नीचे चली गई, और समीर चारपाई पर लेटकर चाँद को पूरी निगाहों से देखने लगा, लगभग 10 मिनट बाद एक थाली में संध्या खाना लेकर समीर के पास आई और साथ में एक छोटी लड़की लोटा में पानी लेकर आई, वो पानी रखकर चली गयी,

समीर उठो चलो खाना खा लो, संध्या खाना चारपाई पर रखते हुए बोली,

समीर उठकर बैठ गया, और संध्या भी बगल में बैठ गई, और अपने हाथों से समीर को खाना खिलाने लगी, और समीर भी संध्या को खाना खिलाने लगा,

समीर कितना अच्छा होता, अगर तुम और मैं इस तरह जिंदगी भर साथ रहते हैं,

ठीक है, तो सुमन से कहो कि रोज़ वो शादी करे, ताकि हम रोज़ इसी तरह खाना खा सकें, समीर ने हंसते हुए बोला|

तुम हर चीज़ मजाक में लेते हो,

हाँ तो, वही बात किया करो जो संभव है,

क्यों यह संभव नहीं है, अगर हम और तुम चाहे तो सब संभव हो जाएगा|

अच्छा ठीक है, करूँगा जैसा तुम कहोगी वैसा ही करूँगा|

ये हुई बात मेरे दिल,

संध्या और समीर खाना खाकर उसी चारपाई पर लेट गयी। धीरे-धीरे समीर और संध्या यादों की दुनिया में अपनी ज़िंदगी बनाने लगे। उस चाँद की रात में बारात सुमन की आई थी, और शादी की कसमें संध्या और समीर खा रहे थे, आज पूरी रात समीर और सुमन केवल अपनी ही बातों में उलझे रहे, धीरे धीरे रात अपने पूरे लय में थी, समीर और संध्या को एक दूसरे पर कितना विश्वास था, कि वह पूरी रात एक ही चारपाई पर सोए रहे, लेकिन वो एक दूसरे की पवित्रता पर आंच नहीं आने दिया, समीर को विश्वास नहीं हो रहा था, की आज वो इतना सहनशील कैसे हो गया है, और शायद यही सच्चा और पवित्र प्यार की परिभाषा है, फिर सुबह 4:00 बजे समीर अपने घर चला गया, और संध्या सुमन को विदा करके अपने घर आ गई|

2 दिन बाद समीर को दिल्ली जाना था, इसलिए वह संध्या से एक बार मिलना चाहता था, लेकिन मुलाकात नहीं हुई थी। केवल उससे फ़ोन से ही बात हो पाई थी, फिर उसके बाद समीर दिल्ली चला गया, वहाँ पर उसने पढ़ाई शुरू कर दी, शुरू में उसका मन नहीं लग रहा था, लेकिन कुछ दिन बाद सही हो गया, समीर ने अपने दूसरे सेमेस्टर की परीक्षा

सितंबर में दिया, पेपर काफी अच्छा गए थे, और पहले सेमेस्टर का रिज़ल्ट भी मिल था, उसमें समीर और दो तीन बच्चों दो विषय में फेल थे, जिनका फिर से फॉर्म भर दिया गया, ताकि वे तीसरे सेमेस्टर में इनकी भी परीक्षा दे,

समीर दीवाली की छुट्टी में घर आ गया, संध्या से मिला था, संध्या काफी दुखी दिख रही थी, शायद उसकी तबियत खराब थी, और समीर से संध्या बता रही थी, कि उसके भाई और माँ-पिता उसकी शादी की बात कर रहे हैं, यह सुनकर समीर को भी झटका लगा था, लेकिन छुट्टियां कम थी, समीर सोचा कि वह अपनी माँ से उसके बारे में बात करें, और संध्या के माता पिता से बात करे, क्योंकि अब तो कुछ दिन में नौकरी भी करने वाला था, लेकिन उसको मौका नहीं मिला, और वह इस बात पर ज्यादा समय नहीं दे सका, और दिल्ली चला गया। अब समीर का मन दिल्ली में नहीं लगता, वो सोचता की वो घर चला जाए, और सब ठीक कर के संध्या को साथ लेकर दिल्ली चला जाए| लेकिन उसकी पढ़ाई का नुकसान हो जाता, तो दूसरे पल ही उसकी माँ की याद आती, की अगर पढ़ाई में रुकावट होगी तो माँ को कष्ट होगा, कि वो कितनी मेहनत से हमे पढ़ाई और जब मंजिल करीब है, तो रास्ते ही बदल दिया| इसलिए समीर खुद को बड़ा, लाचार पाता, और ऊपर से वो जब संध्या को फ़ोन करता तो वह रोने लगती कहती, कि अगर समीर के बिना किसी और से शादी हुई, तो वो अपनी जान दे देगी, यह सुन कर समीर घबरा जाता, उसको समझाने लगता, कि वो ऐसा वैसा कुछ नहीं करेगी, और अब की बार वह दिल्ली से आएगा, तो सब ठीक कर देगा| संध्या इसी आस में बैठी थी, कि समीर आएगा तो सब ठीक कर देगा, और इधर संध्या के माता पिता उसके लिए लड़कों की फोटो ला कर दिखाते, संध्या फोटो को बिना देखे चूल्हे में जला देती, और फिर कोने

में बैठकर सिसकियां भरने लगती, और समीर के फोटो को सीने से चिपका लेती ।

एक बार संध्या अपने कमरे में समीर की फोटो को लेकर देखते-देखते सो गयी, और उसके बाद संध्या की माँ कुछ काम से उस घर में आई, उन्होंने संध्या के हाथ से, चुपके से वो फोटो निकाल कर देखने लगी, और समीर को पहचान गई, और संध्या के रोने और शादी के नाम पर झल्लाने का सारा माजरा समझ गयी, वो फिर फोटो को संध्या के पास रखकर बाहर चली गयी|

समीर होली की छुट्टी में घर आया, वह अभी संध्या से मिला नहीं, लेकिन संध्या उसके फ़ोन का इंतजार कर रही थी, कि कब समीर उसको मिलने के लिए बुलाया|

सुबह समीर सोकर उठा तभी दरवाजे से किसी के खटखटाने की आवाज आई|

समीर ज़रा देख कौन है? समीर की माँ रसोई से ही बोली|

समीर जाकर दरवाजा खोला, सामने संध्या की माँ खड़ी थी|

अरे चाची, आप आईये माँ खाना बना रही है, क्या कोई काम था?

हाँ बाबू, काम तुम से ही था|

मुझसे, समीर आश्चर्य से?

हाँ बेटा समीर, लेकिन अगर तुम्हारी माँ भी है, तो ये भी अच्छी बात है, कि कम से कम वो भी हमारी परेशानी दूर करने में सहायता करेंगी।

कैसी परेशानी क्या हुआ? समीर की माँ बाहर आते हुए पूछी।

बहुत बड़ी मुसीबत में है हम, मैडम जी

क्या हुआ साफ़ साफ़ बताईये?

आप देखिये अब हमारी इज्जत आपके हाथ में है।

हुआ क्या है? साफ-साफ बताइए, समीर की माँ आश्चर्य से पूछी।

देखिए मैडम जी, समीर से हमारी बेटी संध्या प्यार करती है।ये बात हमको पता चल गया, लेकिन उसके भाई और पिता को नहीं बताया, नहीं तो उसको तो वो काट डालते, और वह अक्सर समीर की फोटो के साथ खोयी रहती है, और मैडम जी आप तो जानती है, कि उसकी उम्र भी शादी की हो गई है, उस 19 -20 साल की है, और हम जब भी उसकी शादी की बात करते हैं, तो वो कहती है की वो अपनी जान दे देगी, लेकिन शादी नहीं करेगी, आज तो जब मैंने उससे समीर के बारे में बात की, तो वो साफ साफ़ कह रही थी, कि वो समीर से प्यार करती है, और उसी से शादी करेगी, संध्या की माँ डबडबी आँखों को रोकते हुए कही।

आप देखिए संध्या की माँ, इस उम्र में तो अक्सर प्यार हो जाता है, समीर की माँ ने उत्तर दी।

हां मैडम जी मुझे इस बात से तकलीफ नहीं है की, मेरी लड़की आपके बेटे से प्यार करती है, बल्कि मुझे इस बात सुकून मिलेगा, अगर ये दोनों एक हो जायेंगे। मुझे पता है की ये दोनों एक साथ बहुत खुश रहेंगे, लेकिन मेरे सोचने से क्या होगा। ऊपर से ये डर है, कि उसके पिता और भाई ये जान गए, तो उसे जिंदा नहीं छोड़ेंगे, और अगर समीर से

उसकी शादी होगी, तो मेरे गांव में क्या इज्जत रह जाएगी, आप तो जानती है, कि गांव की क्या रीतिरिवाज है, पहली बात कि हम और आप एक जाति के नहीं है, और दूसरी बात कि इतने करीब गांव में ही शादी कैसे होगी? लोग हम पर थू-थू करेंगे, संध्या की माँ अपनी विवशता कह दी।

लेकिन चाची मैं संध्या से प्यार करता हूँ, मुझे रीती रिवाज से कोई मतलब नहीं है, मैं बस संध्या से मतलब रखता हूँ, और, वैसे भी हम अब बच्चे नहीं है, हमें तो सरकार भी नहीं रोक सकती शादी करने से।

हाँ बेटा मैं जानती हूँ, लेकिन जो हम लोगो की इज्जत गांव में है, वह मिट्टी में मिल जाएगी।

तो इसका मतलब है, कि आप अपनी बेटी की बलि दे देंगी, समीर ने गुस्से से कहा।

नहीं बेटा कोई माँ-बाप अपनी बेटा-बेटी की बलि नहीं देते, बल्कि उनकी लम्बी जिंदगी की दुआ करते हैं, मैडम जी अब आप ही कुछ करिए, संध्या की माँ रोते हुए बोली।

अरे क्या कर रही है? आप चुप हो जाइए, मैं उसको समझा रही हूँ, आप चिंता मत करिए, समीर की माँ संध्या की माँ को चुप कराने लगी।

लेकिन माँ मैं संध्या से प्यार करता हूँ, और वो भी मुझसे प्यार करती है, समीर बड़े ही भावुक आवाज़ में कहा।

देखो बेटा समीर, अगर मैं तुम्हारी और संध्या की शादी करा दूँ, तो तुम्हे लोगों की बदुआ लगेगी, और संध्या की तुम्हारी हमारी और इनकी जो इज्जत जाएगी छोड़ के, तो क्या तू चाहता है, कि तुम्हारी वजह से तुम्हारी माँ की इज्जत चली जाए? और जिसे तुम प्यार करते हो, उसे भी जिंदगी भर लोगों के ताने सुनने पड़े, समीर की माँ, समीर को समझते हुए कही।

नहीं, मैं ऐसा नहीं चाहता है, लेकिन दिल्ली में ऐसा नहीं होता है, जो चाहे जिससे भी शादी कर सकता है, समीर ने अपनी सफाई में कहा,

बेटा वो दिल्ली है, और तू गांव में है, और सुनो अगर इज्जत से संध्या की शादी उसके माता-पिता की इच्छा से होगी, तो मुझे पूरा विश्वास है, कि वो बहुत खुश रहेंगी, तो क्या तुम उसकी ख़ुशी नहीं देखना चाहता, समीर की माँ समीर को समझाते हुए कही।

क्यों नहीं माँ।

और देख बेटा मैंने तेरे लिए इतना किया, और तू मेरे लिए इतना सा भी नहीं कर सकते, समीर की माँ समीर के सर पर हाथ फेरते हुए बोली।

माँ ये आप क्या कह रही है, आप के लिए जान कुर्बान, वैसे भी आप तो दिल का कतल कर दी माँ, ठीक है चाची, जैसा आप कहेंगी वैसा मैं करूँगा, बताइए क्या करना है? समीर ने अपने गिरते हुए आंसुओं को रोकते हुए कहा।

बेटा देखो, संध्या शादी के लिए तैयार नहीं हो रही है, एक रिश्ता आया है, लड़का किसी प्राइवेट कंपनी में काम करता है, संध्या की माँ ने अपनी बात कही।

कहा पर चाची?

बैंगलोर में, और खेती बारी भी है, अच्छा परिवार हैं, और उनकी ज्यादा मांग भी नहीं है, यह उस लड़के की फोटो है, संध्या की माँ फोटो दिखाते हुए बोली।

समीर की माँ फोटो देखने लगी और समीर भी देखने लगे लड़का अच्छा था।

मैडम एक और काम है, संध्या की माँ ने विनती करते हुए बोली।

हाँ, बताइए, समीर की माँ आश्चर्य से पूछी,

मैं चाहती हूँ, कि समीर बाबू ही संध्या को शादी के लिए राजी करें, क्योंकि वो अब हम लोगों की बात नहीं सुन रही है, संध्या की माँ ने एक बार फिर से समीर को अपनी बातों से झकझोर दी।

कैसी बात करती है चाची, मैं ये नहीं कह सकता, समीर उठकर खड़ा हो गया।

बेटा समीर मेरे लिए कर दो, समीर की माँ बड़े प्यार से समीर को समझाने लगी।

और फिर किसी तरह समीर तैयार हुआ, और संध्या की माँ चली गयी।

समीर की स्थिति ऐसी हो गई थी, जैसे की जालिम जमाना और खुद उसकी माँ भी मिलकर उसका आशियाना उजाड़ने को उसी से बोल रहे हैं, और कह रहे हैं समीर इसमें आग लगा ठंड है, हाथ सेकना है।

अब वो सोच में डूबा था, की संध्या से मिलने के बाद कैसे बात करेगा, कहाँ गए उसके कसमें वादे, जो अक्सर संध्या से करता था। क्या जवाब देगा संध्या को, नहीं-नहीं वो संध्या को लेकर भाग जाएगा। और फिर कहीं भी नहीं इस गांव में आएगा। यह उसके प्यार के लायक ही नहीं है। तभी माँ के सवालों ने समीर को झकझोर देता, अब वो ऐसे कश्ती में सवार था, जिसकी कोई दिशा नहीं थी, ना कोई मंजिल था, बस लहरों का सहारा था, समीर भी बस भाग्य के ऊपर छोड़ दिया, लेकिन उसके मन में बड़ी उथल-पुथल चल रही थी, और लाख कोशिश कर लें उन्हें शांत करने के लिए, लेकिन ये शांत होने का नाम ही नहीं ले रहे थे।

सुबह समीर ने संध्या को फ़ोन करके अपने घर बुलाया उस दिन रविवार की वजह से सिलाई स्कूल बंद था, और समीर की माँ किसी काम से बाहर गई थी, और इस समय समीर बिल्कुल अकेला था| संध्या समीर के घर आयी वो, हाथ में गुलाल ली थी, और उसके साथ में सुमन भी थी, जो की अपने ससुराल से वापस आ गई थी| संध्या आते ही समीर को गुलाल से रंग दी, फिर उसके बाद आंगन में ही संध्या चारपाई पर बैठ गई| और सामने कुर्सी पर सुमन बैठ गई| संध्या के बगल में समीर खड़ा होकर कुछ कहना चाहता था, लेकिन उसे शब्द नहीं मिल रहे थे।

क्या बात है? समीर, आज आप बड़े परेशान लग रहे हैं, संध्या ने समीर का हाथ पकड़कर अपनी ओर खींचते हुए बोली|

कुछ नहीं, लेकिन है भी जरूरी बात, समीर संध्या के बगल में बैठते हुए कहा|

कुछ खास बात है, तो मैं चली जाती हूँ, आप लोग कर लो बात, सुमन कुर्सी से उठते हुए बोलीं|

अरे, नहीं-नहीं आप कहाँ जा रही है, आपकी तो यहाँ पर सख्त जरूरत है, समीर सुमन को कुर्सी बैठाते हुए कहा|

अच्छा समीर, अब पहेली ना बुझावो, बात बताओ क्या बात है? संध्या ने समीर की बाहों को अपने दोनों बाहों में भरते हुए गंभीरता से पूछी|

पहले संध्या तुमको मुझसे वादा करना होगा, कि मेरी पूरी बात पहले सुनोगी फिर दीमाग से निर्णय लोगी,

ऐसी क्या बात है? समीर की, मुझे वादा करना पड़ेगा|

मैं सब बताऊँगा, लेकिन तुम वादा करो|

अच्छा बाबा मैं वादा करती हूँ, अब तो बता दो।

उसने संध्या को पूरी बात बता दी, कि कैसे उसकी माँ और संध्या की माँ के बीच बात हुई, सब सुनने के बाद संध्या के चेहरे का रंग बदल गया और फिर,

तुमने क्या जवाब दिया? समीर

देखो संध्या मैं नहीं चाहता, कि हमारी गलतियों से हमारे और तुम्हारे परिवार वालों को शर्मिंदगी का सामना करना पड़े।

तुम्हारा मतलब क्या है? समीर क्या तुमने मेरे बारे में कुछ नहीं सोचा,

सोचा तुम्हारे बारे में, तुम्हारे परिवार के बारे में, तभी मैंने यह फैसला कर पाया।

क्या फैसला है तुम्हारा? संध्या ने भरी निगाहों से पूछी,

मैं ये चाहता हूँ, कि तुम अपने माँ बाप की बात मान लो।

क्या बात करते हो समीर? तुम्हारा मतलब है, मैं किसी और से शादी कर लू? समीर मैं केवल तुमसे प्यार की हूँ, और मैं केवल तुम से ही शादी करूँगी, वरना मैं जिंदा नहीं रहूँगी, संध्या चारपाई से उठते हुए खड़ी हो गयी।

देखो, संध्या बेवकूफों की तरह बात ना करो, पहली बात तुम जान लो कि, प्यार-मोहब्बत के लिए केवल दो दिलों की जरूरत पड़ती है, जो जिस्मो की नहीं, और क्या उनका हक तुम्हारे पर नहीं हैं? जिन्होंने तुम्हें पैदा किया, और इतना प्यार दिया, और आज तुम अपने स्वार्थ के लिए उनका दिल दुखावोगी?

हक है समीर, लेकिन मेरे दिल में कोई दूसरा जगह नहीं ले सकता, अगर मेरे माँ-बाप मेरी जान मांगेंगे, तो मैं हंसते

हुए दे दूंगी, लेकिन शादी नहीं करूँगी, संध्या सिसकियां भरी आवाज में कहीं।

देखो संध्या, अगर हम भागकर की शादी कर लेंगे, तो हमें इतनी बद्दुआ मिलेगी कि, हम कभी सुखी नहीं रह पाएंगे, और हम अपनों से क्यों भागे, और देखो संध्या कोई भी इंसान अपने माँ-बाप का दिल दुखाकर सुखी नहीं रह सकता, और कोई माँ-बाप अपने बच्चों का भविष्य ख़राब नहीं करते, सुमन आप ही इसे समझावो, समीर ने सुमन को इशारे करते हुए कहा।

देखो संध्या, समीर ठीक कह रहे हैं, तुम अपने माँ-बाप की बात मान लो, जहा तुम्हारी शादी करेंगे, वहाँ तुम जरूर खुश रहेंगी, सुमन ने संध्या को समझाते हुए बोली।

लेकिन सुमन मुझसे ये नहीं हो पाएगा।

सब हो जाएगा संध्या, बस तुम अपने बारे में सोचना छोड़कर एक बार अपने माँ-बाप के बारे में सोचो, सुमन ने संध्या को चुप कराते हुए बोली।

अच्छा और मैडम जी की क्या इच्छा है? संध्या रोते हुए समीर से पूछी।

माँ की भी यही इच्छा है, कि तुम अपने माँ-बाप की बात मान लो, देखो संध्या मेरे खातिर तुम अपने माँ-बाप की बात मान लो, संध्या जब हम छोटे रहते हैं, तो हम जिस बात की भी जिद करते हैं, तो वो हमारे माँ-बाप पूरा करते हैं, तो अब हमारा भी तो फर्ज बनता है, कि हम उनकी भी जिद पूरी करे, देखो संध्या मैं तुम्हारे हाथ जोड़ता हूँ, समीर ने अपने दोनों हाथ जोड़ लिया।

अरे ये क्या कह रहे हैं समीर ठीक है, हम तो बचपन में खिलौने से खेलने के लिए जिद करते थ, लेकिन मुझे क्या

मालूम कि इसका बदला माँ-बाप हमारे दिल से खेलने की जिद करेंगे, मैं अपने माँ-बाप की इच्छा अनुसार ही शादी करूँगी, लेकिन मेरी एक शर्त है, संध्या ने अपने आंसुओं के सागर को रोकने की असफल प्रयास करते हुए बोली।

क्या तुम्हारी शर्त है संध्या?

पहली शर्त की हमारी शादी तुम्हारी आँखों के सामने होगी, और दूसरी शर्त की तुम मुझे हंसकर विदा करोगे।

ऐसी शर्त ना दो संध्या, जो मैं पूरा न कर सकूँ।

नहीं तुमको यह वादा करना होगा।

ठीक है, मैं वादा करता हूँ तुमसे।

कुछ देर तक बातें होती रहीं, संध्या की आँखों में आंसू भरे थे, तो समीर की आंखें भी खाली नहीं थी, फिर कुछ देर बाद संध्या और सुमन वहाँ से चली गई, और समीर अकेले में अपनी आंखें हल्की करने लगा।

संध्या ने अपने माँ बाप को बता दी, कि वो शादी के लिए राजी है, इतना सुनना था, कि संध्या के पूरे घर में खुशियां ही खुशियां थीं, लेकिन जिसकी वजह से खुशी थी, वो सबसे ज्यादा दुखी थी, समीर को भी दिल्ली आना था, क्योंकि छुट्टियाँ खत्म हो गई थी। वह दिल्ली चला गया, अप्रैल में उसका तीसरा सेमेस्टर की परीक्षा खत्म हो गई और फिर छुट्टियाँ हो गयी मई जून की, लेकिन इतने दिन के अंदर में संध्या का एक बार भी फ़ोन नहीं आया था, और अगर समीर करता तो फ़ोन कोई और उठा लेता, इसलिए संध्या से बात नहीं हो पाती थी। समीर अब परेशान था, कि क्यों नहीं संध्या फ़ोन कर रही है।

समीर घर जाने की तैयारी कर रहा था, वो अपने कपड़े बैग में रख रहा था, क्योंकि दूसरे ही दिन शाम को उसकी

ट्रेन थी, इसलिए वो 1 दिन पहले ही सब अपना बैग तैयार कर रहा था, तभी उसके फ़ोन की घंटी बजी।

"भीड़ में तन्हाई में, गीत में शहनाई में बस तुम याद आते हो"

समीर देखा, संध्या का नंबर था फ़ोन उठाकर,

हैलो,

हाँ, समीर कैसे हो?

मैं ठीक हूँ, तुम कैसी हो?

मैं कैसे ठीक रह सकती हूँ? अच्छा बताओ कब तक आ रहे हो?

बस कल ट्रेन पकड़ रहा हूँ।

अच्छा ठीक है, आ जाओ फिर बात होगी, इतना कहकर संध्या ने फ़ोन काट दी।

समीर दूसरे दिन शाम को ट्रेन पकड़ कर उसके दूसरे दिन सुबह में घर पहुँचा, उसने माँ से अपने पेपर के बारे में बताया, फिर नहाने लगाना, आकर खाना खाने बैठा, उसकी माँ सामने ही बैठकर बात कर रही थी, तभी उसकी माँ ने संध्या की शादी की बात बताई।

अरे समीर मैं तुम्हें बताना भूल गयी थी, कि संध्या की शादी तय हो गई है।

कब, समीर आश्चर्य से पूछा?

अरे इसी महीने की 10 तारीख को।

क्या? आज तो 4 हो गई बस 6 दिन और बचे हैं, समीर ने कहा।

लेकिन माँ, इतनी जल्दी?

हाँ, समीर लड़के वाले को जल्दी थी, इसलिए संध्या के माँ-बाप भी शादी इतनी जल्दी तय कर दीए है ।

समीर को यह खबर सुनकर पांव तले जमीन खिसक गई, वो अब संध्या से मिलने के लिए बेचैन हो रहा था। वो अपने कमरे में चला गया, वहाँ चारपाई पर लेटकर अपने गिरते हुए आंसुओं को रोकने की कोशिश करने लगा। थोड़ी देर बाद किसी के आने की आहट सुनकर, समीर अपने को सम्भालते हुए उठकर बैठ गया, सामने देखा, संध्या थी, और साथ में सुमन भी, लेकिन ये संध्या कैसी हो गई थी, हमेशा खुश रहने वाली संध्या ऐसे लग रही थी, कि दुखों का पहाड़ लिए चल रही है, कितनी पतली हो गयी थी, और सावली भी हो गई थी।

ये क्या हाल बना रखी हो संध्या? समीर ने संध्या को चारपाई पर बैठाते हुए बोला|

अब हाल की चिंता छोड़ो समीर, ये सांसे चल रही है क्या इतना काफी नहीं है?

कैसी बातें करती हो संध्या?

सही बात कह रही हूँ समीर, ये लो मेरी शादी का निमंत्रण तुमको आना है,संध्या ने समीर के हाथों में निमंत्रण पत्र थमा दी।

समीर उसका निमंत्रण लेकर खुद को रोक न पाया और संध्या को पकड़ कर रोने लगा।

क्या कर रहे हो समीर, अभी से रोवोगे तो तुम्हारे वादे का क्या होगा? अभी तो तुमको हमें विदा करना है, संध्या ने अपनी भारी आवाज में समीर को चुप कराते हुए बोली|

संध्या, समीर से बोली, समीर तुमको जो भी मेरे साथ करना है, कर लो, क्योंकि अब मैं किसी और की अमानत हो जाऊंगी, तब पता नहीं तुम मुझसे प्यार करोगे या नहीं।

यह सुनकर समीर ने अपने आंसू पोंछते हुए बोला, संध्या तुम किसी और की अमानत हो गई, और रही बात तुम्हारे साथ करने की, तो वो तो मैं तुम्हारा दिल तोड़ कर ही कर दिया| और अब मैं कोई गलती नहीं करना चाहता, क्योंकि मैं चाहता हूँ, कि हमारे प्यार में पवित्रता बनी रहे, ताकि कल को हम एक दूसरे की निगाह में गिरे नहीं, और रही प्यार करने की तो जब तक हम इस दुनिया में रहेंगे, हमारे दिल में तुम्हारे लिए प्यार ही रहेगा, अब तो तुम्हारे लिए मेरे दिल में सम्मान भी आ गया है|

समीर, संध्या कुछ देर तक अपने ग़मों को बाटते रहे, फिर संध्या सुमन वहाँ से चली गई।

जैसे-जैसे शादी के दिन नजदीक आ रहे थे, समीर की दिल की धड़कनें बढ़ रही थी। संध्या तो अब जिंदा लाश बन गई थी, चारो तरफ घर में हँसी खुशी का माहौल था, लोग काफी खुश नजर आ रहे थे, लेकिन संध्या के चेहरे पर तो उदासियों ने शासन कर रखा था। संध्या की माँ और पिता दोनों लोगों ने विक्की और मनोज को ही जिम्मा सौंप दिया था, सब करने का, तो समीर भी उनके साथ काम करता था, कुछ काम से अगर समीर संध्या के घर जाता, तो बस संध्या उसे देखकर आंसू की धारा बहने लगती थी, समीर भी अपनी आंखें नम कर लेता, लेकिन मनोज-विक्की उसको संभाल लेते|

जिस दिन का संध्या के माता-पिता को बड़ी बेसब्री से इंतजार था, और संध्या, समीर को डर था, वो दिन आ गया| चारों तरफ लाइट से घर जगमगा रहा था। समीर और मनोज, विक्की के साथ मिलकर मंडप सजा रहे थे, और

संध्या वोसारे में से समीर को देख रही थी।उसकी पथराई आंखें रोना चाहती थी, लेकिन वो बिलकुल खामोस थी, समीर और मनोज विक्की काफी व्यस्त थे, लेकिन संध्या की निगाहें केवल समीर पर ही टिकी थीं। अंत में वह घडी आ गई जिसकी वजह से संध्या का घर दुल्हन की तरह सजा था, बैंड बाजा की आवाज़ सुनकर सबके चेहरे पर खुशी छलक आईं। लड़के उसी ओर भागे समीर भी मंडप सजा चुका था। अब उसे मिठाइयाँ को व्यवस्थित करना था। इसलिए वो मिठाई वाले कमरे में जाकर बारातियों के जलपान के लिए मिठाइयों का प्लेट तैयार करने लगा।

बारात दरवाजे पर आ गयी, चारों तरफ दूल्हे की गाड़ी को लोगों ने घेर रखा था। वहाँ पर द्वारपूजा चल रहा था, बराती और घराती बैंड पर ठुमके लगा रहे थे, औरते गीत गा रही थी,

संध्या भी मिठाई वाले कमरे में चली गई, वहाँ एक कोने में खड़ी समीर को देख रही थी।

समीर बड़े व्यस्त लग रहे हो, संध्या मासूमियत से पूछी।

क्या करूँ? जिम्मेदारी सब मुझ पर मिल गई है, निभाना तो पड़ेगा ही, समीर संध्या से निगाहें मिलाते हुए कहा।

ठीक है, दूसरे की जिम्मेदारी निभाते हुए,अपना वादा ना भूल जाना, मेरे आँखों से एक पल भी ओझल न होना, आज मुझे जी भर के देख लेना देना, पता नहीं कब दोबारा मुलाकात हो।

कैसी बात करती हूँ, संध्या में तुम्हारे सामने ही रहूँगा, संध्या वहाँ से चली गई

अब समीर कैसे बताया कि दुख केवल उसे ही नहीं, बल्कि उसे भी है, लेकिन उसने अपने आंसुओं के दरिया को

रोक रखा है, रात भर समीर मंडप के पास ही कुर्सी लगाकर बैठा रहा, और संध्या एक रिमोट की गुड़िया की तरह शादी की हर रस्म निभा रही थी, लेकिन उसकी निगाहें केवल समीर के चेहरे को ही देख रही थी। ये अजीब शादी का बंधन होता है, पंडित जी ने सभी वचनों पर संध्या और दूल्हे के निभाने के वादे ले रहे थे। वो दोनों एक दूसरे को वादे दे रहे थे, जिंदगी भर साथ निभाने के लिए, एक दूसरे के सुख-दुख में साथ देने के लिए, फिर पंडित जी के इशारे पर दूल्हे ने अपने हाथों से संध्या कि सुनी मांग को सिंदूर से सजा दिया। वहाँ बैठे लोगों के चेहरे खिल गए, लेकिन समीर के दिल की धड़कनें बढ़ रही थी। ऐसा लग रहा था, कि उसकी आँखों के सामने उसका गला दबाया जा रहा है, और वो अपाहिज की तरह कुछ भी नहीं कर पा रहा था। उसकी आँखों से आंसू की एक-दो बूंद उसके गालों को नम कर रही थी, लेकिन संध्या अपने आँखों के इशारे से उसे चुप करा रही थी, वो कह रही थी, की मैं लड़की होकर खुद को रोकी हूँ, तो तुम भी रोको खुद को, अपने वादों को याद करो|

पंडित जी ने फेरे के लिए वर-वधू को खड़ा किए, जैसे-जैसे उनके फेरे हो रहे थे, वैसे-वैसे समीर की आँखों से संध्या का चेहरा धूमिल हो रहा था। वो लाख कोशिश कर रहा था, इन दूरियों को मिटाने के लिए कि वो नाकाम था। अब धीरे-धीरे संध्या किसी और की हो रही थी, शादी संपन्न हुँयी, तो बड़े लोग खड़े होकर आशीर्वाद देने लगे, फिर संध्या और दूल्हे को लड़कियों और औरतें घर में ले गयी, कुछ देर बाद सुमन समीर के पास आईं, और उसको अपने साथ ले गयी। समीर घर में गया, सामने संध्या खड़ी थी, उसकी मांग में सिंदूर ऐसे लग रहे थे, कि किसी उजड़े हुए, बागो में फिर से फूल खिल गए हैं। उसके चेहरा चमक रहा था, पीले रंग की साड़ी उस पर ऐसे लग रही थी, जैसे सरसों का फूल खेतों की

शोभा बढ़ा रहा है, समीर को सामने देखते ही संध्या आकर तुरंत उसके पैर छू ली।

अरे ये क्या कर रही हो? संध्या को समीर उठाते हुए कहा।

क्यों? अब इतना भी हक मेरा नहीं है, कि मैं आपका आशीर्वाद ले सकूँ।

ऐसी बात नहीं है संध्या, लेकिन मैं आशीर्वाद देने के लायक ही नहीं हूँ। मै खुदा से यही दुआ करूँगा, कि तुम जहाँ रहो, हमेशा खुश रहो।

ऐसे क्यों अपनी दुआ खराब करोगे, अगर आप खुश रहोगे तो हम खुश रहेंगे।

समीर संध्या को पकड़ कर रोना चाहता था, लेकिन वो रो नहीं पा रहा था, तभी वहाँ पर और भी औरतें आ गईं, और समीर वहाँ से चला गया।

सुबह 4:00 बजे तक शादी संपन्न हो गयीऔर फिर विदाई की तैयारियां शुरू हो गयी। संध्या को उसकी सहेलिया पूरे दुल्हन की तरह सजा रही थी। समीर, मनोज और विक्की बारातियों को जलपान करा रहे थे, और संध्या के भाई, भाभी और माँ उसके सामान पैक कर रहे थे। कुछ देर बाद घर में सिसकियां सुनाई दे रही थीं, संध्या अपने माँ को पकड़कर रो रही थी। उसके पिता-भाई भी अपनी आँखों से धारा बहा रहे थे, और संध्या को अपने से जुदा कर रहे थे, समीर भी दूर खड़ा यही सोच रहा था, की ये कैसा दस्तूर है, कि जहाँ पर लड़की पैदा हुई खेली, बड़ी हुई, प्यार हुआ, और एक ही झटके में सब से नाता तोड़कर वो वहाँ पर चली जाती है, जिसके बारे में वो कभी, न सुनी हो, न जानती है, और उसके परिवार

वाले ही उसे वहाँ भेजते हैं, और फिर खुद ही दुख प्रकट करते हैं, अभी समीर इन्ही सोच में डूबा था, कि सुमन आकर समीर से बोली की संध्या की विदाई हो रही है, चलकर आखिरी बार मिल लो| समीर सुमन के साथ गया, वहाँ पर संध्या अपने भाई को पकड़कर रो रही थी, और सीखा रही थी, कि माँ पिता को ज्यादा परेशान ना करना, फिर संध्या समीर के पास अपने आंसू पोंछते हुए आई, और बोली, जा रही हूँ समीर मैं, अब तुम्हारी बगिया से, लेकिन मुझे भूलना नहीं,

यह सुनकर समीर भी रोने लगा, संध्या ने उसको चुप कराई, और अपने पास से एक लेटर समीर के जेब में रखकर बोली, मैं जब से तुम से प्यार कि हूँ, तब से मुझे जो भी याद रहता है, वो सब लेटर में लिख दी हूँ, अब तुम हंसकर मुझे विदा करोगे, चलो हंसो, संध्या ने समीर के आंसू पोंछते हुए बोली, समीर ने कहा, रो लेने दो दिल हल्का हो जाएगा|

नहीं,उस समय मैंने अपना वादा निभाया, और तुम अपना निभाओ, समीर ने संध्या को गाड़ी तक छोड़ा। साथ में संध्या की माँ, सुमन, भाई, पिता और भी औरतें थीं|

गाड़ी में बैठते हुए संध्या बोली, समीर जब तुम हँसते हो, तो तुम्हारे गाल का जो काला तिल है, वो तुम्हारे चेहरे की शोभा बढ़ा देता है|

अच्छा तो तुम इतने दिनों में आज इस तिल की खूबियों को देखी हो, समीर मुस्कुराते हुए कहा,

गाड़ी स्टार्ट हो गई थी, संध्या फिर से रोने लगी, समीर ने उसको चुप कराते हुए बोला, तुम तो हमारी बगिया से जा रही हो, लेकिन तुम्हारी महक कभी नहीं जाने दूंगा, इतना कहकर दोनों सिसकने लगे। फिर धीरे-धीरे गाड़ी समीर से

संध्या को दूर ले जाने लगी, बारात को लोगों ने विदा किया, संध्या के जाते ही, पूरा घर जो रंगीन लग रहा था, अब वही घर बे रंग और उजड़ा हुआ लग रहा था।

समीर अपने घर चला गया, वह अपने कमरे में जाकर संध्या की तस्वीर लेकर खूब रोया, उसने अपनी जेब से संध्या की दी हुई लेटर को खोलकर देखा, उसमें पूरे पन्ने पर केवल समीर, समीर, समीर लिखा था, ये पढ़ कर और रोने लगा, समीर की माँ ने समीर को समझा कर चुप कराई, वहाँ पर संध्या की माँ भी समीर से माफी मांग रही थी, और शुक्रिया कह रही थी, कि उनकी इज्जत बचा ली।

समीर पूरी तरह टूट चुका था, इसलिए वह घर नहीं रहना चाहता था। वो अगस्त में दिल्ली आ गया, यहाँ पर उसके साथ एक और समस्या सामने आ गयी, जो MBA कर रहा था, उसके डाइरेक्टर ने फीस बढ़ा दी थी, जिसमें तय हुआ था, उससे कहीं अधिक की मांग होने लगी।समीर अपनी घर की स्थिति देखकर समझता था, कि मैं दिल्ली में हूँ, ये बड़ी बात है, क्योंकि माँ इतनी अधिक फ़ीस नहीं दे पाएगी, उसने इस बार जब घर गया था, तो एक बात गौर किया, कि उसके माँ के गहने दीखाई नहीं दे रहे थे, और कुछ पूछने पर उसकी माँ बात भी टाल देती थी। समीर समझ गया था, कि गहने कहा गया है, और उनका जो पैसा मिला वो कहाँ लगा, इसलिए उसने MBA चौथे सेमेस्टर की परीक्षा छोड़ दी, और एक प्राइवेट कंपनी में नौकरी कर ली।

आज संध्या की शादी को 4 साल हो गए, समीर भी नौकरी करके अपनी माँ के सपने को साकार करने में जुट गया।

एक दिन फ़ोन आया समीर के मोबाइल पर, सुबह को -

बड़े दिनों के बाद मिले हो

हैलो कौन?

मैं संध्या।

संध्या तुम कैसी हो बड़े दिन के बाद फ़ोन की।

हा समीर,तुमने नंबर बदल दिया, तुम्हारा नया नंबर नहीं था, बड़ी मुश्किल से तुम्हारा नंबर मिला है।

अच्छा बताओ तुम्हारे पति कैसे है?

ठीक है, वो बिल्कुल तुम्हारे जैसे है, वो मेरे हर दुख को अपना दुःख समझते हैं, और मुझे भी समझते हैं, और हाँ, मैं तुम्हें एक और खुशखबरी देने वाली हूँ।

क्या समीर आश्चर्य से पूछा?

अरे, हम अब दो से तीन होने वाले हैं।

वाह क्या बात है संध्या, अच्छा चलो कम से कम तुम माँ बनेंगी तो बच्चो वाली हरकतें बंद कर दोगे।

अच्छा मैं बच्चो वाली हरकतें करती हूँ? अच्छा सुनो अगर लड़का होता तो जानते हो क्या नाम रखूंगी?

क्या बताओ?

समीर रखूंगी क्योंकि मैं तुम्हें अपने से अलग नहीं करना चाहती, इसलिए मैं अपने बच्चे का तुम्हारा नाम दूंगी

अपने पति के साथ खुश हो ना?

हाँ समीर,

अच्छा ठीक है, ये बताओ कब तक घर आ रही हो, बड़े दिन हुए तुम्हें देखे।

बस जून तक हम तीन होकर तुमसे मिलेंगे।

अच्छी बात है, चलो मुझे बड़ी खुशी हुई, कि तुम खुश हो, अच्छा ठीक है, अब फ़ोन रखो, मैं ऑफिस जा रहा हूँ।

अच्छा, तुम ठीक हो ना, शादी करनी है या नहीं?

अभी कुछ सोचा नहीं हूँ, शादी के बारे में, और लगभग ठीक हूँ, अच्छा रखो ऑफिस जाना है।

अच्छा तुम तो बड़े आदमी हो गए हो ना, अब तुम्हारे पास समय नहीं है।

ऐसी बात नहीं है।

अच्छा ठीक है चलो अब रखती हूँ, बाय फ़ोन कट गया।

समीर तैयार होने लगा उसने शीशा में अपना चेहरा देख रहा था, अचानक उसको अपने आंख के नीचे घाव का निशान देखकर याद आया, कि जब सपना ने उसे बांस के टुकड़े से मारी थी, तो उसका निशान है, लेकिन दर्द चला गया, लेकिन जो संध्या से जुदा होने का घाव है दिल में, उसका कोई निशान नहीं है, लेकिन दर्द अभी भी कर रहा है, और करेगा भी, शायद संध्या कि बद्दुवा असर कर गई, जो उसने दी थी, कि तुम्हें सच्चा प्यार के लिए तरसोगे।

अब समीर तैयार होकर अपने ऑफिस गुडगाँव के लिए निकल गया, वो फिर सोचने लगा कि संध्या कह रही थी, कि उसका पति उसको समझता है, और जब हम इतने सालों में उसे नहीं समझ पाए तो, ये बेचारा 4 साल में क्या समझेगा? और एक बात जब लड़कियों को सात फेरों के बाद पति से प्यार हो जाता है, तो शादी करने में इतने नखरे क्यों दीखाती है? चलो छोड़ो इस बात को, संध्या अब खुश हैं, क्योंकि उसको उसकी मंजिल मिल गई, मुझे भी नौकरी मिल गई, पैसे कमा रहा हूँ।

मेरे बचपन से मेरी माँ एक ही बात कहती थी, की तुझे नौकरी मिल जाएगी, तो तुम्हारा सफ़र खत्म हो जाएगा| और भी लड़के यही सोचते है, की मेरी मंजिल नौकरी है, उसके लिए वो बड़ी मेहनत करते हैं, सोचते हैं की, नौकरी के बाद मेहनत नहीं करनी पड़ेगी, जो करनी है इधर ही करनी है,क्योंकि नौकरी के बाद सफ़र खत्म हो जाता है, और यह कुछ आध्यात्मिक किताबों में भी लिखा है, कि मंजिल मिलने के बाद सफ़र खत्म हो जाता है, जैसे आज नीरज को उसकी मंजिल मिल गई है, वो BSF में क्लर्क हैं, और सुशील भी ITI करके किसी कंपनी में जॉब कर रहा है|

लेकिन मेरा सफ़र क्यों नहीं खत्म होता है, सुबह उठता हूँ, मार्केटिंग की जॉब पहले ऑफिस आता हूँ और फिर हौजखास, दरियागंज, नॉएडा, तिलक ब्रिज, ग्रीन पार्क, रोहिणी घूमता रहता हूँ, कहीं आराम नहीं है। यह सफ़र खत्म होने का नाम ही नहीं ले रहा है। ये सब सोचते हुए समीर हौज़ खास से पैदल बैग लिए एम्स की तरफ जा रहा था|

तभी, एक ऑटो वाले ने-

ऑटो वाले ने- अरे भाई कहाँ चलना है?

मालूम नहीं भाई, समीर ऑटो वालों को मुस्कुराकर जवाब दिया|

मालूम नहीं, अरे भाई कोई तो मंजिल होगी? जहाँ पर तुम्हारा ये सफ़र खत्म होगा, ऑटो वाले ने समीर के कंधे पर हाथ रखते हुए बोला|

भाई अगर मंजिल का पता होता तो आज 23 साल से भटकता क्यों? समीर एक बार फिर मुस्कुराकर उत्तर दिया|

यार तुम मुझे शकल से दीवाने लगते हो, और बातों से पागल लगते हो, और ऐसे देखने में लग रहा है, कि तुम

किसी की तलाश कर रहे हो, ऑटो वाले ने समीर पर टिप्पणी की।

देखो भाई, दीवाना मैं शक्ल से ही नहीं बल्कि सही में हूँ, और उसी की वजह से पागल हो गया हूँ, और तलाश मुझे यह है कि, यह सफ़र खत्म कब होगा? समीर धीरे धीरे जाते हुए कहा।

लेकिन, जाते-जाते ये बता दे. भाई की, ये तेरा सफ़र खत्म कब होगा? ऑटो वाले ने एक और सवाल किया।

ये सफ़र खत्म नहीं होगा, क्योंकि मंजिल अभी बाकी है,

समीर चला जा रहा है, ऑटो वाला उसे आश्चर्य की निगाहों से देखे जा रहे हैं।